Die Hexe muss

brennen

Historischer Roman
von Tatjana Stöckler

Über die Autorin

Extreme begleiten Tatjana Stöckler schon immer. Sie wuchs zwischen niederdeutschen Bauernhöfen und geschäftiger Hansestadt auf, mit einer bodenständigen Mutter und einem abenteuerlustigen Seemann als Vater, zog kreuz und quer durch Deutschland und probierte verschiedene Berufe aus, bis sie sich mit ihrem Mann und zwei Töchtern im Rhein-Main-Gebiet niederließ. Jetzt wandert sie nur noch durch verschiedene Literatur-Genres und ist im Science-Fiction genauso daheim wie im Historischen Roman, schreibt Horror- und Liebesromane. Ihre Texte zeichnen sich durch spannend angewendete, gute Recherche aus und wurden schon mehrfach preisgekrönt.

1. Auflage | Oktober 2012
ISBN 978-3-943531-02-2

Lektorat | Korrektorat | Satz: Jana Hoffhenke
Umschlaggestaltung | Coverillustration: Diana Isabel Franze

www.burgenweltverlag.de
www.facebook.de/burgenweltverlag

FÜR MAREN,

DIE MIR ALLES

BEIGEBRACHT HAT,

WAS MAN ÜBER LIEBE

IN ROMANEN WISSEN

MUSS.

KAPITEL 1

HALTET DEN DIEB!

Der Mann packte Luzia an den Schultern, damit sie nicht durch seinen Schubs umfiel. »Oh, Verzeihung!«, rief er aus. Sie kämpfte mit dem Gleichgewicht, suchte Halt an seiner Jacke. Ihre Hände glitten auf Brokat aus und strichen über seine Brust, ertasteten Seide. Ja, dieses glatte Streicheln auf ihren Fingerspitzen gefiel ihr. Er hatte sie im Gewühl auf dem Marktplatz angerempelt, wo die Zuschauer gute Plätze suchten. Ein Teil der Leute behauptete seinen Stehplatz, während andere sich dazwischen drängelten, einen besseren wollten. Durch die Beine der Erwachsenen huschten Kinder und hüpften, um auch etwas zu erkennen. Zu allem Überfluss wanderten Krämer mit ihren Bauchläden hindurch, verkauften Devotionalien oder Naschwerk. Als die süßen Düfte Luzia in die Nase zogen, meldete sich ihr Magen.

Wohlgefällig lagen die Augen des Mannes auf ihr, sie war hübsch. Seine Hände berührten sie länger als notwendig. Es tat gut, von einem Mann gehalten zu werden, solange der Griff nicht zu fest wurde. Jetzt drohte sie nicht mehr umzufallen. Luzia sah dem Edelmann ins Gesicht, dann deuteten ihre Lippen ein Lächeln an und sie schaute zur Seite. »Keine Ursache«, murmelte sie und wandte sich von ihm ab. Er ließ seine Finger zum Abschied über ihren Ärmel gleiten, als ob er sie bei sich behalten wolle. Sein Duft nach Rosenwasser übertrug sich auf ihren Mantel und Luzia atmete ihn tief ein. Irgendwann würde sie sich so etwas auch mal leisten können.

Geschickt wand sie sich durch die Menschenmassen. Erst nach einer Weile, als der Mann bestimmt nicht mehr auf sie achtete, öffnete sie seine Börse. Schon das Gewicht sagte ihr, dass sie ein ungewöhnliches Schnäppchen gemacht hatte. Jemand, der eine Brokatjacke und Parfüm trug, hatte mehr als ein paar Kreuzer dabei. Obwohl hunderte von Menschen um sie herum wimmelten, sah niemand, was Luzia in dem Geldbeutel betrachtete. Acht Gulden, ein Vermögen! Ein Lächeln stahl sich auf ihr Gesicht. Sie verstaute das Geld unter ihrem Rock und hätte beinahe einen Tanzschritt gewagt.

Eigentlich konnte sie jetzt nach Hause gehen, das reichte Monate. Andererseits war die Gelegenheit heute so günstig wie nie. Aus dem ganzen Umland waren Menschen hergekommen - Menschen, die aus Eitelkeit Schmuck und Geld herzeigten, den Verlust nicht einmal spürten. Und vor allem: Diese Unvorsichtigen hatten Luzia noch nie gesehen. Sie lebte seit gut einem Monat hier und kannte schon fast alle Bürger in Amorbach. Und fast alle kannten sie - das wurde gefährlich.

Nur noch einer, dachte sie nach kurzem Zögern und schlängelte sich durch die Menge. Der Karren erreichte den Marktplatz und alle Augen verfolgten den Weg, den die Büttel rüde frei schaffen mussten. Mit Knüppeln schlugen sie auf diejenigen ein, die nicht schnell genug zur Seite sprangen. Luzia beglückwünschte sich, dass sie rechtzeitig fortgekommen war. Noch eine Börse aus einem samtenen Wams verschwand zwischen ihren geschickten Fingern, während sie durch die Schaulustigen strebte. Ein Hochgefühl erfüllte sie, wie sie es seit Wochen nicht mehr erlebt hatte.

Kurz blickte sie zu der Attraktion, wegen der sich alle hier drängten. Eine Frau saß auf dem Stroh zwischen den beiden Leitern des Karrens, das Weib des Schultheißen Bastian Hank, die größte Teufelin überhaupt, wenn man dem Tratsch glaubte. Ob alt oder jung konnte Luzia von ihrem Standort nicht erkennen. Keine Haube, kein Tuch verhüllte den Kopf der Frau. Ihr hingen die Haare strähnig ins Gesicht, so schmierig, dass Abscheu sich in Luzia regte. Ein Mann drängte sich durch die Menge zum Karren und umfasste die Leiter. »Catharine!«, schrie er. »Gestehe doch! Mir zuliebe. Denk an dein Seelenheil!«

Das war der Schultheiß. Für einen Moment ließ Luzia sich ablenken durch diesen Anblick. Wie konnte er sich so gehen lassen, zum Gespött machen für eine solche Schlampe? Die Frau reagierte überhaupt nicht. Ihr fadenscheiniges Hemd klaffte auf, dass auf einer Seite die Brust bloß heraushing. Sie machte keine Anstalten, den Stoff zusammenzuraffen, als ob ihr das gar nichts ausmachte. Watsch! Ein Salatkopf flog ihr ins Gesicht, hinterließ im Herunterrutschen grünen

7

Schleim. Wie ekelhaft. Das Volk johlte. Nicht einmal das brachte sie dazu, den Blick zu heben. Der Schultheiß ließ los und sah dem Karren hinterher.

Luzia schob sich voran, drängte sich zwischen so manche ungewaschene Leiber und ließ ihre Hände über Jacken und Mäntel wandern. Oft stolperte sie, rempelte jemanden an und hielt sich an Armen und Handgelenken fest, die ihr manchmal sogar helfend entgegengestreckt wurden. Das Armband einer hochnäsigen Patronin verschwand in Luzias Tasche.

Irgendwie passte es ja: Heute war Walpurgisnacht und die Hexen fuhren aus. Diese dort wohl nicht mehr. Ihre Schwestern würden ohne sie tanzen müssen, aber bestimmt nicht weniger lustig.

Die Frau auf dem Karren wurde jetzt von allen Seiten mit faulem Gemüse beworfen. Teilnahmslos ließ sie alles mit sich geschehen. Luzia ergriff den Arm eines wohlbeleibten Mannes und drückte seine Hand, die er ihr zur Hilfe reichte. Mit einem Lächeln streifte sie den Goldring ab, als sie auf seinen Fuß trat. Wortreich entschuldigte Luzia sich, während sein Blick die Hexe fixierte. Ein langgezogenes Gejaule kam als ihre erste Regung. Widerlich.

Mit einem Ruck riss der Henkersgehilfe das Büßerhemd von ihren Schultern. Jetzt wurde sie nackt aufgezogen. Der Pfahl ragte hoch empor und die Ketten streckten das Weib, dass sie kaum mit den Füßen den Boden berührte. Da hatte der Henker an Holz gespart, oder er hatte die Halterung für die Kette zu hoch am Pfahl angebracht, oder die Kette war zu kurz. Wen interessierte das? Luzia hatte genug für heute, ihre Taschen wogen schwer von Diebesgut. Nur nicht übertreiben, es durfte nicht auffallen. Wenn sie von den Armen nehmen würde, hätte sie weniger Angst vor Entdeckung, denn gerade die Reichen, die einen kleinen Verlust verschmerzen konnten, riefen schnell die Stadtwachen zu Hilfe. Sie wollte zwar nicht mehr lange in dieser Stadt bleiben, aber überstürzt fliehen auch nicht. Wenn nur zwei der Bestohlenen sich kannten und einander ihren Schaden klagten, erinnerte sich vielleicht einer von ihnen an die anmutige Luzia, die an ihm vorübergestrichen war.

Der bequemste Weg durch die Menge führte vor dem Brunnen entlang. Von dort konnte Luzia genau sehen, was auf der Tribüne vor sich ging. Die Catharine schien noch nicht alt zu sein, ihre hochgereckten Arme ließen die Brüste hüpfen. Das Haar war nur dreckig, nicht grau, unter dem Schmutz schimmerte es golden. Jetzt jaulte sie wieder, kein verständliches Wort kam aus diesem schwarzen Loch von Mund. Den ganzen Körper verkrustete Unrat und darunter lagen schwärende Wunden. Ausgepeitscht hatte man sie und mit glühenden Eisen traktiert, damit sie alles beichtete. Besonders schlimm sahen die Brüste aus. Luzia musste stehenbleiben und sah hin, obwohl sie das nicht wollte. Ein Schauder lief ihr den Rücken herunter. Wieso hatte das Weib es soweit kommen lassen? Warum gestand sie nicht einfach und büßte für ihre Sünden? Eine Nachlässigkeit wurde mit einer Ehrenstrafe belegt, vielleicht mit einer kleinen Spende, aber eine verbohrte Hexe ging ihres Seelenheils verlustig. Und eine Hexe war sie, das hatte sie gestanden. Nach der Folter hatte die Catharine widerrufen. Der Henker musste zum Beweis die Haare am Körper absengen, um das Hexenmal zu finden. Dann konnte sie nicht mehr leugnen, es war eindeutig.

Das Weib heulte auf und trat um sich. Zwischen den Beinen war das Fleisch verbrannt und riss dabei auf. Luzia konnte den Blick nicht abwenden. Dicke Tropfen schwarzen Blutes rannen die Schenkel hinunter. So sah das Böse aus. Ein Schauder lief Luzia über den Rücken. Geschickt fing ein Gehilfe des Henkers die Beine und band sie mit einem Strick an den Pfahl. Jetzt bekam die Hexe ihre verdiente Strafe.

Luzia konnte nicht widerstehen und trennte mit einem Messerchen Silberknöpfe vom Mieder einer Matrone. Während das Weib auf dem Scheiterhaufen weiterhin wimmerte, hob ein schwarz gewandeter Mann, der Oberamtmann, auf der Tribüne ein Blatt und begann zu lesen. Das musste wohl das Urteil sein, Luzia verstand kein Wort über das Gewinsel und wahrscheinlich auch kein anderer. Was machte man sich solche Mühe mit diesem Abschaum, sie sollten endlich anfangen!

Ein Händler mit Brotfladen zwängte sich durch die Zuschauer und wurde das eine oder andere Teil los. In seinem Fahrwasser kam Luzia ein Stück weiter, bis er die Richtung wechselte und auf die Tribüne zusteuerte. Der Henker nahm eine rotglühende Zange und ging auf die Hexe zu. Er fasste damit ihre rechte Brust und mühte sich, die Backen der Zange zu schließen, dann riss er mit deutlicher Anstrengung ein Stück Fleisch heraus. Das Kreischen des Weibs tat Luzia in den Ohren weh und sie wandte sich ab. Atemlos lauschte das Volk und jubelte auf, als der Henker seine Beute präsentierte. Das zweite Mal sah Luzia nicht hin, hörte aber, dass genau das gleiche noch einmal geschah. Der Oberamtmann sprach weiter. Sie verstand nur Wortfetzen und sah eine Lücke zwischen den Zuschauern, durch die sie schlüpfte. Luzia atmete auf, die Menschen standen hier nicht mehr so gedrängt und es wurde einfacher. Nun drehte sie der Tribüne den Rücken zu.

»Des brennt nit«, hörte sie ein kleines Mädchen neben sich. Der Vater hob es hoch und setzte es auf seine Schulter, damit es besser sehen konnte. Jetzt jubelte es auf. »Sie brennt, sie brennt!«

Begleitet von den langgezogenen Schreien der Hexe verließ Luzia den Marktplatz. Die Straßen dahinter lagen menschenleer, aber das Gelächter und Jubeln der Menge tönte durch den ganzen Ort. Die Hexe jaulte leiser, nun übertönt von dem Knacken und Fauchen der Flammen. Als Luzia ihr Quartier erreicht hatte, hörte sie nichts mehr davon.

Niemand befand sich in der Stube des Böttchers, und wer achtete auf Luzias Habe? Das ärgerte sie, missmutig verzog sie ihren Mund und kletterte die enge Stiege zu ihrer Dachkammer hoch. Die Böttchersfrau hatte ihr doch versichert, dass immer jemand da sei, um auf die vermieteten Zimmer aufzupassen.

Kaum hatte Luzia ihre Beute unter dem losen Boden verstaut, hörte sie Gerumpel in der Stube. Das musste die Böttchersfrau sein. Luzia schluckte ihren Ärger herunter, sie sollte sich die Wirtin nicht zum Feind machen. Sie ging zu ihr hinab und reichte ihr die Kreuzer, die sie ihr an Miete schuldete, dann nahm sie eine Scheibe Brot von ihr.

»Ist sie tot?«, fragte sie.

»Zuckt nit mehr«, gab die Böttchersfrau zwischen zwei Bissen von sich. »Das brennt noch zwei Tage. Dann wird die Asche zerschlagen und in den Bach geworfen.«

10

»Bleibt wirklich nichts von einer Hexe übrig?«

»Vor elf Jahren, da hat der Henker anfangs nit gewusst, wie's geht, da lebte die Erste noch, als das Feuer ausging. Es hätt' zu lang gedauert, neues Holz beizuschaffen. Die hatten ja alles für den Scheiterhaufen gesammelt, was sie besaßen. Da wurde ein Loch gescharrt vor der Kirchhofmauer und der Kadaver hingeschleift. Hat noch gejauchzt, als sie's vergruben. Vier Hexen waren's damals: die Witwe vom Besenbinder, die Bierbrauerin, die Hebamme und die Tochter vom Tuchhändler. Ganze acht Jahre war die.«

»Acht Jahre? Was tut denn ein achtjähriges Mädchen?«

»Die Bierbrauerin hatte kein eigenes Kind. Sie wollte aber dem Satan gefällig sein und ihm ein Kind darbringen. Da betäubte sie die Frau des Tuchhändlers mit ihrem Bier, damit die nichts merkt, und nahm das Mädchen von der Mutterbrust ab. Im Namen Satans hat sie's getauft. So wurde das Kind verdorben. Hat immer nur die andern Kinder drangsaliert und war wild. Oft ist sie fortgelaufen, gab die Mutter zu, auch nachts. Da hat sie mit den andern Hexen getanzt.«

Luzia nahm sich von dem gesalzenen Speck, den die Böttcherin aufgetischt hatte. Sie liebte die Gastfreundschaft der einfachen Frau, die ihre wichtigste Informationsquelle darstellte. Wenn man erfolgreich in einer Stadt sein wollte, musste man besonders auf das Geklatsche und Getratsche hören. Wo etwas zu holen war, erfuhr man nur im vertraulichen Gespräch. Da erwies sich die Böttcherin als Goldgrube. »Aber tanzen ist doch nicht todeswürdig!«

»Wohl. Mit dem Satan tanzen schon. Die Hexen trafen sich nachts im Wald und tanzten auf der Lichtung, bis der Böse erschien.« Die Stimme der Böttcherin sank zu einem Flüstern. »Er war ganz rot, mit zwei Bocksfüßen und einem Schwanz, an dem eine Quaste aus Dornen hing. Seine Haut loderte und er hatte Hörner wie ein Schafbock. Sie knieten vor ihm nieder, küssten seinen nackten Hintern und dann seinen du-weißt-schon-was.«

»Nein!«, rief Luzia aus. »Nein, ich weiß nicht was.«

Erstaunt bog die Böttcherin sich zurück. »Du weißt nicht was? Oh, Mädelchen, bist denn noch unschuldig?«

11

Es fiel Luzia leicht, zu erröten. Sicherlich vermutete die gute Frau nicht, dass eine Lüge die Wangen ihrer Gasttochter färbte, sondern dachte, Luzia würde sich wegen des Themas schämen.

»Böttcherin, ich sagte dir, ich warte, bis mein Verlobter von der Wallfahrt kommt. Er gab mir die Waren, dass ich sie verkaufe und wir nach seiner Rückkehr heiraten. War ich ihm je untreu?«

»Nein, Mädchen, das warst du nicht. Du bist keusch, bei der Liebe des Herrn. Die Tuchhändlers Wulp war es nicht.«

»Wulp?«

»Walpurga. Wulp genannt. Die Tochter des Tuchhändlers. Acht Jahre und keine Jungfrau mehr! Der Satan war's. Weil die Tänze der andern ihr zu wenig waren, ging sie nachts allein und der Satan erschien ihr. Sie küsste ihn hinten und vorn und als ihm das nicht genügte, legte er sie über einen Baumstumpf und tat es ihr widernatürlich. Jeden Tag, sie gab es zu.«

»Mit acht Jahren? Komm, Böttcherin, du flunkerst.«

»Aber wenn ich's doch sage! Der Amtmann schrieb's auf und auf dem Marktplatz hoben die Henkersknechte sie hoch und zeigten es herum. Das habe ich selbst gesehen, mit eigenen Augen. Sie war ganz verbrannt und es blutete.«

»Die Catharine Schultheißin war da auch ganz verbrannt.«

Luzia schauerte bei der Erinnerung an diesen schrecklichen Anblick. Wie sich dem jemand freiwillig hingab, würde sie wohl nie verstehen.

»Will's wohl glauben! Die war Spielkamerad von der Wulp. Niemand gab's damals zu, aber heute ist's rausgekommen.«

»Sag, Böttcherin, woher weißt denn du das alles?«

»Na, vor elf Jahren, da war ich bei der Verhandlung. Und diesmal - ach, du kennst doch den Schusters Valentin, ein schmucker Bursche. Den hat sein Vater auf die Klosterschule nach Fulda geschickt und wiedergekommen ist er als Schreiber vom Oberamtmann. Dessen Schwester Margaretha ist die Grubers Margret.«

»Ah, die Nachbarin. Jetzt weiß ich noch immer nicht, woher du das weißt, Böttcherin.«

12

»Der Valentin Schuster schreibt die Akten. Darin wird alles fein säuberlich aufgeschrieben, was den Prozess angeht. Der Valentin hat sich beschwert, dass er gar nicht so schnell schreiben kann, wie die Inquisiten gestehen, wenn der Henker sie aufzieht. Eigentlich sind die Akten geheim. Aber seiner Schwester ...«

Ein Schreiber also. An einem Hexenprozess verdienten alle gut, wohl auch der Schreiber. Zeit, dass Luzia diesem einen Besuch abstattete.

»Da scheint der Valentin wohl viel Erfahrung zu haben.«

»Oh ja, der Valentin, kluger Bursche. Jetzt ist er Schreiber beim Oberamtmann, aber davor war er Schreiber im Kloster in Fulda. Dort gibt es einen Inquisitor.«

»Sag!« Luzia zeigte sich rechtschaffen beeindruckt.

»Einen richtigen Inquisitor. Der Zentgraf Noß, ein guter Freund vom Oberamtmann, der ist es, den der Oberamtmann einsetzte, die Schultheißens Catharine zu richten, wegen seiner mannigfaltigen Erfahrung.«

»Wie jetzt, Böttcherin? Ich dachte, der Oberamtmann hat sie gerichtet?«

»Der war es, der das Urteil heute verlas. Gerichtet wurde sie vom Zentgrafen. Welch Glück, dass er in der Nähe war. Der Schusters Valentin hatte Verrichtungen in Miltenberg und da hörte er, dass sein ehemaliger Dienstherr dort weilt. Er suchte ihn auf und schilderte seine schöne Stellung, und dass es hier auch Hexen hat.«

»Das wird mir zu verwickelt. Was macht denn ein Zentgraf aus Fulda in Miltenberg?«

»Da war er wohl im Auftrag des Herrn Fürstabt von Dernbach zum Erzbischof von Mainz, dem Herrn Johann Schweikhard von Kronberg. Und der schickte ihn nach Miltenberg.«

»Oh, Böttcherin, mich wundert, was du für hohe Herren kennst. Da könnte ich nicht einmal die Namen behalten. Also ist der Zentgraf von Fulda nach Amorbach gekommen, um die Catharine Schultheißin zu richten. Da muss sie sich aber geehrt vorgekommen sein.« Dieser hohe Herr aus Fulda sollte auch eine wohlgefüllte Börse besitzen. Sicher konnte sie erfahren, wo er Logis genommen hatte.

»Geflucht hat sie seiner, Gott vergeb ihr.«

»Ich hörte, sie habe widerrufen. Da wird er ihr nicht vergeben. Eine Hexe, die nicht gesteht ...«

»Ja, wie furchtbar! Der arme Schultheiß. Vor dem Scheiterhaufen hat er sie noch ermahnt, doch zu gestehen. Es geschah folgendermaßen: Sie war mit der Wulp draußen im Wald, den Satan anzubeten und sich von ihm nehmen zu lassen, das hat die Catharine zugegeben. So sehr die Wulp unter der Folter gejammert hatte, damals, das verriet sie nicht. Man hätte sich's aber denken können, wo die zwei sich doch kannten. Die Schultheißin wurde vor gut einem Jahr eingetürmt, weil sie am Tag des großen Hagels am Feldrand stand und zusah, wie die frische Saat zerschlug. Kindskopfgroße Brocken fielen aufs Feld ihres Schwagers. Dann, keinen Mond später, begann das Kindersterben. Fünf Säuglinge fielen von der Mutterbrust, ganz blau im Gesicht. Eines war das ihrer Schwester. Sie selbst hatte keine Kinder, genau wie die Bierbrauerin.«

»Die vor elf Jahren verbrannt wurde?«

»Eben die. Die Schultheißin neidete ihrer Schwester das Kind, weil die jünger war als sie. Sie sprach einen Zauber, dass es sterbe. Der Valentin sagt, die andern Kinder waren nicht geplant, da sei der Zauber zu groß gewesen. Sie sei aber froh, dass es die auch erwischt habe.«

Empörung ließ das Blut in Luzias Wangen steigen. Welche Niedertracht! Und da hätte sie beinahe Mitleid mit diesem Aas gehabt. Die Böttcherin schwatzte ungerührt weiter. »Das also gestand sie dem Amtmann, aber erst, nachdem er sie hat foltern lassen. Hinterher widerrief sie. Um sicher zu gehen, spannte er sie wieder auf die Folter. Das gleiche Spiel: erst gestehen, dann widerrufen. So ging der Amtmann zum Oberamtmann und fragte ihn um Rat. Da war aber schon der Zentgraf am Ort und übernahm den Prozess. Dem fiel gleich das Hexenmal ein. Der Teufel zeichnet die Seinen mit einem Mal, das versteckt er unter den Haaren. So eins hatte die Catharine. Demgemäß war ihre Schuld bewiesen, der Zentgraf ließ sie nochmals unter Folter gestehen und sprach sie gleich schuldig. Der Henker sagte, er werde schon dafür sorgen, dass sie nicht noch einmal widerrufe. So tat er's.«

»Wie das denn?«

14

Vertraulich beugte sich die Böttcherin zu ihr herunter und flüsterte. »Die Zunge schnitt er ihr heraus. Das war, weil sie fluchte und verwünschte. Damit sie die Amtspersonen nicht verhexte, dafür tat er's. Jemandem, der sich an Kindern vergreift, dem gehört es so. Weißt du, was sie gemacht hat mit den armen Würmern?«

Luzia runzelte die Stirn, weil sie nicht folgen konnte. »Damit die Kinder starben? Wollte sie denn nicht nur eines töten?«

»Nachdem sie die umgebracht hatte, Dummchen! Eines war noch nicht getauft, stell dir vor! Das hat sie gestohlen und in Stücke geschnitten. In einem Topf hat sie es so lange gekocht, bis es nur Brei war, und eine Salbe draus gemacht.«

»Eine Salbe? Für Pickel?«

»Luzia, du kleiner Engel, du bist ja so unschuldig! Vor elf Jahren, da haben wir alles erfahren, was die Hexen so tun, wie sie den Satan anbeten. Diese Salbe ist ein Zaubermittel. Sie wird gekocht mit einem ungetauften Säugling und bitteren Kräutern aus dem Wald. Giftpilze kommen hinein. Du nimmst einen Besenstiel und streichst die Schmiere drauf. Und dann reitest du den Besenstiel.«

»Puh, das werde ich ganz gewisslich nicht tun! Was soll ich auf einem Besenstiel? Ich stieg einmal auf ein Pferd und zerriss mir beinah den Rock. Der Knecht zeigte mir, wie die vornehmen Damen reiten. Wohl eine Stunde blieb ich obendrauf und war froh, dass ich wieder herunter durfte. Alles tat mir weh!«

»Ja doch nicht so wie auf einem Pferd! Als erstes musst du nackt sein. Die Salbe bappt da, wo du hockst. Du setzt dich in die Salbe rein. Verstanden? Und wenn du so auf dem Stiel sitzt und so tust wie ein Knäblein mit dem Steckenpferd …«

»… dann?«

Die Böttcherin stand auf und packte den Speck weg, bevor Luzia sich auch noch den letzten Rest von der Schwarte schneiden konnte. »Ja, was glaubst denn du? Was machen denn die Hexen beim Hexensabbat? Hab ich es denn nicht erzählt, was sie tun im Wald?«

»Du sagst, dann kommt Satan? Grauenvoll! Und das hat die Schultheißin getrieben?«

Mit einem Nicken verschränkte die Böttcherin ihre Arme vor der Brust, als ob sie kein Wort mehr zu diesem Thema sagen wolle. Luzia schenkte ihr noch ein verlegenes Lächeln und ging in ihre Kammer. Nachdem sie die Tür geschlossen hatte, musste sie schmunzeln. Wie leichtgläubig die Leute hier waren! Glaubten die doch, man könne Satan mit Giftpilzen rufen. Wenn die Hexe Giftpilze gesammelt hatte, dann sicher nicht, um sie sich sonst wohin zu schmieren, damit hatte sie wohl die Kinder vergiftet.

Und was die Hexen im Wald mit dem Satan treiben sollten! Vor Lachen wäre Luzia beinahe laut geworden. Als ob's nicht Mannsbilder genug hätte, die's ihnen besser besorgten! Mit einem wohligen Schauer dachte sie an den Söldner des Kaufmanns, den sie letzte Nacht getroffen hatte. Das war ein Mann. Drunten am See unter einem Apfelbaum hatte er ihr die Kleider abgestreift und ihr Stunden unglaublicher Lust bereitet. Feuchtigkeit sammelte sich in ihrem Schoß, als sie an seine Lippen dachte, die sich fest um ihre Brust geschlossen hatten, während seine rauen Hände den Rücken hinab tasteten und ihr Gesäß umfassten. Seine Haut hatte nach der groben Seife aus dem Badehaus gerochen, sich weich angefühlt unter ihren Fingerspitzen. Sie hatte ihn geneckt, indem sie die winzigen Locken seines Brustfells zerzaust hatte, immer tiefer gleitend, bis sie, welch Überraschung, unter dem Pelz auf seinem muskulösen Bauch etwas gefunden hatte, das ihnen beiden die höchste Lust bescherte.

Ihr Finger glitt unter den einfachen Rock, fand die Trostperle der einsamen Jungfrau, umkreiste sie und glitt tiefer, bis er dort angelangt war, wohin sie sich den Söldner wieder wünschte. Aber der war über alle Berge, heute mit dem Karren des Kaufmanns unterwegs ins Bayrische. Solch eine günstige Gelegenheit würde nicht mehr so schnell kommen. Und jetzt war auch nicht die Zeit für das, was sie begehrte. Es gab kein Schloss vor der Tür, jeden Moment konnte jemand hereinkommen. Luzia kannte sich. Wenn sie kurz vor der Erfüllung stand, achtete sie auf nichts, konnte nicht einmal schnell genug eine Decke über sich ziehen, bevor sie jemand überraschte. Energisch ließ sie den Rock fallen und strich die Schürze glatt.

16

Luzia hatte eine ganze Kiepe mit Spitzen, Bändern und Litzen mitgebracht, die jetzt, nach über fünf Wochen, so gut wie ausverkauft waren. An fast jeder Haustür hatte sie die Ware feilgeboten. Heute würde sie wohl schlechte Geschäfte machen, zu erregt waren die Gemüter der braven Bürger durch das Unwesen der Hexe. Fünf Säuglinge! Dafür verdiente sie wirklich den Tod. Es starben genug Kinder durch Gottes Hand, da brauchte man nicht auch noch eine Hexe. In der Stadt, die Luzia vorher besucht hatte, waren Kinder gestorben, weil der Brunnen durch einen toten Hund vergiftet war. Die Mütter hatten Bier getrunken, aber ihren Kindern das Wasser gegeben, weil es sonst immer so gut schmeckte.

Der Tag war gerade einmal halb vorbei, Luzia wollte nicht in ihrer Kammer bleiben. Einige Kreuzer klimperten in ihrer Tasche und sie überlegte, ob sie für die anstehende Reise neue Schuhe brauchte. Zumindest reden konnte sie mit dem Schuster, er wohnte in der Nähe des Klosters.

In den Straßen wimmelte es nicht so lebhaft wie sonst, es waren weniger Menschen unterwegs und die standen meist an Straßenecken und redeten miteinander. Der Pfarrer gestikulierte vor der Kirche und wurde von einem Haufen Weiber bedrängt. Sie unterhielten sich, wie alle anderen auch, über die Hexe. Eine von ihnen kannte Luzia: Cäcilie Ausbusch, die Witwe des Pferdehändlers, eine begehrenswerte Frau. Keine Schwangerschaft ließ ihre Taille verstreichen, denn so lange hatte die Ehe nicht gedauert. Viele tuschelten über ihr Vermögen, mit dem es allerdings nicht so weit her war, wie Luzia vom Augenschein wusste. Der Reichtum der Witwe bestand aus ihrer Jugend und Schönheit. Seit dem Tode ihres Mannes vor einem halben Jahr befand sie sich auf der Suche, sagte man. Jeder wusste, dass sie sich um den Alchimisten und Astrologen im Herrenhaus in der Kirchgasse bekümmerte - jeder, nur der feine Herr nicht. Zurückgezogen sorgte allein seine Schwester für ihn, von der man genauso wenig sah.

Am Marktplatz standen noch immer viele um die Tribüne herum und starrten in das jetzt nur noch ruhig brennende Feuer. Zu dem verkohlten Etwas an dem verbrannten Pfahl blickte Luzia absichtlich

17

nicht hoch. Direkt daneben saß zusammengesunken der Schultheiß und weinte. Er hatte Luzia an der Haustür abgefertigt, als sie ihre Litzen anbieten wollte, dabei hätte sie nur zu gerne einen Blick in dieses Haus geworfen. Zu diesem Zeitpunkt war wohl schon die Catharine eingetürmt gewesen, kein Wunder, dass er sich so grob gegeben hatte. Ja, tatsächlich, so war es. Die Böttcherin sagte doch, dass die Schultheißin fast ein Jahr im Loch gesessen hatte. Flink lief Luzia an den Leuten vorbei und zum Rathaus. Das bedeutete einen Umweg, wenn sie zum Kloster wollte, aber sie musste sich dann nicht durch die Menge drängen. Einmal heute Morgen genügte. Aber auch vor dem Rathaus hatte sich eine Menschenmenge angesammelt. Neugierig stellte Luzia sich dazu und dann hörte sie es: Schreie drangen aus dem Keller des Rathauses. Je lauter sie wurden, desto empörter tuschelte das Volk.

»Was ist denn da los?«, wollte Luzia wissen.

Neben ihr stand die Müllerin. Sie trug eine Brosche unter ihrem Kinn, die Luzia mit Kennerblick abschätzte. »Die Kellerwirtin ist's, die sie auf die Folter spannen. Muss das sein, wo sie am Vormittag schon eine verbrannt haben? Wenn sie so weitermachen, wird kein Holz mehr für den Winter da sein und keine Magd, es anzumachen.«

»Oh, du barmherziger Heiland, noch eine Hexe?«

Die Müllerin beugte sich zu ihr herüber. »Kind, was weißt denn du, was du unter der Folter schwätzt? Zieh den lieben Herrn Erzbischof in Mainz selbst auf die Leiter und der gesteht, dem Teufel die Sporen gegeben zu haben! Sei Gott davor, dass sie mich auf die Folter spannen. Da gebe auch ich zu, mit allen Weibern der Stadt für den Satan zu tanzen.«

Ihr eindringlicher Blick ließ Luzia zurückweichen. Wie konnte sich das Weib über Brennholz empören, wo es galt, eine Hexe zu beseitigen!

»Das ist zu viel!«, entrüstete sich ein Mann, als ein besonders lauter Schrei aus dem Rathauskeller drang. »Die Folter ist geregelt. Die arme Frau wird jetzt schon zwei Stunden torquiert, wo eine halbe Stunde erlaubt ist. Das darf nicht sein.«

18

Ein anderer antwortete ihm beschwichtigend. »Zuerst waren es ja nur die Ruten, das gilt nicht als Folter. Sei er nur gewiss, Meier, dass alles mit rechten Dingen zugeht.«

Luzia spürte Gänsehaut auf ihren Armen. Wenn der Mann recht hatte, war die Kellerwirtin eineinhalb Stunden ausgepeitscht worden. Konnte das jemand überleben? Sie musste eine Hexe mit teuflischen Kräften sein, wenn sie das aushielt.

Qualvolles Jammern drang aus dem Rathauskeller, das sich nicht viel von dem unterschied, was die Schultheißin auf dem Scheiterhaufen ausgestoßen hatte. Luzia zog ihren Mantel dichter um die Schultern und ging an den Zuhörern vorbei in Richtung Kloster. Sollte der Pöbel sich doch die Mäuler zerreißen - wenn sich jemand heiliger Inquisitor nannte, würde er nicht gegen das Gesetz handeln!

Dicht gegenüber den Klostermauern lehnte die Bude des Schusters am Badehaus. Er stand in seiner Werkstatt und hämmerte auf einer Sohle herum, ließ sich nicht stören, als sie hereinkam. Nach einer Weile nahm er den Schuh vom Bock und hielt ihn hoch ins Licht, ein grober Männerschuh, der wohl auch einem Riesen gepasst hätte. Nach einer Begutachtung stellte er ihn hinter sich auf einen Schrank. »Du bist die Krämerin«, sagte er statt einer Begrüßung.

»Luzia Heußer«, stellte sie sich vor. »Ich verkaufe Spitzen, Bänder und Litzen, schönen Putz direkt aus Brüssel. Dein Weib suchte sich die schönsten Stücke.«

»Das sieht ihr ähnlich. Die Kinder schreien nach Brot und sie kauft Putz. Heute wird sie dir nichts mehr abnehmen.«

»Ah, nein, ich bin nicht deshalb hier. Die Waren sind bald verkauft und ich muss über Land. Mein Verlobter macht eine Wallfahrt und wir haben uns über Jahr und Tag verabredet. Da brauche ich neue Schuhe.«

Ein sachkundiger Blick fiel auf ihre Füße. »Die sehen mir noch ganz gut aus.«

»Die Sohlen sind durchgelaufen und das Leder am Rand abgeschabt.«

»Zieh sie aus.«

Einen Moment zögerte sie, dann hockte sie sich auf die niedrige Bank und öffnete die Schnallen. Der Schuster nahm die Schuhe und hielt sie ans Licht. »Ein Flicken Leder oben und neue Sohlen. Innen die Brandsohlen mache ich auch neu. Dann läufst du bis nach Jerusalem.«

»So weit will ich gar nicht. Nur zum Rhein, da nimmt mich ein Schiffer mit.«

»Morgen kannst du sie abholen.«

»Aber ... soll ich denn barfuß wie ein Zigeuner durch die Straßen rennen?«

»Dann renn nicht. Geh gesittet wie eine Freiin. Es wird nicht mal jemand sehen, dass du keine Schuhe anhast. Morgen, wenn die hier fertig sind, kannst du dir ja die Füße waschen, bevor du sie anziehst.«

Lachend verließ Luzia den Laden und beschloss übermütig, einen Spaziergang an der Mud zu machen. Nach dem harten Winter wurde es jetzt mit Macht Frühling und die ersten Blüten malten weiße Tupfen an den Rand des Baches. Das Wasser floss kalt und klar und ihre bloßen Füße wurden eisig, bis sie an der steinernen Brücke das Ufer hochstieg.

»Frierst du nicht?«

Beinahe hätte Luzia den Halt verloren und wäre rückwärts in die Mud geplumpst, als sie die Stimme so dicht bei sich hörte. Das war des Goldschmieds Sohn Peter. Er streckte seinen Kopf über die Brüstung der Steinernen Brücke und sah ihr zu, wie sie mit den Armen ruderte. Nach einem Moment sprang er auf und reichte ihr die Hand, die sie dankbar ergriff, um sich aus dem Bach zu ziehen.

»Danke. Du hast mich erschreckt.«

»Das habe ich gesehen. Was machst du mitten im Bach?«

»Ach, was geht dich das an? Eine Waschfrau fragst du doch auch nicht.«

»Aber du bist keine Waschfrau. Du bist Krämerin. Und eine verdammt hübsche.«

Ihr wurde bewusst, dass er noch immer ihre Hand festhielt. Sie sah darauf und senkte den Blick. »Du sollst nicht fluchen.«

20

»Komm, was ist dabei? Jeder sagt das. Es stimmt doch. Du bist hübsch.«

»Wie alt bist du, Goldschmieds Peter? Zwölf? Dreizehn?«

»Vierzehn. Ich bin erwachsen. Zumindest erwachsen genug, ein hübsches Weibsbild zu erkennen. Man zerreißt sich das Maul darüber, was du allein hier in der Stadt machst.«

»Dann sieh zu, dass dein Maul nicht auch zerrissen wird! Ich bin eine achtbare Jungfer und warte darauf, dass mein Verlobter von der Wallfahrt kommt. Bis er mich heiratet, verkaufe ich Spitzen, Bänder und Litzen.«

»Und wenn er nicht kommt? Verkaufst du mir dann einen Kuss?«

Sie hatte die ganze Zeit mit gesenktem Blick dagestanden und ihm bereitwillig ihre Hand gelassen, die er jetzt mit seinen beiden Händen hielt. Kaum merklich lehnte sie sich zurück, während er sich erwartungsvoll vorbeugte. Mit einem Ruck riss sie ihre Hand zurück und sprang zur Seite, während Peter haltlos über das steile Ufer in den Bach stolperte. Er kam auf einem Stein auf, verlor das Gleichgewicht und platschte mit dem Hosenboden voran in das noch winterkalte Wasser. Luzia lachte laut auf. »Das, Peter, wird dich lehren, anständige Frauen um einen Kuss anzugehen!«

Im Laufschritt ging es über den ausgetretenen Weg bis zu den ersten Häusern. Erst dort faltete sie gesittet die Hände vor dem Schoß und senkte den Blick. Bald hatte sie ihre Kammer wieder erreicht. So, so, der Peter vom Goldschmied. Seine Mutter hatte sie auch besucht mit ihren Spitzen, Bändern und Litzen. Ein schönes Haus, nur schlief immer jemand in der Werkstatt, wo Gold und Edelsteine lagen und auch die fertigen Preziosen. Nein, das sollten andere machen, sie wollte sich nicht mit Wachmännern anlegen. Dagegen war die Brosche der Müllerin interessanter. Dort gab es nur einen Hund, und mit dem hatte sie Freundschaft geschlossen. Die Müllerin hatte ihr schon zweimal Bänder abgekauft und unterhielt sich immer nett. Sie war stolz auf ihr schönes Haus und zeigte Luzia bereitwillig die wertvolle Einrichtung, die Fensterbehänge und Teppiche, die Gemälde und das Portrait, das sogar ein klein wenig Ähnlichkeit mit dem Müller hatte. Der gleiche

Künstler hatte auch den Christopherus für die Kapelle an der Amorquelle gemalt.

Noch vor Sonnenuntergang erreichte Luzia ihre Stube. Sie war froh über ihr Quartier, die Wirtin hatte sie herzlich aufgenommen und war eine Fundgrube für Klatsch aller Art. In dem uralten Fachwerkhaus quietschte der Dielenboden bei jedem zweiten Schritt und knarrte, die Dielen hatten sich überall gelockert und darunter wohnten Mäuse, trotzdem fühlte sie sich wohl.

Ein kleiner Trick half Luzia, nach nur wenigen Stunden Schlaf aufzuwachen: Auf einen Dachbalken stellte sie zwei Wassergefäße. Aus einem großen floss es in ein kleines. Als dieses voll war, lief es über und tropfte Luzia ins Gesicht. Das weckte sie leise und sicher, nicht einmal den Schlaf aus den Augen reiben musste sie. Luzia hob eine der Holzdielen und nahm die Kleidung heraus, die eingeschlagen in ein Leintuch dort lag. Heute würde die Stadt wie in einen Totenschlaf sinken. In einer Nacht wie dieser, in der abergläubische Weiber Geister durchs Land fliegen sahen, würde niemand auf den Straßen flanieren. Durch die Kirchturmuhr erfuhr Luzia die Zeit, bald Mitternacht, und die Böttchersfamilie hatte schon längst das Land der Träume betreten.

Mit wenigen Handgriffen verwandelte Luzia sich in einen Schornsteinfegerjungen. Ihre blonden Haare verschwanden unter einer schwarzen Kappe, sie trug einen dunklen Anzug und dunkle Stoffschuhe. Das Schwarz in ihrem Gesicht war nicht Ruß - der schmierte und ging schwer ab - sondern Holzkohlenstaub. Die weichen Ledersohlen ließen sie lautlos genau die Dielen finden, die nicht quietschten. Schnell schlüpfte sie auf die Gasse und huschte zwischen den finsteren Häusern hindurch. Am Marktplatz standen Laternen, die von dem Nachtwächter kontrolliert wurden. Er kam später, in einer Stunde etwa, hier vorbei. Auch mit ihm hatte Luzia sich angeregt unterhalten, als sie Bänder als Geschenk für seine Frau verkaufte, und alle Details seines Dienstes erfahren. Sie betrat nicht den Marktplatz, sah aber, dass es im Scheiterhaufen glimmte. Etwas bewegte sich. Das war doch wohl nicht noch immer der Schultheiß, der seinem Weib nachtrauerte? Er trug es schwer. Dabei gab es genügend Witwen und Jungfrauen im

22

Ort, die ihn genommen hätten. Neunzig Gulden kostete ihn die Hinrichtung seiner Frau. Er hatte es dem Amtmann ausgezahlt, ohne lange suchen zu müssen. Nur kurz spielte Luzia mit dem Gedanken, sein Haus aufzusuchen, während er hier am Scheiterhaufen trauerte. Nein, soviel Diebesehre hatte sie, diesen Mann in seinem Elend nicht auch noch zu bestehlen.

Das große Haus des Müllers stand an der Stadtmauer. Der Wehrgang lag verlassen - der Nachtwächter wusste, dass niemand mehr patrouillierte, seit die Schweden fort waren - und Luzia benutzte die Mauer, um auf das Dach eines Schuppens zu kommen. Von dort sprang sie auf einen Balkon und öffnete das Fenster zur Wäschekammer. Es handelte sich eigentlich nur um eine Luke und sie musste sich winden, um hinein zu gelangen, sie war ja gelenkig. Schmunzelnd dachte sie an die Kunststücke, die sie als Kind im Theater vollführt hatte. Ein Verwandter hatte sie als Akrobatin haben wollen.

Zwischen nach Lavendel duftendem Leinen kam sie auf den Flur. Der Hund schlief jede Nacht in der Diele eingesperrt. Lautes Schnarchen wies ihr den Weg zum Schlafzimmer des Müllers, die Tür ließ sich langsam und leise öffnen. Wie ein Schatten huschte Luzia hinein. Jetzt war jede Bewegung kritisch. Vor ihrem inneren Auge ließ sie den Raum entstehen, wie er im Vormittagslicht ausgesehen hatte. Direkt vor ihr stand das klobige Ehebett, rechts ein Kleiderschrank, links die große Wäschetruhe und daneben Waschschüssel und Kanne. Unter dem Bett müffelte das Nachtgeschirr. Der Müller war reich, daher besaß jeder sein eigenes. Stocksteif blieb Luzia stehen, als der Müller mit Schnarchen aufhörte und drei Atemzüge aussetzte. Dann schnappte er nach Luft, grunzte und schnarchte weiter. Er lag halb sitzend auf vielen Kissen, mit einem Federbett zugedeckt und einer Nachtmütze auf dem Kopf.

Die Vorhänge ließen genug Mondlicht durch, dass ihre Erinnerungen Substanz bekamen. Neben dem Bett standen Nachtkästen und auf seinem lag obenauf eine Pistole. Luzia sog tief die Luft ein. Nein, es roch nicht nach Schwarzpulver, die Waffe war nicht geladen. Dahinter lagen Ladestock und Pulverhorn. Wem wollte der Müller damit imponieren? Er schlief wie ein Adliger, der auf den Angriff des Nachbarn wartete. Die Pistole reizte sie. Solche Waffen waren wertvoll, aber schwer zu transportieren.

Sie huschte zur Bettseite seiner Gemahlin. Die Müllerin hatte die Nachthaube tief ins Gesicht gezogen und das Deckbett so hoch, dass man kaum die Nasenspitze sah. Auf ihrem Nachtkasten stand die Schmuckschatulle, auf die Luzia es abgesehen hatte. In Windeseile und lautlos nahm sie das Kästchen an sich und verließ den Raum. In der Wäschekammer öffnete sie die Schatulle und nahm den Inhalt heraus. Die Brosche war dabei, mehrere Armreifen und eine Kette aus Münzen. Ah, und ein Medaillon, das sich öffnen ließ. Sie stopfte alles in ihre Taschen, genauer ansehen konnte sie sich das später. Jetzt stieg sie aus dem Fenster und rannte zu ihrem Quartier. Ein Kinderspiel. Es ging an der Mud entlang über das glatte Kopfsteinpflaster.

Nur noch ein Katzensprung über den Marktplatz - oder ging sie besser den Umweg durch die Hintergassen? Einen Augenblick verharrte sie im Schatten eines überhängenden Balkons. Der Nachtwächter könnte zu früh kommen. Ach, was soll's, dachte sie und rannte am Rande des Marktplatzes entlang. Direkt vor ihr schlug die Tür der Schänke auf. Ein Mann torkelte heraus. Biergeschwängerter Atem umwehte sie. Luzia konnte nicht schnell genug ausweichen. Mit der Schulter schlug sie im Fallen gegen die Hüfte des Mannes und spürte eine feste Gürtelschnalle. Im letzten Moment konnte sie sich fangen und rappelte sich auf. Die Hände des Mannes strichen über ihre Seite. Ein Finger verhakte sich in ihrer Jacke. Mit einem Ruck riss sie sich los und spurtete mit Höchstgeschwindigkeit davon. Nur noch zwei Straßen bis zu ihrem Quartier, sie atmete auf, als sie in den Hof einbog. Am Wassertrog wusch sie sich die Kohle aus dem Gesicht und war Minuten später wieder die nette Krämerin im Unterkleid. *Uff.*

Für ein paar Atemzüge legte Luzia sich auf ihr Bett und schloss die Augen. Schluss jetzt. Das war der letzte Einbruch. Sie hatte genug. Es wurde Zeit, dass sie sich eine andere Stadt suchte. Zum Rhein als erstes, und dann ließ sie das Los entscheiden: Das erste Schiff, das sie mitnahm, sollte ihren weiteren Weg festlegen, nach Norden, in die

Hansestädte, wo es wimmelte von reichen Kaufleuten, oder nach Süden ins Bayrische, die Wallfahrtswege entlang mit den gutgläubigen Pilgern. Luzia stand auf und legte die schwarze Kleidung zusammen. Eine Tasche war ausgerissen, das musste sie später flicken. Sie nahm die Schmuckstücke heraus und versteckte die Jungensachen unter der losen Diele, den Schmuck brachte sie zur anderen Seite des Zimmers, wo hinter der Truhe ein Stück Putz im Fachwerk abgefallen war. Dort hatte sie aus Stroh und Lehm eine Höhlung herausgeschabt, wohinein ihr Beutel passte. Er wurde mit der letzten Beute so voll, dass sie das Loch nicht mehr mit dem Putzfladen schließen konnte. Also war es beschlossene Sache. Sie nahm den Beutel heraus und steckte ihn zuunterst in die Kiepe mit ihren Spitzen, Bändern und Litzen unter den doppelten Boden. Leider ließ sich nur ein oberflächlicher Beobachter davon täuschen. Die Kiepe wurde mit dem Diebesgut so schwer, dass man bei einer Durchsuchung unbedingt nach verborgenem Inhalt fahndete. Die trotteligen Wachen am Stadttor konnte sie übertölpeln. Sie verstaute die Brosche und die Armreifen sorgfältig. Die Kette aus Münzen klingelte so laut, dass sie einen Moment lauschte, ob sie vielleicht die Böttchersfamilie damit weckte. Und wo war das Medaillon? Der Mond schien in ihre Fensterluke, sie konnte genau sehen, dass nichts auf dem Boden lag. Es steckte auch nichts in den Ritzen der Dielen. Hektisch kramte Luzia den Anzug wieder heraus und untersuchte die Tasche, die ihr der Mann auf dem Marktplatz zerrissen hatte. *Verdammt!* Irgendwo auf dem Weg hatte sie das Medaillon verloren, im schlimmsten Fall auf dem Hof der Böttcherei oder direkt davor. Sie streckte ihren Kopf aus dem Fenster und überflog mit den Augen alles unter ihr. Nein, das Amulett musste golden schimmern, wenn es irgendwo lag. Dort wuchsen keine Pflanzen, in denen es sich verfangen konnte, die hatte die Ziege weggefressen. Auf dem Weg über den Hof lag es nicht.

Luzia müsste sich umziehen und den gesamten Weg zurücklaufen. Im schlimmsten Fall lief sie damit diesem späten Zecher genau in die Arme. Der konnte den Nachtwächter oder, schlimmer noch, die Stadtwache alarmieren. Vergiss es, dachte sie, legte sich in ihr Bett und schloss die Augen. Nur allmählich beruhigte sich ihr rasendes Herz. Es war noch etwas Zeit bis zum Morgengrauen, die sollte sie mit Schlaf nutzen.

※

»Lukas, wach auf«, drang die belegte Stimme seiner Schwester in sein Ohr. So hörte sie sich nicht unter normalen Umständen an. Alarmiert fuhr er hoch und suchte in der Dunkelheit die schlanke Gestalt Magdalenes. Als sie sah, dass er wach war, setzte sie sich an die Kante seines Bettes und fasste seine Hand.

»Was ist denn los?«, murmelte er noch umfangen vom Schlaf.

»Wahrscheinlich gar nichts. Es rumort noch immer vom Marktplatz. Ich bekam auf einmal so sehr Angst, dass ich nicht mehr allein sein konnte.«

Fürsorglich tätschelte er ihre Hand und drehte sich zu ihr hin. »Gibt es was Besonderes?«

»Abgesehen davon, dass die Hexenjäger von Tür zu Tür gehen und Frauen herauszerren, um sie auf dem Scheiterhaufen zu verbrennen?«

»Ach, Liebes«, flüsterte Lukas. Wenn er ihr doch nur helfen könnte! Seit jenem unseligen Zwischenfall weckte sie jede Kleinigkeit und oft wachte sie ohne Grund schreiend mitten in der Nacht auf. »Es geht da um eine alte Sache. Seit Jahren intrigieren diese Weiber, huren herum und mischen Gift. Vor elf Jahren hat es begonnen, da töteten sich diese Furien aus Eifersucht gegenseitig die Kinder. Um das zu beenden, griff die Obrigkeit ein und verbrannte die Schlimmsten als Hexen. Elf Jahre reichte die Abschreckung, jetzt fingen die übriggebliebenen Spießgesellinnen erneut damit an, bis die Amtmänner einschritten. Hab keine Angst, es wird bald vorbei sein.«

»Lukas, du bist immer so vernünftig«, seufzte Magdalene. »Wenn es doch nur so wäre! Eine Frau, die das Kind einer anderen mordet, gehört auf diese Weise bestraft. Nur, was Trine erzählt ... ihre Mutter ...«

»Liebes, nimm es dir nicht so zu Herzen. Das war schrecklich, fürwahr. Furchtbar, wenn es dabei auch Unschuldige trifft. Das passiert immer wieder und ist leider nicht zu vermeiden.«

»Und wenn es diesmal wieder mich trifft?«

Lukas richtete sich auf und nahm sie voll Zärtlichkeit in den Arm. »Nun sieh nicht immer so schwarz! Das war vor Jahren. Jetzt leben wir doch in ganz anderen Zeiten. Du bist eine ehrbare Edelfrau, die ein sittsames Leben führt. Eine Nonne im Kloster lebt nicht keuscher. Niemand kann dir etwas Schlechtes nachsagen. Für dich besteht absolut keine Gefahr.«

Magdalene legte ihren Kopf auf seine Schulter und er spürte Tränen feucht durch sein Nachthemd dringen. Seit sechs Wochen, seit Beginn des Prozesses gegen die Schultheißin, hatte sie nicht mehr das Haus verlassen und hielt sich in seiner Nähe, sowie er daheim weilte. Tagsüber merkte man ihr nichts an, da gab sie sich ruhig und heiter, aber sowie die Sonne sank und die Mädchen die Lampen anzündeten, bebten ihre Finger und es hielt sie kaum auf einem Fleck.

Es pochte an der Eingangstür. Der Laut drang durch das nachtschlafende Haus und dröhnte in jeden Winkel. Magdalene zuckte zusammen und drückte sich an Lukas' Schulter, aber er schob sie von sich und stand auf. Neben dem Bett hing griffbereit sein Rapier. Er nahm es in die Hand, bevor er Magdalene auf das Bett beförderte und sein Schlafzimmer verließ. Der Flur lag stockdunkel vor ihm. Entweder hatte Trine das Nachtlicht vergessen anzuzünden oder es war ausgegangen in dem kalten Zug, der Lukas schaudern ließ. Mit Filzpantoffeln tastete er sich zum Treppenhaus. Von oben kam Trine mit einer Lampe in der Hand herunter. Sie hatte nur ein Tuch über die Schultern geworfen, die Füße tappten unter dem Saum des Hemds nackt auf der Treppe. Ihre Augen weiteten sich, als sie die Waffe in der Hand ihres Herrn sah, aber dann nickte sie mit einem kaum sichtbaren Lächeln. Es pochte wieder ungestüm, jetzt hörte man die Stimme eines Mannes. Trine verdoppelte ihre Geschwindigkeit und ihre Füße patschten geschwind die Stufen hinab an ihrem Herrn vorbei, bis sie an dem Guckloch in der Haustür stand. Überlaut polterte es an die Tür und Lukas spürte sein Herz im Hals klopfen. Trine zuckte zurück, dann schob sie vorsichtig den Laden auf. Gleich drückte sich eine knollige Nase herein.

»Mach auf, Weib! Die Obrigkeit!«

Heftig schob Trine die Klappe gleich wieder zu, dass sie die Nase eingeklemmt hätte, wenn der Besitzer sie nicht so schnell wieder zurückgezogen hätte. Sie stellte sich auf Zehenspitzen und schaute selbst hinaus.

»Ferdinand Bennicke, alter Hurenbock, spiel dich nicht so auf!«, fuhr sie den Knollennasigen vor der Haustür an.

»Fechtener Trine, du bösartige Beißzange, wirst du wohl öffnen!«

»Und warum sollte ich das tun, du Haderlump, wenn grad du vor der Tür stehst?«

»Weil ich der Stadtwächter bin und den Dieb stelle!«

Trine schüttelte den Kopf und stemmte die Hände in die Hüften, wozu sie einen halben Schritt zurücktreten musste. »Was ficht mich dein Dieb an, du Taugenichts?«

Kaum waren ihre Finger von der Klappe verschwunden, schob sich die dicke Nase wagemutig wieder vor. »Hindere nicht meine Pflicht, Weib! Ich verfolge den Dieb und durchsuche jetzt jedes Haus, bis ich ihn gestellt habe.«

»Durchsuche, was du willst, aber nicht dieses Haus. Hier gibt es nur anständige Leute, die von Dieben nichts wissen. Mein Herr schlägt mich, wenn ich zu nachtschlafender Zeit einem Dahergelaufenen öffne!«

Die Nase wanderte in dem kleinen Fenster auf und ab, dann schüttelte sie sich. »Trinchen«, kam es auf einmal ganz kleinlaut, »sagst aber nichts?«

Mit einem gutmütigen Lächeln streckte Trine die Hand durch das Fensterchen und tätschelte eine blauadrige Wange. »Bist doch ein Pflichtbewusster! Hast alle Stuben durchsucht, du Heldenfigur. Jetzt mach dich schnell auf und fang deinen Dieb, bevor er sich selbst davongestohlen hat.«

»Trinchen«, kam es noch einmal, »bist mir noch gut?«

Mit leisem Gekicher antwortete sie ihm, als sie die Klappe so laut zuschlug, dass Lukas zusammenzuckte. Die leise Röte, gerade so sichtbar im Licht der Lampe, stand Trines Gesicht gut. Dadurch wirkte sie Jahre jünger. Welche Haarfarbe sie wohl besaß? Kaum jemand ver-

28

steckte allzeit seine Haare so genau wie Trine. Ihre zarte Hautfarbe ließ darauf schließen, dass sie blond sei, aber sicher war Lukas nicht.

Er senkte das Rapier, das er die ganze Zeit angriffsbereit in der Hand gehalten hatte. Anerkennend nickte er der Magd zu. »Gut gemacht, Trine. Springst du mit allen Stadtwachen so um?«

Verlegen zog sie das Tuch enger um ihre Schultern und knickste. »Leider nicht, Herr. Der Ferdinand ist ja ... nun ...«

»Schon gut, Trine, das geht mich nichts an. Solange du deine Arbeit gut erledigst, soll mir egal sein, wem du schöne Augen machst.«

Sie knickste erneut mit deutlich geröteten Wangen. »Herr, das Fräulein wird vergehen vor Angst. Lass mich sie trösten, Herr, dass sie Ruhe in der Nacht findet.«

Auf seinen auffordernden Wink eilte sie die Treppe hoch, versäumte aber nicht, an ihrer Lampe die kleinen Öllichte für die Nacht anzuzünden, damit Lukas nicht im Dunkeln stolperte. Langsamer ging er hinterher, wartete, bis die Magd seine Schwester in ihr Zimmer gebracht hatte, dann schloss er die Tür hinter sich, hängte das Rapier an seinen Platz und legte sich nieder.

Diesmal hatte Trine die Stadtwache abwimmeln können.

Energisch blies er die Lampe aus und drehte sich auf die Seite. Es ging doch nur um einen Dieb. Er begann schon genauso furchtsam zu denken wie seine Schwester. Andererseits stünde auch ihm ein wenig Vorsicht gut an. Nicht nur aufsässige Weiber landeten auf dem Scheiterhaufen. Auch besserwisserische Gelehrte.

Aus dem Nebenzimmer hörte er das Klappen der Tür, Trine verließ seine Schwester. Nur kurz dauerte es, bis die Dielen knarrten und der Hocker über den Boden schabte. Magdalene hatte ihr Bett verlassen und kniete jetzt vor dem kleinen Altar, den sie sich zum Trost angelegt hatte. Heilige Jungfrau Maria, betete er, hilf meiner kleinen Schwester in ihrem Kummer.

KAPITEL 2

ABREISE

Schon vor Sonnenaufgang weckte Luzia der Lärm der erwachenden Stadt. Das Klingeln aus der Schmiede ein paar Häuser weiter kam so regelmäßig, dass sie beinahe wieder eingeschlafen wäre. Dann erinnerte sie sich an ihr gestriges Missgeschick. Nun, das war ein Ansporn. Sie wurde hier faul und fett - es gab nichts, was einem Dieb schädlicher war. Also zog sie das Überkleid an und suchte ihre Schuhe. *Ach, die waren beim Schuster.* Das passte ja nun gar nicht. Mit einem Seufzen hob sie die Kiepe auf ihren Rücken und verließ ihre Kammer. Die Böttcherin werkelte in der Küche und blickte hoch, als Luzia die Stiege herunterkam.

»Guten Morgen, Engelchen! So früh schon unterwegs? Nimm ein Knüstchen und einen Becher Molke. Mit hungrigem Magen läuft sich's schlecht.«

Gerne nahm Luzia das Angebot an, ihr Magen meldete unangenehme Leere. Sie trank die Molke im Stehen und steckte den Kanten Brot ein. Die Böttchersfrau schüttelte den Kopf. »Ach Mädchen, wie kannst du nur immer mit der schweren Kiepe herumlaufen!«

»Böttcherin, sie ist ja nicht mehr schwer. Ich wünschte, sie wäre noch voll! Meine Ware ist doch fast verkauft.«

Freundlich lächelnd verließ sie das Haus. Ihr Weg führte sie über den Marktplatz, wo gerade die Reste des Scheiterhaufens zusammengekehrt wurden. Noch immer stand der Schultheiß daneben. Wie ein Häuflein Elend sah er aus, mit heruntergesunkenen Schultern und rotgeweinten Augen. Eine Welle des Mitleids überschwemmte Luzia und sie blieb stehen. Der arme Mann. Da hatte er jahrelang neben so einer Schlange gelebt und es nicht gewusst. Wie konnte man so bösartig werden mit so einem guten Mann an seiner Seite? Bis zuletzt wollte er ihre Untaten verzeihen und ihr Seelenheil retten. Ein Wort der Schlampe hätte seine Gewissensqualen beseitigt. Luzia riss sich zusammen und ging

32

weiter. Auch vor dem Rathaus standen wieder Leute und lauschten den Schreien, die aus dem Keller drangen. »Mein Gott, hat denn die Hexe noch immer nicht gestanden?«, fragte sie eine der Frauen. Es war die Frau des Viehhändlers, eine knochige Schrulle mit spitzer Zunge. »Hexe? Das wird sich herausstellen. Wer soll denn noch alles Hexe sein? Morgen wird jemand auf die Idee kommen und mich anschwärzen. Sollen sie lieber den Dieb fangen, der seit Wochen unbescholtene Bürger belästigt!«

Luzia schauderte, aber aus einem anderen Grund, als die Alte meinte. Zeit, der Stadt den Rücken zu kehren. Wenn die Bürger aufmerkten, hieß es scheiden.

»Sie haben die ganze Nacht nicht Ruhe gegeben«, wusste eine Alte neben ihr. »Spannten sie auf die Folter und sind Wein trinken gegangen, die feinen Herren. Als sie wiederkamen, war sie nicht mehr bei sich. Da quälten sie das arme Weib mit Zangen und Eisen und bekamen es nicht wach. In die Ecke geworfen wie ein alter Lumpen gingen ihre Augen wieder auf. Da haben sie gleich aufs Neue begonnen.«

»Das ist nicht rechtens«, murmelte ein Mann vor sich hin, sah sich schnell um und lief mit eingezogenem Hals davon. Anscheinend suchten nicht alle Stadtbewohner mit der gleichen Leidenschaft wie die Obrigkeit nach Hexen.

Luzia ging weiter bis zur Stadtmauer. Der Schuster werkelte wieder, aber nicht an ihren Schuhen. Er sah hoch, als sie hereinkam. »Ah, Mädchen, zu früh! Das sind die Stiefel der Stadtwache. Die haben Vorrang. Komm nachmittags wieder.«

Grübelnd verließ sie den Laden. Wie unangenehm! Der ganze Weg ohne Schuhe. Sie hatte noch eine zweite Besorgung, der Glasbläser wohnte nur wenige Schritte entfernt.

»Sicher, Mädchen, es ist fertig«, begrüßte sie der Geselle. Wenigstens ein Lichtblick. Sie stellte die Kiepe auf den Boden, nahm den Umschlag mit den wenigen übriggebliebenen Zierbändern heraus und half dem Glasbläserjungen, die Fläschchen in Lumpen und Stroh zu wickeln. Einen Beutel mit Holzstopfen reichte ihr der Geselle nach.

Sorgfältig stapelte sie die Pakete in ihrer Kiepe auf den falschen Boden und legte die Stopfen obenauf. »Und die passen?«, fragte sie.

Der Geselle schnaubte. »Die Flakons sind eher zu klein als zu groß. Schab ein wenig vom Holz ab, wenn es nicht passt. Du musst ja sowieso Hanf herumwickeln. Noch zwei Gulden bekomm ich.«

Gerne gab sie gutes Geld für gute Arbeit. Sie hatte es abgezählt unter ihrer Schürze und tat so, als ob es ihr schwer fiele, es herauszurücken. Der Geselle sah ihrem Gesicht an, dass sie lieber noch etwas gehandelt hätte. Er legte seine mit Brandflecken übersäte Hand auf ihre. »Mädchen, es kostet sein Geld. Der Meister ist im Preis so weit runtergegangen, wie er nur konnte.«

Sie nickte und legte die Gulden auf den Tisch. Es stimmte, mit der Anzahlung zusammen hatte sie nicht viel gezahlt.

Den Meister traf man so früh morgens nicht an, er lag noch im Hinterzimmer und hustete. Es dauerte, bis er munter genug zum Aufstehen wurde. Der Geselle hatte ihr schon sein Leid geklagt, dass er vielleicht sterben könne, ohne ihn in die letzten Geheimnisse seiner Kunst eingeweiht zu haben. Junge, hätte sie ihm am liebsten aus der Erfahrung ihrer Reisen gesagt, du wirst auch einmal vor der Zeit an der Lungensucht sterben, das tun alle Glasbläser. Sie lächelte dem Gesellen zu, schloss den Deckel der Kiepe und wehrte den Lehrjungen ab, der ihr helfen wollte. Ein Glaser wusste, was Glas wiegen durfte, die Kiepe war zu schwer dafür. Da trug sie alles lieber allein. Der Geselle trat vor die Tür und sah ihr hinterher, wie sie über das Pflaster ging.

Sie wandte sich am Anfang der Gasse zum oberen Tor. Tagsüber standen zwei Wachen da, mit denen sie oft scherzte. »Luzia, die schöne Krämerin! Wohin des Wegs?«

»Zur Amorquelle, da lagern Wallfahrer. Es werden Frauen sein, vielleicht brauchen die Spitzen, Bänder und Litzen.«

»Schöner Putz aus Brüssel, wir wissen! Vornehme Damen sind gekommen, sagt man. Unsereins könnte ihnen besser helfen als das Spülwasser!«

Lautes Gelächter antwortete dem Kameraden. Luzia schlug errötend vor verhaltenem Lachen den Blick nieder und eilte durch das Tor. Die

34

erste Strecke war der Weg noch gepflastert, dann begann der Waldweg. Erst außer Hörweite der Wachen lachte auch sie. In der Tat, genau das gleiche dachte auch sie oft. Die Edelfrauen gehörten mal richtig rangenommen, dann brauchten sie kein heiliges Heilwässerchen mehr gegen ihre Kinderlosigkeit. Manche von denen wussten noch nicht einmal, wie man Kinder machte. Die glaubten wohl, vom Beten werde man schwanger! Der Glaube versetzt Berge - aber nur der Heiligen Jungfrau Maria ein Kind in den Bauch. Luzia betete eher darum, dass sie nicht schwanger wurde. Dafür hätte sie lieber ein Wässerchen gehabt. Auch ohne dies funktionierte das Rezept ihrer Großmutter gut. Sie gab es nur in der Familie weiter, wie man die Tage abzählte. Eine Hebamme, die es ihr verraten hatte, war als Hexe verbrannt worden. Der Kaiser verlangte Soldaten. Das Weib, das ihm nicht gehorchte, frevelte.

Der Weg verlief herzerfrischend durch das erwachende Grün der Bäume. Auf dem Boden lagen Tannennadeln, die das Gehen angenehm machten, nur selten ragte ein spitzer Stein aus der Erde. Solange Luzia auf den Weg achtete, tat sie sich nicht weh. Die Amorkapelle lag ja nur gut eine Meile außerhalb. Schon von Weitem sah sie das Gemälde an der Außenwand, das den Heiligen Christopherus darstellte, wie er den Herrn Jesus über das Wasser trug. Luzia bekreuzigte sich, das schadete ja nicht. Eine Kutsche mit einem Rappen stand davor und in der Kapelle sah man Leute. Hinter dem Gotteshaus lag die Quelle eingefasst in feines Mauerwerk, ihr Ziel.

Neben dem klaren Wasser stellte Luzia die Kiepe ab und nahm die Pakete heraus. Sorgfältig wickelte sie jeden Flakon aus, füllte ihn mit Quellwasser, verstopfte ihn, hüllte ihn wieder ein und stellte ihn so in die Kiepe, dass er nicht auslaufen konnte. Das tat sie noch nicht lange, da kam aus der Kapelle eine vornehme Frau. Sie hatte ihre Haare mit einem hauchdünnen Tuch bedeckt und trug ein prächtiges Kleid, das Luzia neidisch bewunderte. »Was machst du da?«, fragte die Edelfrau nicht gerade freundlich.

Luzia stand auf, knickste und schlug den Blick nieder. »Gnädige Frau, ich sammle Heilwasser.«

»Das sehe ich. Wozu?«

»Gnädige Frau, es ist für Kranke. Die Quelle trägt viele Segnungen. Sie hilft auch bei Augenleiden. Das Wasser soll Blinde wieder sehend machen.«

»Ah.«

Diese Auskunft war wohl die richtige. Die Dame warf einen verächtlichen Blick auf Luzias bloße Füße, drehte sich herum und stolzierte zurück zur Kapelle. Frauen waren bei nichts so eifersüchtig wie beim Kinderkriegen. Hätte Luzia ihr gesagt, es sei für eine andere Frau zur Fruchtbarkeit, dann hätte sie ihre Diener geschickt, um die Gemeine von der Quelle zu jagen. Aber das Wasser für Augenleiden sammeln, das ging in Ordnung, das durften Bettler.

Zu dieser Quelle reisten von nah und weit die vornehmsten Damen, um das Heilwasser gegen Kinderlosigkeit zu trinken und in der Kapelle zum Heiligen Amor zu beten. Dabei hatte ihr der Küster erzählt, den Heiligen gab es nie. Die Quelle habe schon Amorquelle geheißen, bevor die Mönche im Tal das Kloster errichtet hatten. Weil der Amor ein heidnischer Gott war, dachten sie sich flugs die Mär vom Heiligen aus. Aber das Wasser, das half, sagte er. Luzias Meinung nach wirkten eher die Reise, die frische Luft und der fesche Pferdeknecht.

Bald war Luzia fertig und hievte sich die Kiepe auf den Rücken. Nun hatte sie das richtige Gewicht, so fiel niemandem auf, dass sie zu schwer sein könnte. Jetzt besaß sie statt ihrer Litzen neue Handelsware, mit der sie in einer anderen Stadt beginnen konnte: Heilwasser gegen Blindheit und Kinderlosigkeit.

Statt sich bergab nach Amorbach zu wenden, stieg sie einen Wildwechsel bergauf in den Wald. Weit musste sie nicht gehen, da schlug sie sich in die Büsche und ging zu einem Felsen, der aus dem Moos hervorsah. Darunter lag eine Ausspülung von genügender Größe. Schon vor Wochen hatte sie das Loch gegraben, in das sie jetzt die Kiepe schob. Ein Brett, ein Stein und eine Schicht Erde verschlossen das Versteck perfekt, Tannennadeln und altes Laub vertuschten, dass sich überhaupt jemand hier zu schaffen gemacht hatte.

Jetzt ging es zurück in die Stadt. Am Tor wurde sie wieder von den Wachen aufgehalten.

»Nanu, Luzia, wo ist deine Kiepe?«

»Verkauft! Die Zofen der vornehmen Dame haben mir all meine Ware abgekauft und auf dem Weg fand ich einen Trödler, der meine Kiepe brauchen konnte. Ist es nicht ein schöner Tag? Ich habe genug Gewinn, dass ich mir heute Abend einen Becher Wein leisten kann.«

Gutmütig beglückwünschten die Wachen ihr Geschäft und sahen ihr nach, wie sie beschwingt die Straße herunter lief. Der Schuster begrüßte sie mit ihren fertigen Schuhen. Sie sahen aus wie neu und seine Arbeit war Luzia gerne die paar Kreuzer wert, die er verlangte. Mit den reparierten Schuhen spazierte sie durch die Stadt und sah sich alle Häuser an, die sie im Laufe der Wochen besucht hatte. Eine schöne, ruhige Stadt. Schade, dass sie weg musste.

Lukas stand gerne hier auf dem Balkon, von dem aus er fast die gesamte Stadt überblicken konnte. Er liebte dieses alte Haus mit seinen verwinkelten Seitenflügeln und dem unübersichtlichen Keller, in dem er sich sein Laboratorium eingerichtet hatte. Aber am besten gefiel ihm der kleine Turm, zu dem man über eine klapprige Leiter gelangte. Dort hatte er das optische Instrument installiert, mit dem sich ihm eine unvorstellbare Sternenflut erschloss. So reichte sein Sichtfeld wohl an das der berühmten Astrologen des Morgenlandes heran. Vielleicht würden auch seine Horoskope eines Tages so große Bedeutung erlangen wie deren. Im Moment lag auf seinem Pult die Konstellationsberechnung für den Erzbischof von Mainz. Seit Lukas Marburg verlassen hatte, wollte er sich eigentlich in keine Kirchenangelegenheiten mehr einmischen, aber Johann Schweikhard von Kronberg hatte ihn ausdrücklich gebeten, nur seine Gesundheit zu beurteilen. Der gute Mann litt schwer unter Herzbeklemmungen, die Schmerzen ließen ihn nachts nicht schlafen und tags nicht arbeiten. So wurde er unduldsam seinen Untergebenen gegenüber und befolgte aus Unachtsamkeit schlechten Rat. Ein Horoskop sollte ein Heilmittel finden oder ihn ermutigen, Gottes

Ratschluss anzunehmen. Wenn der Herr jemanden mit einem Leiden belastete, tat er gut daran, demütig seine Lehre daraus zu ziehen. Seine Exzellenz allerdings argwöhnte, dass jemand anders damit zu tun hatte. Hoffentlich konnte Lukas ihm helfen.

Lukas seufzte. Eine schwere Aufgabe. Aufgrund der neu mit dem Instrument zu erkennenden Gestirne hatte er als erstes sich selbst die Zukunft gedeutet. Veränderungen, mehr hatte sein Horoskop ihm nicht enthüllt. Mars und Venus griffen in sein Schicksal ein. Dabei hatte er so gehofft, dass die Schweden endlich abließen von Amorbach. Seit Monaten gab es keine Kunde mehr von ihnen, doch die Sterne schienen eine Rückkehr anzudeuten. Was sonst sollte der kriegerische Mars in seinem Leben? Zum Glück bestimmten die Sterne ihm kein schlimmes Schicksal. Auf und Ab im Laufe des Lebens gehörten dazu. Jetzt erwartete ihn wohl ein kleines Ab. Man musste es annehmen.

Nur Venus … Dass Venus in sein Leben trat, wurde langsam Zeit. Seine Arbeit ließ nicht zu, dass er sich allzu sehr um ihre Belange scherte, nichtsdestotrotz vermisste er ihre sanfte Hand. Damals im Morgenland gab es die Tochter einer Kreuzfahrerfamilie, deren dunkle Augen die Glut ihrer orientalischen Heimat widerspiegelten. Sie entfachten ein Feuer in seinem Inneren, das ihn den Zweck seines Aufenthalts dort beinahe vergessen ließ. Beinahe. Schweren Herzens hatte er Abschied nehmen müssen von der strahlenden Schönheit, die Worte wie Honig von ihren Lippen tropfen ließ, um ihn zum Bleiben zu überreden.

Energisch riss Lukas sich aus der Vergangenheit los und ließ den Anblick vor sich wieder in sein Bewusstsein brechen. Er konnte bestens den Marktplatz überblicken, auf dem gestern das Höllenfeuer gelodert hatte. Als ob von dort die Pest ausginge, hatte Magdalene alle Türen und Fenster davor geschlossen und dem Gesinde verboten, von diesem Balkon das Spektakel zu genießen. Fast hysterisch hatte seine Schwester auf die Nachricht reagiert, dass wieder eine Hexe verbrannt wurde. Nachzutragen war es ihr nicht. Nicht zuletzt hatte er den Umzug hierher ja ihretwegen gewagt, damit sie nie wieder von diesem Übel berührt werde. Doch das Schicksal verfolgte sie beide.

Nicht nur das Gesinde hatte auf Logenplätze für das Schauspiel gehofft, auch die Nachbarin wollte eingeladen werden. Da unten lief sie, einen Korb mit Gemüse gegen ihre Hüfte gepresst. Ihr Gang sah dadurch wiegend aus, seltsam erregend. Unter der einfachen Trauerkleidung zeichneten sich ihre Brüste ab, weil die Bluse vom Korb heruntergezogen wurde. Gertenschlank und doch mit Rundungen an den richtigen Stellen. Der Pferdehändler habe sie nicht berührt, munkelte man. In dem halben Jahr vor seinem Tod sei er schon so krank gewesen, dass die Ehe nie vollzogen worden sei, lautete das Gerücht. Am Eingang zur Gasse blieb sie stehen und begrüßte eine alte Frau, wodurch Lukas die schöne Witwe genau betrachten konnte. Eine dunkle Locke stahl sich unter ihrer Haube hervor und sie strich sie mit einer eleganten Bewegung zurück. Dunkle Locken hatte auch Yasmina gehabt, die Tochter des Statthalters in Salerno. Die musste ihre Haare nicht bedecken, ließ sie in blauschwarzer Pracht lang über ihren Rücken wallen bis zu den üppigen Hüften.

Lukas spürte bei dieser Erinnerung, dass er ein Mann war. Ein Lächeln stahl sich in sein Gesicht. Wenn Venus seinen Weg kreuzte, dann sollte er vielleicht der Witwe das nächste Mal selbst einen Logenplatz auf seinem Balkon anbieten. Seine Miene versteinerte sich. Aber nicht unbedingt bei einer Hexenverbrennung.

Es wurde später Nachmittag, bis Luzia bei der Böttcherin ankam. »Na, Mädchen, wo ist deine Kiepe?«, wurde sie auch von ihr begrüßt. Ihr erzählte sie die gleiche Geschichte. Die frische Luft hatte sie hungrig gemacht, sodass sie gerne den Salzhering nahm, den die Böttcherin anbot.

»Ein Händler brachte einen ganzen Karren Fastenspeise in die Stadt«, wusste sie zu berichten. »Es ist noch hin zu den Fastentagen, aber man freut sich über die Abwechslung. Du hast was verpasst, als du fort warst, Mädchen. Die Diebstähle haben sich aufgeklärt.«

Der Brocken blieb Luzia fast im Halse stecken.

»Diebstähle?«, hustete sie.

»Ja, du weißt doch! Die nächtlichen Einbrüche, wo den Reichen das Laken unterm Hintern gestohlen wurde!«

»Laken?«

»Na, so sagt man doch! Wo jemand ohne Spuren neben dem Schlafenden die schönsten Preziosen stahl. Nie war die Tür aufgebrochen, nie jemand aufgewacht, selbst die Hunde schlugen nicht an. Man redete ja schon von einem Geist oder Teufel, der nachts die Weiber beschlief und ihr Geschmeide dafür nahm. Die Stadtwache war ratlos. Jetzt nicht mehr.«

Die Böttcherin machte eine Pause, bis Luzia mit weit offenem Blick fragte: »Nun?«

»Sie haben ihn.«

»Wen?«

»Den Meisterdieb. Na ja, noch nicht ganz, aber fast. Der Bennickes Ferdinand, der seit acht Jahren schon in der Stadtwache dient, der machte noch nach Mitternacht eine Runde. Er kontrollierte, ob der Kettenwirt auch die Sperrstunde einhielt. Als er sich von der Tür abwandte, fiel ihm ein Schatten auf dem Marktplatz auf. Pflichtschuldig, wie er ist, schlich er hinterher und stellte den Dieb!«

»So haben sie ihn?«

»Fast. Er ließ sich nicht so festnehmen, sondern kratzte und schlug um sich, dass der Ferdinand voll ist mit blauen Flecken. Wie eine Katze rutschte er ihm durch die Finger. Aber der Ferdinand konnte ihm einen Teil seiner Beute abnehmen, ein Medaillon, das die Müllerin von der Mutter des Müllers bekam. Sie bewahrte es neben ihrem Bett auf und schwört Stein und Bein, dass nur jemand mit des Satans Hilfe an ihrem Wachhund vorbeikommt. Der Ferdinand bekam vom Müller einen Gulden Belohnung. Jetzt sind zehn Gulden auf den Dieb ausgesetzt.«

»Zehn Gulden?« Luzia wurde es mulmig. Dafür töteten manche. Besser, sie wäre nicht noch einmal hierher zurückgekehrt.

»Ja, und glaub nicht, wo sie ihn suchen.«

Ein Stich zog durch Luzias Magen. »Wo suchen sie ihn denn?«

40

»Der Ferdinand sah, dass er vom Markt aus in diese Gasse lief. Die Stadtwache kam heute in jedes Haus und suchte in den Zimmern. Auch in deine Truhe sahen sie hinein.« Luzia spürte das Blut aus ihren Wangen weichen, aber die Böttcherin plapperte munter weiter. »Hübsches Leinen hast du, meinte der eine, und ich sagte ihm, er soll seine schmierigen Finger davon lassen. Mädchen, reg dich nicht auf. Ich habe schon darauf geachtet, dass nichts schmutzig wurde. Du bist ja ganz blass geworden.«

»Ja, Böttcherin. Du weißt, ich bin nicht reich. Das ist meine Aussteuer. Mein Verlobter hat sich so sehr gewünscht, dass ich zur Hochzeit so gekleidet bin wie eine feine Dame. Da sparte ich alles, um mir diese Wäsche zu leisten. Und wenn ich denke, einer von diesen Schmutzfinken ...«

»Ach, Mädchen, mach dir keinen Kopf. Morgen spätestens haben sie ihn erwischt. Es wohnen doch nur Einheimische in der Gasse, alles anständige Bürger. Da ist ganz schnell heraus, wenn ein Fremder sich verbirgt.«

»Ja, Böttcherin, das ist schnell heraus.«

Wenn die Böttcherin sie als zur Familie gehörig betrachtete, dann bedeutete das noch lange nicht, dass die anderen aus der Gasse das genauso sahen. Und erst recht nicht die Stadtwache. Eines war klar: Jetzt kam sie nicht mehr so einfach aus der Stadt heraus. Man kannte sie, wusste, dass sie längere Zeit hier wohnte. Da würde sie niemand mit einem Bündel Gepäck fortlassen. Es wurde ihr eiskalt innerlich, doch sie zwang sich zu einem Lächeln. Nein, auf gar keinen Fall durfte sie sich hier noch ausruhen. Zu dumm, dass sie nicht all ihre Habseligkeiten fortgebracht hatte. Aber verzichten wollte sie auf gar keinen Fall darauf.

Luzia gähnte demonstrativ und ging hoch in ihr Zimmer. Zwei Eimer Wasser nahm sie mit und ihre Wirtin spottete darüber, ob sie jemandem gefallen wolle, worauf Luzia mit einem Scherz antwortete. Sie hatte etwas anderes vor - und zwar die Flucht. Mit sandiger Seife wusch sie sich gründlich das Gesicht, bis es rot glänzte. In die nasse

Haut massierte sie eine mit Nilschlamm gefärbte Salbe ein. Sorgfältig malte sie mit einem Kohlestück Augenbrauen und Wimpern nach. Für die Lippen und Wangen hatte sie die Salbe mit mehr Farbe und etwas Rötel bereitet, dass sie dunkler als das Gesicht wurden. Der Handspiegel reflektierte ein Gesicht, das sie selbst nicht kannte. Noch wirkte es durch die blonde Haarfarbe unnatürlich. Die Haare band sie zu einem straffen Knoten zusammen, bevor sie die Perücke aufsetzte. Lange hatte sie sparen müssen, um sie sich zu leisten. Gelocktes, schwarzes Haar mit grauen Strähnen war auf ein buntes Kopftuch genäht und sah so aus, als ob es darunter hervor käme. Jetzt nickte sie dem Gesicht im Spiegel befriedigt zu. Die Nase schien schmaler, die Wangen knochig. Was so ein wenig Farbe ausmachte! Ihre Mutter hatte ihr beigebracht, Masken für die kleine Theatertruppe zu schminken. Sie hatte furchterregende Tote malen können. Bis Luzia es nachvollziehen konnte und es natürlich aussah, war allerdings einige Übungszeit vergangen.

Jetzt kam die Kleidung dran: ein weit fallender Rock und eine langärmlige Bluse, nicht ganz passend in Muster und Farbe, dazu ein Bündel aus einer bunten Decke. Jetzt nahm man ihr spielend die alte Zigeunerin ab. In das Bündel kam alles, was von ihren Sachen noch im Zimmer herumlag. Zum Glück kein Stück Beute.

Nicht mehr lange bis zum Sonnenuntergang, unter sich hörte sie die Familie beim Abendessen rumoren. Ein Blick aus dem Fenster überzeugte sie, dass sich alle Familien um den Abendessenstisch versammelten. Es war draußen still und menschenleer. Ein weiter Sprung beförderte Luzia aus dem Fenster. Im Hof federte sie gekonnt ab und rannte die paar Schritte vom Hof. Niemand hatte sie gesehen. Sie schulterte ihr Bündel und wanderte flott die Gasse entlang. Wie ausgestorben erstreckte sich der Weg vor ihr. Am Ende der Gasse bog sie auf die breitere Straße ein und gelangte zum Marktplatz. Nichts mehr war vom Scheiterhaufen zu sehen, auch die Tribüne hatte man abgebaut. Sie bog nicht links ab zum Rathaus, sondern ging geradeaus weiter zum unteren Tor. Das bedeutete ein Stück zu laufen, der Weg wand sich am See vorbei, ein Umweg zur Amorquelle, wo sie ja ihre Kiepe abholen musste. Den Wachen am oberen Tor wollte sie nicht das dritte Mal heute über den Weg laufen. Sie erkannte sich selbst nicht im Spiegel, nur - wer weiß - vielleicht hatten die Wachen doch bessere Augen, als sie dachte.

Als das Tor in Sicht kam, senkte sie den Kopf, sah auf ihre Füße und hob das Bündel höher auf die Schultern. So sah es aus, als ob es schwer wäre und sie etwas gebeugt. Ihr Herz begann heftiger zu klopfen. Schlecht, das konnte auffallen. Ob sie den Fuß nachziehen sollte? Besser nicht. *Nicht übertreiben. Ganz natürlich.* Ohne im Tempo nachzulassen, ging sie auf das Tor zu. Die beiden Wachmänner hatten den ganzen Tag auf Posten gestanden und ersehnten das Ende ihres Dienstes. Nach Sonnenuntergang wurde das Tor geschlossen, sie konnten nach Hause gehen. Die Sonne berührte schon den Horizont. Diese beiden groben Gesellen kannte sie auch, aber nicht so gut wie die am oberen Tor. Sie standen beisammen und schwatzten, achteten gar nicht darauf, was um sie herum vorging. Luzia war schon fast unter dem Torbogen, als der eine dem anderen zurief: »Die Zigeunerin! Fang sie!«

Schreckensstarr blieb Luzia stehen, als sie am Arm gepackt wurde. Heiße Wellen liefen über ihren Rücken wie die Güsse der Badefrau. Mühsam bekämpfte sie die Panik und hielt die Füße still. Sie zog den Kopf ein, starrte auf das Straßenpflaster und wimmerte. »Aber was ist denn? Ich hab doch nichts getan!«

»Maul, Alte! Uns entkommst du nicht!«

Mehr Auskünfte bekam sie nicht, so sehr sie auch bat und bettelte. Nur einen Fehler beging sie nicht: Sie sah niemandem in die Augen. Ihre Augen waren blau und passten nicht zu der dunklen Gesichtsfarbe und den schwarzen Haaren. Noch immer hoffte sie, dass der Sonnenuntergang die Wachmänner gleichgültig machte. Was auch immer sie von ihr wollten, den geruhsamen Abend aufzuschieben, war es bestimmt nicht wert. Der eine schloss schon das Tor und ließ den schweren Riegel fallen. Ihre Hoffnung schwand, als er davonrannte und der andere sie mit stoischer Ruhe am Arm gepackt hielt. Vielleicht hätte sie sich losreißen, aber niemals so schnell das Tor öffnen können. Der Mann hätte sie auf jeden Fall sofort erreicht.

Nachdem sie eine Weile gejammert hatte, langte es der Wache. »Halt jetzt endlich den Rand, Alte, sonst hau ich dir auf die Gosch, dass du still bist!«

Das war ihr Warnung genug. Schlagen lassen wollte sie sich nicht. Also schluchzte sie nur noch ein wenig. Doch Mitleid war dem Wachmann fremd, Kälte stand in seinem Gesicht, kein Erbarmen für die alte Frau. Nach erstaunlich kurzer Zeit kehrte die erste Wache zurück in Begleitung zweier Stadtbüttel. Wie ein Gepäckstück schob die Wache sie in die Arme der Büttel, die sie rechts und links packten und wegführten. Ihr Bündel trug sie weiterhin. »Gute Herren«, versuchte sie es, »wohin bringt ihr mich denn nur?«

»Schnauze, Alte! Lauf freiwillig, sonst machen wir dir Beine!«

Eingeschüchtert durch die groben Hände an ihren Armen schwieg Luzia tatsächlich. Momentan schien Flucht unmöglich, aber bestimmt ergab sich die Gelegenheit. Sie rechneten nicht damit, dass sie flink und wendig ausbüxte. Der Weg, den die beiden liefen, gab ihr Rätsel auf. Das war nicht der Weg zum Rathaus, wohin doch zuerst jeder Gefangene kam. Der Turm, in den man die Gefangenen hinterher warf, lag wieder ganz in der anderen Richtung. Da ging es also auch nicht hin, sondern an den Klostermauern entlang zum oberen Tor. Was sollte das?

Gerade bei Sonnenuntergang kamen sie dort an, als die beiden Wachen das Tor schlossen. »Heda«, rief der eine Büttel. »Lass das Tor offen!«

»Ja, was soll denn das schon wieder?«, wollte die Wache wissen.

Sie blieben stehen und Luzia senkte tief den Kopf. »Du lässt das Tor offen und der zweite kommt mit uns. Der Herr Oberamtmann will die Alte nicht im Rathaus haben, weil das Pack sich beschwert wegen des Lärms. Lediggänger und Pflastertreter sind es, die sich herumtreiben und die Amtsleute beschuldigen! Wir sollen sie in die St. Godehards-Kapelle auf dem Frankenberg bringen. Und wehe dir, wenn das Tor geschlossen ist, bis wir wiederkommen!«

Natürlich maulte der Wachmann und derjenige noch viel mehr, der sie begleiten sollte.

44

»Ja bin ich denn die Eskorte des Erzbischofs? Als solche stünde mir doch wohl mehr Lohn zu.«

»Tu deine Pflicht, sonst stehen dir Hiebe zu.«

»Du Blaustrumpf bist natürlich was Besseres als wir alle zusammen. Das wissen wir ja allemal.« Damit beließ er die Nörgelei, denn die Büttel hatten eindeutig den besseren Zugang zum Amtmann.

»Ihr Herren, was wirft man mir denn vor?«, versuchte Luzia es noch einmal, was ihr einen derben Stumper in den Rücken von der Torwache einbrachte, die hinter ihnen her trottete.

Der Weg war nicht weit, aber steil. Luzia beglückwünschte sich, dass sie ihre Schuhe vom Schuster bekommen hatte, denn hier durchbrachen so viele Steine den Boden, dass sie sich barfuß blutig gelaufen hätte. Die Männer nahmen keine Rücksicht auf sie, sondern zerrten sie erbarmungslos mit sich. Keiner von ihnen kam auf die Idee, ihr etwa das Bündel abzunehmen. Andererseits war sie froh, dass sie es nicht einfach irgendwohin wegwarfen. Je steiler der Weg, desto schweigsamer wurden die Männer, bis sie schließlich nur noch ab und zu einen Fluch ausstießen, wenn sie einen Fehltritt taten. Auch Luzia stolperte häufig, wurde jedoch unerbittlich weitergezogen. Bald konnte sie den Weg nicht mehr unter ihren Füßen sehen.

Endlich schimmerte die Wand der Kapelle durch die Äste. Niemand hielt sich hier nachts auf. Vormittags kam einer der Brüder vom Kloster und sah nach dem Rechten, aber jetzt lag hier alles still. In der Kapelle war Luzia schon oft gewesen. Auf einmal spürte sie gar keine Furcht mehr. Es gab ein Kirchenschiff mit Bänken, Altar und Kanzel, ein Fenster war wunderschön bunt verglast, die übrigen klein und offen. Wenn man sie dort einsperrte, rannte sie schneller davon, als sie die Tür verschlossen. Für die alte Frau, die sie in ihr vermuteten, schien es vielleicht unmöglich zu entkommen, aber Luzia wusste sich durch kleinste Löcher zu schlängeln und an glatten Fassaden zu klettern.

Die drei Männer keuchten allesamt, als sie oben waren, und auch Luzia ließ sich Erschöpfung überdeutlich anmerken. Schwer hing sie

45

im Griff der Männer. Der erste Büttel öffnete die Tür und stieß sie vorwärts, der zweite ließ sie dabei nicht los, sodass sie beinahe fiel. Sie sank auf ein Knie und musste halb hochgehoben werden, als es weiterging. Warum gingen sie nicht einfach wieder und machten die Tür zu? Der erste Büttel vergewisserte sich, dass die Stadtwache am Eingang stehen blieb und der zweite sie fest im Griff hatte. Er lief voraus zum Altar und verschwand hinter der Kanzel. Der Zweite schob sie ihm hinterher. Wohin wollten sie denn mit ihr? Wollten sie etwa … Nein. Niemals. Sie war eine alte, hässliche Frau, und sie würden doch niemals auf dem Altar …

Hinter der Kanzel entdeckte sie in den Boden eingelassen eine Klappe. Das überraschte Luzia. An dieser Stelle war sie noch nie gewesen. Sie stockte im Schritt. Nein, dort hinunter wollte sie auf gar keinen Fall. Ihr Atem wurde hektisch bei der Überlegung, was sie dort wohl erwartete. Dort unten konnten sie ja mit ihr machen, was sie wollten! Als der Büttel sie weiter zog, trat sie einen Schritt zur Seite und bekreuzigte sich vor dem Altar. Das ließ er zu, lockerte aber nicht seinen Griff. Sie konnte sich kurz umsehen. Der Büttel nahm ein Wachslicht aus einer Nische, steckte es in einen Ständer mit Henkel und Teller und entzündete es an einem brennenden Docht vom Marienaltar, bevor er die Klappe öffnete und herunterstieg. Luzias Gedanken überschlugen sich noch auf der Suche nach einem Fluchtplan, als der Zweite sie schon hinterher stieß. Es war eine breite Treppe, die sie in die Dunkelheit hinab stolperte. Der Büttel vor ihr verdeckte das Licht durch seinen Körper. Mit jeder Stufe drang weniger Licht aus der Kapelle, sodass Luzia bald im Dunkeln tappen musste. Schale Luft empfing sie. Die Treppe wand sich immer tiefer. Das konnte doch unmöglich zur Kapelle gehören! Unscharf erinnerte sie sich, dass vor der Kapelle hier eine Burg gestanden hatte. Dieser Keller musste Teil der alten Burg sein.

Sie kamen in einem düsteren Korridor heraus, von dem rechts und links Türen abgingen. Ehe sie sich versah, schob eine Hand sie durch eine der Türen hindurch. Das Bündel wurde ihr vom Rücken gerissen. »Lass ihr das Licht da«, hörte sie noch. Der Büttel stellte die Kerze

46

neben die Tür und schlug sie zu. Ein Schlüssel rappelte im Schloss. Schritte entfernten sich. Rumms! Die Klappe fiel zu. Dann nur noch Stille. Luzia war allein.

Zuerst wollte Luzia überhaupt nicht glauben, was da mit ihr geschah. Die hatten sie hier herunter in den Keller der Kapelle geführt und eingesperrt. Einfach so. Wie war sie bloß in diese Situation geraten, wo sie doch sonst immer so vorsichtig arbeitete? Wut kochte in ihr hoch und sie musste sich zusammenreißen, nicht mit dem Fuß und den Fäusten gegen die Tür zu trommeln. Sie atmete tief durch. Meistens half das, diesmal nicht. Sie war hinterher noch immer so wütend wie vorher.

Mit aller Macht beherrschte sie sich. Sie konnte sich wenigstens umsehen. Fenster waren hier, mehrere Stockwerke unter der Erde, nicht zu erwarten. Die Tür bestand aus fest gefügten, stabilen Holzbalken. Natürlich war abgeschlossen, prüfte sie mit der Klinke, sie hatte doch den Schlüssel im Schloss gehört. In einer Ecke lag Stroh, das muffig, aber nicht faulig roch, ein Eimer stand in der anderen Ecke. Zum Glück war es trocken, Feuchtigkeit zerfraß einem die Lungen und tötete einen, wenn man länger eingekerkert war. In manchen modrigen Verließen lauerte der Aussatz. Sie war noch nie in den Genuss eines Gefängnisaufenthaltes gekommen, ihr wurde jedoch schon genug darüber berichtet. Kälte kroch in ihre Eingeweide und ließ die Knie weich werden. Jeden Moment konnte die Tür aufgehen und ihr Schicksal sie ereilen.

Luzia kauerte sich auf das Stroh und wartete.

Aus Furcht hielt sie still und umschlang die Knie mit ihren Armen. Bald würde jemand kommen. Die Zeit verging. Niemand kümmerte sich um sie. Nach einer Weile hielt die Angst sie nicht mehr so fest in ihrem Griff, Luzia stand auf und sah sich um. Das Licht bestand aus bestem Bienenwachs, eine teure Kirchenkerze, daran hatte sie länger als die ganze Nacht. Gut. Um sie herum erhoben sich grob verfugte Wände aus geschlagenem Stein. Luzia wartete. Das Wachs brannte quälend langsam herunter. Ihre Aufregung verging, machte Langeweile Platz. Irgendwann bettete sie sich auf die Liegestatt und wartete dort.

Lukas titrierte sorgfältig Säure in einen Kolben, als die Tür zum Laboratorium hinter ihm klappte. Am liebsten arbeitete er in den Stunden nach Mitternacht, weil niemand ihn da störte. Er ließ sich in seiner Arbeit nicht ablenken, bis die leichten Schritte seiner Schwester hinter ihm anhielten. »Lukas ...«

»Scht!«, brachte er sie zum Schweigen und zählte weiter. Genau hundert Tropfen. Er legte die Pipette zur Seite und drehte sich zu ihr herum. »Ja, Liebes.«

»Lukas, es ist etwas Furchtbares passiert!«

Ihr Gesicht beschrieb genau das. Irritiert breitete Lukas seine Arme aus und zog sie zu sich heran. »Was denn nur, Kleines?«

»Die Schultheißin wurde gestern verbrannt.«

»Ja, das wissen wir doch. Sie hat das Kind ihrer Schwester ermordet und die Ernte ihres Schwagers vernichtet. Dafür gebührt ihr Strafe. Darüber waren wir uns einig.«

»Lukas, Balthasar Noß war es, der sie richtete.«

Unwillkürlich hielt Lukas die Luft an und presste seine Schwester an sich. Balthasar Noß! Der Inquisitor des Fürstabts von Fulda. »Unmöglich.«

»Wenn ich es dir sage!«

Er fasste Magdalene an den Schultern und hielt sie vor sich, um in ihre Augen zu blicken. Unter seinen Fingern spürte er das Zittern ihres Körpers, ihre Pupillen starrten ihn unnatürlich geweitet an. »Nein, Magdalene. Noß amtiert in Fulda. Wir befinden uns nicht mehr unter der Herrschaft des Fürstabts, hier bestimmt der Erzbischof von Mainz. Wer weiß, ob die beiden sich überhaupt kennen. Noß würde niemals das Territorium seines Gönners Dernbach verlassen. Die Ritter befehden ihn und würden über ihn herfallen, sowie er ohne den Schutz seines Mäzens dastünde.«

»So vernünftig das auch sein mag, es stimmt nicht. Noß ist hier. Hier in Amorbach.«

48

»Magdalene, das kann nicht sein.«

»Trine weiß es. Sie erwähnte es beiläufig und ich ließ vor Schreck einen Krug fallen. Da berichtete sie mir, wie er herkam.«

Hilflos schüttelte Lukas den Kopf und konnte vor Entsetzen den Mund nicht schließen. »Noß ist hier?«, flüsterte er.

Magdalene streifte seine schlaffen Hände ab und setzte sich auf einen Stuhl. Über die Lehne gebeugt begann sie zu weinen. Dieser Anblick erzürnte Lukas so sehr, dass er die Herrschaft über seine Muskeln wiedergewann. »Dieses Ungeheuer!«, stieß er hervor. Wild stürmte er aus der Tür die schmale Treppe empor in die Nacht. »Trine!«, schrie er so laut in den Innenhof, dass die Scheiben der Fenster klirrten.

Nur Sekunden dauerte es, bis eines der Fenster aufgestoßen wurde und die Magd herausschaute. »Ja, Herr, hier bin ich.«

Ihr erschrockenes Gesicht tat ihm leid, er nahm seine Stimme zurück. »Trine, komm bitte sofort herunter.«

»Ja, Herr«, hörte er schon aus der Küche und sie stürmte gleich darauf aus der Hintertür. Lukas ging zurück ins Laboratorium, wartete, bis sie ihm nachkam, und schloss die Tür.

»Trine, was hast du meiner Schwester erzählt? Noß sei hier?«

Die Magd knickste. »Ja, Herr. Ein Herr Zentgraf Balthasar Noß. Er war es, der die letzte Woche das Verhör der Schultheißin geführt hatte und ihre Verbrechen bewies. Gottes Fügung sei es, so sagt man, dass er in der Nähe weilte. Die Unholdin widerstand der Kunst des Henkers, bis der Amtmann verzweifelte. Dem Zentgrafen gelang, was keiner vermochte: Sie gestand, ohne gleich hinterher zu widerrufen.«

»Gottes Fügung.« Lukas flüsterte es nur und ließ sich auf den zweiten Stuhl sinken. »Alles, aber das nicht. Trine, sprich, war er es auch damals, vor elf Jahren, der deine Mutter …«

»Gott hab sie selig«, kam es automatisch von Trine. »Nein, Herr. Damals übernahm es der Oberamtmann Weißstätter, den letztes Jahr ein verirrter Pfeil der Schweden von uns nahm. Ich besuchte sein Grab.«

Das hatte sie getan, spät nach Mitternacht, wie sie Magdalene in aller Verschwiegenheit erzählt hatte. Wochenlang mussten die Honoratioren der Stadt spekulieren, wer die Grabstätte des ehrenwerten

Bürgers wohl geschändet hatte, indem er es mit seiner Notdurft beschmutzte.

So sehr Lukas die Neuigkeit schockierte, die Erinnerung an die Rache der Magd ließ seine Mundwinkel zucken. Wenn die Angelegenheit mit dem Zentgrafen sich doch auch so zufriedenstellend lösen ließe!

»Trine, wie kam er her?«

»Danach werde ich mich erkundigen, Herr. Wenn ich gewusst hätte, dass er es war, der das gnädige Fräulein ...«

»Bitte, Trine«, unterbrach er sie, »erkundige dich.«

Sofort schloss sie den Mund, knickste und verließ den Raum.

Niemand kam vorbei. Es tat sich nichts auf dem Flur. Alles blieb ruhig. Luzia beobachtete die stetige Flamme, bis ihre Augen brannten. Die Langeweile wich der Ungeduld.

Nach einer Zeit, die sie unmöglich schätzen konnte, sprang sie auf und wanderte herum. Der Raum maß zehn Schritte in jede Richtung. Zaghaft prüfte sie die Türklinke - natürlich noch immer abgeschlossen. Sie nahm die Wanderung wieder auf. Als sie es nicht mehr aushielt, hämmerte sie doch gegen die Tür. Laut rief sie und als sich nichts tat, hämmerte sie wieder, und zum Schluss trat sie gegen das harte Holz. Nach einer Weile, als sie sich beruhigt hatte, sah sie, dass sie nicht einmal einen Kratzer verursacht hatte. Luzia setzte sich auf das Stroh und leerte ihre Taschen. Ein paar Kreuzer, Nadeln, Nägel, zusammengeknüllt ein Strang Garn, ihr Messerchen und die Haken, ihre Dietriche. Wie es aussah, war sie hier ganz allein. Bestimmt kam niemand vor morgen früh. Womöglich konnte sie sich selbst ja mit ihren Fähigkeiten aus dieser Situation heraushelfen?

Luzia ging zur Tür und stellte sich davor. Dieses Schloss besaß einen ganz normalen Schlüssel, es war abgeschlossen und der Schlüssel abgezogen. Ursprünglich hatte man diesen Raum wohl nicht als Kerker gedacht, denn das Schloss war von beiden Seiten zugängig.

50

In einen Kerker sperrte man Diebe, und die konnten Schlösser öffnen. Wie Luzia. Sie holte einen Nagel und einen Haken heraus und bückte sich zum Schloss. Gut geölt und gängig, ein Kinderspiel. Erleichtert atmete sie auf. Kein Problem, das Schloss zu drehen, butterweich öffnete sich die Tür. Sie zog den Dietrich ab und schlüpfte heraus. Die Büttel waren verschwenderisch, im Korridor hatten sie auch ein Licht zurückgelassen. Bienenwachs kostete viel und wurde nur auf dem Altar verwendet. Der Sakristan würde fluchen, wenn er das sah.

Sie hörte keinen Laut. Von der Treppe aus hatte der Gang zwei Türen links und vier rechts, dazu eine auf der Stirnseite. Anscheinend befand sie sich hier ganz allein. Leise schlich Luzia die Treppe hoch und drückte gegen die Klappe. Sie rührte sich nicht um Haaresbreite. Das war kein rohes Holz wie die Türen, sondern fein geschliffen und weiß bemalt, so dass es gar nicht als Tür auffiel. Trotzdem musste es oben einen Riegel geben, den sie vorhin gar nicht bemerkt hatte. So sauber die Klappe gefertigt war, sie war alt und hatte Risse bekommen. Mit einem Nagel fuhr Luzia hinein und versuchte, einen der Risse zu erweitern. Leise knackte das Holz und die Bretter verschoben sich. Das ging nur um Weniges und sie mühte sich, bis die Finger wehtaten, aber dann konnte sie wenigstens den Nagel durch die gesamte Dicke der Klappe hindurchstecken. Mit einem Haken tastete sie durch den Riss nach dem Riegel.

Ein Geräusch ließ sie hochschrecken. Das war die Tür zur Kapelle. Auf gar keinen Fall durfte man sie erwischen! Luzia raffte ihre Werkzeuge zusammen und hastete zurück in die Zelle. Lautlos zog sie die Tür hinter sich zu und drehte gerade den Haken im Schloss herum, als sie die Klappe hörte. Sie warf sich auf das Stroh, legte sich hin und schloss die Augen. Nur ein gutes Gewissen träumt süß, darum stellte sie sich schlafend. Kaum lag sie in Position, öffnete sich die Tür. Nach einem Blinzeln stand sie auf. Ein Mönch, das musste ein Benediktiner aus dem Kloster sein, sah herein. Er stellte einen Eimer Wasser und einen Becher neben die Tür, legte einen Kanten Brot daneben und verschwand, bevor sie auch nur den Mund öffnen konnte. Er schloss die

51

Tür, der Schlüssel rappelte. Na großartig. Hastig eilte sie zur Tür und klopfte nicht zu heftig dagegen. »Herr, bitte, sagt mir doch …«

Seine Schritte verschwanden über den Korridor, die Stufen hinauf. Die Falltür klappte, der Riegel rastete ein und dann herrschte wieder Totenstille um sie herum. Luzia konnte das einfach nicht begreifen. Was sollte das? Der Mönch hatte sie ja nicht einmal angesehen. Wenn sie es sich recht überlegte, hatte sie niemand angesehen, weder die beiden Wachen am unteren Tor noch die Büttel. Auch die Wachen am oberen Tor hatten geflissentlich weggeschaut. Unglaublich. Sie holte sich das Brot und schöpfte mit dem Becher Wasser aus dem Eimer, frisches Quellwasser. Nicht gerade üppig, Wasser und Brot. Immerhin frisch. Ihr Magen knurrte, als der würzige Brotduft in ihre Nase zog. Luzia hatte nach der langen Wartezeit gehörig Hunger. So karg die Mahlzeit auch war, sie aß mit Appetit.

Wahrscheinlich war schon Sonnenaufgang vorbei und bei dem Mönch handelte es sich um den, der jeden Morgen nach der Kapelle schaute. Ab jetzt besuchten Pilger die Kapelle, also konnte sie nicht mehr ungesehen zur Klappe hinaus. Zumindest hatte man wohl nicht vor, sie hier verschmachten zu lassen. Als nach gehöriger Zeit noch immer nichts geschah, öffnete Luzia wieder die Tür und begann eine Erkundungstour. Vielleicht gab es einen anderen Ausgang ins Freie. Die anderen Türen waren nicht abgeschlossen und sie sah sich gründlich um. Auf ihrer Seite des Korridors lagen vier genau gleiche Zellen und auf der Stirnseite ein größerer Raum. Hier standen Stühle um einen Tisch, es gab ein Ausgussbecken und eine Feuerstelle mit Abzug in einen Schornstein, fast wie die Küche der Böttcherin, nur ohne Fenster. Das hier musste in den Felsabhang eingebaut sein, auf dem die Kapelle stand. Wohin sonst sollte das Wasser fließen? Es zog entsetzlich, wohl durch den Kaminabzug. Hinter ihr wehte die Tür zu und Luzia konnte nur im letzten Moment verhindern, dass es einen lauten Knall gab. Sorgfältig untersuchte sie die Feuerstelle, aber ein massives Gitter war eingelassen – wohl um das Eindringen feindlicher Söldner zu verhindern. Trotzdem war die Burg geschliffen worden. Luzia rieb sich über die Arme und verließ schnell den Raum.

Die beiden Gelasse auf der anderen Seite des Korridors waren leer, aber größer und höher. Ihr fiel eine Anzahl von stabilen Haken auf, fest in die rohe Decke eingefügt. Daran konnte man einen Ochsen aufhängen. Was wollte man hier nur lagern? Oder hatte es mit der Verteidigung der ehemaligen Burg zu tun? Es stand sonst nichts in den beiden Räumen, vor allem gab es keinen Ausgang.

Diese beiden Kammern ließen eine Gänsehaut bei ihr entstehen. Was auch immer dort hinein gehörte, sie wollte es gar nicht wissen, sie wollte nur raus hier. Aber dazu musste sie erst einmal gründlich überlegen. Sorgfältig schloss sie die Türen alle wieder, setzte sich auf ihr Lager und ließ den Dietrich verschwinden. Nach einer Weile legte sie sich hin und schloss die Augen.

KAPITEL 3

DIE

INQUISITION

Eigentlich hasste Lukas es, weit vor Mittag aus dem Schlaf gerissen zu werden. Wenn er bis in die Morgenstunden Sterne beobachtete oder Experimente in seinem Laboratorium auswertete, brauchte er seine Ruhe. Niemand allerdings weckte ihn heute, sondern er fühlte sich noch sanft im Traum, bis ihm bewusst wurde, dass nicht die Stimme seiner schon lange verblichenen Mutter an sein Ohr drang. Er hörte eine vertraute Melodie, aber die Worte passten nicht zu seinen Kindheitserinnerungen. Das Lied schwebte durch die Läden seines Schlafzimmers wie eine kühle Brise in der Sommernacht, so lieblich, dass es ihn aus dem Bett trieb. Schlaftrunken tastete er sich zum Fensterladen und öffnete ihn. Gleich blendete die Sonne seine noch immer von Dämpfen geröteten Augen, ein Windstoß prellte ihm den Laden aus der Hand und mit einem dumpfen Knall schlug er an die Wand. Sofort verstummte die Stimme.

Lukas riss die Augen auf und sah hinunter. Dort stand im Garten des Nachbarhauses die schöne Witwe mit ihrer Magd und hängte Wäsche zum Bleichen heraus. Lukas konnte nicht vermeiden zu bemerken, dass es sich um ausgesprochen schönes Leinen handelte, sorgfältig an den Säumen verziert und weiß bestickt. Die beiden Frauen starrten erschrocken empor.

»Guten Morgen!«, rief er hinunter, wobei seine Stimme kratzig klang, als habe er den letzten Abend zu sehr dem Wein zugesprochen.

Die Miene der Witwe hellte sich auf. Glockenhell lachte sie und Lukas schloss, dass es ihre Stimme war, die ihn geweckt hatte.

»Wohl kaum«, rief sie ihm zu. »Der Morgen ist vorbei. Ich habe schon zu Mittag gegessen.«

»Oh!«, entfuhr es Lukas. Er räusperte sich. »Nun, die Sterne zu beobachten ist kein Werk für einen Sonnentag.«

»Aber sicher, Herr von Wegener. Ich bitte um Entschuldigung, sollte ich dich geweckt haben. Es hätte mir auffallen müssen, dass dein Laden noch geschlossen ist.«

Es hätte Lukas peinlich sein müssen, um diese Zeit im Nachtkleid mit der Nachbarin zu plaudern, doch erstaunlicherweise fühlte er sich wohl dabei. Es tat gut, eine fröhliche Stimme zu hören. Wahrscheinlich spiegelte sich das in seinem Gesicht wider, denn Frau Cäcilie lachte unerwartet. Sie besaß wunderschöne weiße Zähne. Gleich verbarg sie ihr Lachen hinter vorgehaltener Hand und blickte betreten zu Boden. Lange konnte sie das aber nicht aufrechterhalten, denn sie deutete auf das Grün eines Beetes.

»Die Petersilie wächst großartig. Herr, darf ich dir davon herüberbringen, damit deine Wangen mehr rot zeigen?«

Er war sich dessen nicht bewusst, blass auszusehen, und fuhr sich gleich mit der Hand ins Gesicht. Außer Bartstoppeln fühlte er natürlich nichts. So konnte er die Dame nicht empfangen. »Äh«, machte er und trat einen halben Schritt rückwärts. »Frau Cäcilie, wie liebenswürdig. Die Köchin wird jauchzen, weil doch auf dem Markt nur so wenig Grünes zu haben ist. Darf … darf ich dich zu … zu einer Tasse Kaffee bitten - am Nachmittag. Besser am Nachmittag, dann gebe ich der Köchin Gelegenheit, einen Kuchen zu reichen. Sie sagte, wir hätten noch Safran vom letzten Jahr.«

»Safran!« Bewunderung war aus ihrer lieblichen Stimme herauszuhören. »Oh, wie gerne. Und Kaffee … Gerne komme ich.«

Mit einem Nicken trat Lukas vom Fenster zurück. Was sollte das denn eben? Wollte er seine Zeit mit Weiberkram vertrödeln? Über das Experiment heute Nacht hatte er das Horoskop des Erzbischofs vergessen. Die Beobachtungen waren niedergeschrieben, nun fehlte noch die Berechnung. Das konnte an einem Nachmittag geschehen, aber nicht, wenn er auf Freiersfüßen wandelte.

Unsinn, eine Tasse Kaffee und ein Stück Kuchen machten noch keinen Bräutigam aus ihm. Damit würde er auch Magdalene auf andere Gedanken bringen. Wenn jemand blasse Wangen besaß, dann doch wohl sie. Außer zur Beichte verließ sie das Haus kaum noch. Ein so sonnendurchfluteter Garten wie bei der Nachbarin käme ihr wohl zupass. Und schon lange brauchte sie eine Freundin, der sie sich anvertrauen könnte. Warum nicht Cäcilie Ausbusch? Ihr Gesicht strahlte so viel Freundlichkeit aus, die roten Lippen formten so oft ein Lächeln, da musste doch Magdalene Sympathie empfinden.

Nein, mit diesen Gedanken betrog er sich selbst. Sicher wäre es schön, wenn Magdalene sich mit Frau Cäcilie anfreunden könnte, aber eigentlich war er es, der die schöne Nachbarin gerne im Herrenhaus sehen würde. Wie es wohl sein mochte, ihre Wange zu berühren, ihre Lippen zu schmecken? Es drängte ihn, seinen Arm um ihre Taille zu legen und ihren Körper dicht an sich zu pressen.

Was hatte er heute nur für Gedanken? Er musste sich rasieren und anziehen, wenn er nicht am Nachmittag wie ein Bauer vor ihr stehen wollte. Und dann musste er dieses elende Horoskop berechnen, bevor er darüber verzweifelte. Erst dann durfte er an Zerstreuung denken.

Beim Klappern der Schlüssel in der Tür schreckte Luzia auf. Ein Büttel, den sie nicht einmal vom Sehen kannte, öffnete und hielt die Tür für jemanden, der hinter ihm stand. Wer herein kam, war ein Priester. Überrascht erhob Luzia sich und sah ihn an. Er erwiderte ihren Blick. *Oh, welch ein gutaussehender Mann!* Fast stahl sich ein Lächeln in ihr Gesicht wegen seiner muskulösen Schultern. Unter der Tür musste er sich leicht bücken, dabei fiel eine Locke seines dunklen Haares in sein männlich geschnittenes Gesicht. Ein wahrer Adonis - genau Luzias Typ. Trotzdem gefiel ihr etwas an ihm nicht. Als er näher kam, bemerkte sie es um den Mund, einen Zug wie ein Kranker, als ob er an etwas leide. Sein langes, schwarzes Gewand mit weißem Kragen ließ ihn blass wirken. Jetzt erkannte sie, dass es kein Priestergewand war, nur ähnlich. Sie stand also keinem Priester gegenüber, wohl aber jemandem, der es gern wäre. Und in seinen Augen lag keine Spur Freundlichkeit. Als sie das sah, wurde ihr kalt.

»Guten Tag«, grüßte er und lehnte die Tür hinter sich an. »Ich bin Zentgraf Balthasar Noß aus Fulda. Wie bist du in diese Lage gekommen?«

Seine Stimme klang tief und volltönend und ließ einen angenehmen Schauer auf Luzias Rücken entstehen. Jetzt lächelte sie doch, achtete aber darauf, keine Verführung in ihrem Gesicht entstehen zu lassen. Sie wollte auf gar keinen Fall mit diesem Mann tändeln.

»Luzia Heußer, Euer Gnaden«, stellte sie sich vor, knickste und schlug die Augen nieder. »Ich weiß nicht, was man von mir will. Ich habe nichts Böses getan.« Bei diesen Worten klopfte ihr das Herz bis zum Hals und sie war sicher, dass diese kalten Augen das sonnenklar erkannten.

Der Büttel kam herein und stellte einen Stuhl hin, auf den sich der Zentgraf setzte. Luzia blieb davor stehen.

»Man behandelt dich doch gut?«

»Abgesehen davon, dass man mich einsperrt, keiner ein Wort mit mir redet und mich nicht einmal jemand anschaut - ja, Euer Gnaden.«

»Nun, ich denke, das musst du verstehen. So würdest du dich doch auch verhalten.«

»Wieso, Euer Gnaden? Warum sollte ich mich so verhalten? Ich habe doch nichts Unrechtes getan. Was wirft man mir denn vor?«

Das Lachen des Mannes klang nicht freundlich. »Na, es passiert doch nicht jeden Tag, dass plötzlich acht Kinder tot umfallen!«

Luzia wurde totenblass und fühlte ihre Knie weich werden. Das wollte man doch wohl nicht ihr anhängen! »Bei der Liebe unseres Herrn, damit habe ich nichts zu tun!«

Aufmerksam beobachtete er sie und sah in ihr Gesicht, dann rutschte sein Blick hoch auf ihre Haare. »Du trägst eine Perücke.«

Erst jetzt dachte Luzia an ihre Verkleidung. Im ganzen Keller gab es keinen Spiegel, sodass sie nicht einmal wusste, ob nicht ihr Gesicht verschmiert war. Unwillkürlich berührte sie ihre Wange. Noß sprang auf, griff nach ihrer Hand und betrachtete sie. »Das ist nicht deine natürliche Hautfarbe. Du bist gefärbt. Warum läufst du herum wie eine Zigeunerin?«

Als ihre Augen sich trafen und sie bemerkte, mit welch unwiderstehlicher Kraft er ihre Hand hielt, begann sie zu zittern. »Es … es geht um einen Mann. Ich traf mich mit ihm hier in der Stadt und … ich habe das Gefühl, es gibt da eine andere. Da wollte ich … ihm folgen, ihn beobachten. Und damit er mich nicht erkennt …«

»Wasch dich!«

Der Befehl kam mit einer solchen Wortgewalt, dass Luzia schon neben dem Eimer stand, bevor sie den Sinn überhaupt begriff. So hatte noch niemand mit ihr geredet, nicht einmal ihr Vater. Staunend sah sie den Zentgrafen an. Er machte eine auffordernde Geste und lehnte sich in seinem Stuhl zurück. Luzia hatte das untrügliche Gefühl, es wäre besser, wenn sie tat, was er verlangte. Also bückte sie sich zum Eimer, setzte die Perücke ab, wusch kräftig das Gesicht und trocknete sich mit ihrer Schürze ab. Es erschienen noch Spuren von Farbe auf dem Tuch und sie wischte sorgfältig um die Augen herum, bis sie keine Flecken mehr fand. Dann löste sie den Knoten in ihrem Nacken und stellte sich wieder dem Zentgrafen gegenüber. Diesmal zeigte sein Gesicht Wohlwollen, fast ein Lächeln. »So gefällst du mir schon viel besser. Du bist also unverheiratet. Wie kommt das?«

»Wie das kommt? Äh … mein Verlobter … er macht eine Wallfahrt und wenn er wiederkommt …«

»So triffst du dich mit einem anderen, während dein Verlobter Gottes Gnade sucht?« Wie ein Messer stachen seine Worte in ihr Herz. Das hatte sie übersehen. Sie verstrickte sich in ihrem Lügengespinst!

»Äh, nun, wenn er denn nicht käme … ich betrog ihn nicht. Es war nur …«

»Ah ja. So.«

Unter seinem Blick krümmte sie sich zusammen. »Ich tat doch nichts Böses, Euer Gnaden. Darf ich nicht hier raus?«

»Bevor wir darüber sprechen, muss ich dich bitten, meine Fragen zu beantworten.«

»Aber ich sage ja alles. Mein Verlobter ist so lange schon weg und da machte mir ein anderer schöne Augen, dass ich überlegte, ob er nicht besser sei. Um sicher zu gehen, dass er keine andere hat, verkleidete ich mich und beobachtete ihn. Da, unvermutet, packten mich die Wachen und brachten mich hierher, wo ich doch nichts Böses getan habe, hierher in den verdammten Kerker …«

Belustigung blitzte aus den Augen des Zentgrafen. »Wenn du das ›nichts Böses‹ nennst, acht Säuglinge zu morden, was ist dann böse für dich? Und ich bestehe darauf, dass du das Fluchen unterlässt.«

»Fluchen? Ich habe doch nicht geflucht!«

»Ist es so geläufig für dich, dass du nicht einmal weißt, wie sehr du dem Bösen verfallen bist?«

Wahrscheinlich sah Luzia nicht besonders gescheit aus, als sie den Sinn dieser Frage begriff. »Verfallen? Euer Gnaden! Was redet Ihr denn da nur? Und was ist denn so verd… Ach, das meint Ihr. Was ist denn also so sehr böse daran, dass ich nicht weiß, weshalb ich hier bin? Und wann darf ich denn bitte gehen?« *Langsam, Luzia, ganz ruhig und auf jedes Wort achtgeben. Du bist eine unbescholtene Jungfrau und hast nichts zu befürchten.*

»Mein liebes Mädchen, du wirst gehen, nachdem du meine Fragen beantwortet hast. Wohin, darüber reden wir später. Wie ist es, willst du kooperieren oder muss ich Maßnahmen ergreifen?«

»Maßnahmen? Euer Gnaden, wie meint Ihr das? Herr Zentgraf, ich weiß nicht, weshalb ich hier bin und was Ihr von mir wollt, aber ich weiß, dass ich immer gottesfürchtig war. Mit den Kindern habe ich nichts zu schaffen und weiß auch nichts von ihnen. Einem Christenmenschen kann nichts Böses geschehen. Ich sparte für meine Aussteuer und möchte bitten, mir einen Advokaten zu besorgen.«

Seine Augen begannen zu funkeln, er beugte sich gespannt vor. »Für die Aussteuer gespart? Wie viel mag das sein? Ein Advokat ist teuer. Wo hast du denn dein Geld versteckt? Na, das sagst du mir später. Sicherlich. Den Advokaten wirst du vor dem Prozess kennenlernen, wenn es denn zu einem käme. Ich werde dir einen aussuchen. Bis dahin wirst du mit mir vorliebnehmen müssen und nur mit mir. Niemand sonst wird dich auch nur ansehen. Extra dafür bin ich von Miltenberg hergekommen. Du wirst nicht hier rausgehen, bis ich es erlaube. Ich habe hier das Sagen. Nur ich. Und je schneller du das begreifst und demütig meine Fragen beantwortest, desto eher weiß ich, was mit dir zu geschehen hat. Hast du das verstanden?«

Für einen Moment verschlug es Luzia die Sprache. Sie konnte nur die drohende Miene des Zentgrafen betrachten, bis sie dann schluckte. »Euer Gnaden, ich habe gehört, was Ihr sagtet. Verstanden habe ich es nicht. Ich bin das erste Mal bei einer Befragung. Bitte verzeiht, wenn ich mich ungeschickt anstelle.«

»Ich bin es, der hier die Fragen stellt. Aber da du einen so offensichtlich verwirrten Eindruck machst, will ich es dir erklären wie einem einfältigen Kind. Ich bin Zentgraf Balthasar Noß, oberster Richter des Fürstabts in Fulda. Da ich in Miltenberg weilte, rief man mich wegen meiner Sachkenntnis des Hexenwesens. Ich bin hier zur Wahrheitsfindung in der Anklage der Hexerei gegen die unbekannte Zigeunerin, die zum Mord an acht Kindern aufforderte. Und du bist hier, um deine Unschuld zu beweisen. Habe ich damit deine Fragen zufriedenstellend beantwortet?«

Luzia schwieg entsetzt, dann knickste sie. Die Gedanken überschlugen sich in ihrem Kopf. Wieso hatte sie, im Namen aller Heiligen, ausgerechnet diese Verkleidung wählen müssen? »Diese ... Zigeunerin ... Was hat es mit der auf sich?«

Seine Augen verschmälerten sich und sein Blick wurde stechend. »Diese eine Frage will ich dir noch beantworten, aber dann drängt sich mir die Frage auf, wer du eigentlich bist und woher du kommst. So wie du dich aufführst, gehe ich davon aus, dass du von sehr weit her kommst.«

»Das mag wohl sein, Euer Gnaden.«

»Also die Zigeunerin. Du weißt, dass die Schultheißin Catharine Hank wegen Hexerei verurteilt und verbrannt wurde. Es ist erwiesen, dass durch ihre Gräueltaten acht Säuglinge im Ort starben. Sie alle waren schrecklich blau im Gesicht und fielen beim Trinken tot von der Mutterbrust, alle zur gleichen Zeit, zum Glockenschlag um Mitternacht. Von so einem schrecklichen Zauber hörte ich noch nie vorher. Mein ehemaliger Schreiber ließ es mich wissen. Im Nachhinein erscheint mir die Strafe der Hexe für solches Vergehen noch zu gering. Zumal wenn man bedenkt, wie verstockt sie war. Erst unter der Folter gestand sie. Sowie der Schmerz ihr nicht mehr die Glieder zerriss, leugnete sie frech. Wieder auf der Folter gestand sie die grausigsten Details, die nur der Mörder wissen kann. Es kam heraus, dass sie sich aus dem Fleisch eines der Kinder zum Vergnügen Salbe kochte und mit dem Satan auf gar grässliche Weise verkehrte und ihren Gatten darüber täuschte. Dazu brauchte sie so widerwärtige Höllenkunst, dass der arme Mann noch immer ihr nachtrauert und nicht froh ist, sie los zu sein. Heute noch will ich zu ihm gehen und ihm Trost spenden, dass er den Bann vergisst im Gebet. Er soll sich auf immer der fleischlichen Lust verweigern und nur noch leben zum höheren Lobe des Herrn. Nur damit wird die Magie von ihm weichen. Gelobt sei der Herr.«

Er nahm ein Büchlein aus seiner Rocktasche, faltete die Hände darüber, schloss die Augen und betete. Luzia wagte es nicht, ihn zu stören. Sie senkte den Blick auf ihre gefalteten Hände und wartete. Schließlich steckte er sein Brevier wieder weg und sah sie an. »Die Schultheißin benannte vier andere Frauen, die der Amtmann gewissenhaft befragte. Alle Frauen gestanden und werden noch diese Woche gerichtet. Eine von ihnen, du wirst nicht erfahren, welche es war, nannte die Zigeunerin als Urheberin und Anstifterin des Mordes. Diese Unholdin erklärte den Zauber und empfahl, die Salbe aus dem einen Ungetauften zu machen. Nun, Luzia, da du die Wachen am Tor und die Büttel mit deiner Verkleidung hast täuschen können, denke ich, dass du auch diese verblendeten Frauen getäuscht hast. Du, Luzia, bist die Zigeunerin.«

Entsetzt starrte sie ihn an und ihre Unterlippe zitterte. Mehrmals musste sie zum Sprechen ansetzen, bis sie ein Wort herausbekam. »Aber ... Euer Gnaden, ich war noch gar nicht in der Stadt, als es geschah! Und man sagte mir, die Schultheißin sei verführt worden von einer ... sie hieß ... ja, Wulp! Sie hieß Wulp, Walpurga. Die habe sie verführt als Kind und da sei sie schon des Satans Eigentum gewesen. Ich kam doch erst vor einem Monat in die Stadt, da war schon alles geschehen - und man redet auch nur von fünf Kindern. Euer Gnaden, bitte, erkundigt Euch. Ich war immer freundlich und anständig und tat nie etwas Böses.«

Mit einem nachdenklichen Ausdruck erwiderte der Zentgraf: »Das werde ich prüfen, ganz gewiss und sorgfältig.« Auf Luzias heftiges Nicken fuhr er fort. »Du siehst, was alles herauskommt. Fünf Kinder sagt man und gestanden haben die Weiber acht. Ohne mich käme die Wahrheit nie ans Licht. Ich finde alles heraus. Deine seltsame Verkleidung ist mir nicht geheuer. Jetzt also die Frage, wer du bist und wo du herkommst.«

»Luzia Heußer aus Frankfurt. Dort wurde ich geboren. Ich kam als Krämerin und verkaufe Spitzen, Bänder und Litzen, schönen Putz aus Brüssel, allerbeste Ware. Eine ganze Kiepe voll hatte ich. Die letzten kaufte mir eine Pilgerin an der Amorquelle ab, darauf gab ich meine Kiepe weg und beschloss, Amorbach zu verlassen. Nur wegen des Mannes wollte ich noch Gewissheit haben, weshalb ich mich verkleidete.«

»Gekonnte Verkleidung. Selbst mich hätte es einen Moment getäuscht. Bist du Zauberkünstlerin? Aus einem Zirkus? Deine Verkleidung hätte solchen Verdacht in mir wecken sollen.«

»Mein Vater war Schauspieler einer wandernden Bühne. Meine Mutter reiste mit ihm und machte die Masken. Sie brachte es mir bei, damit ich ihr Handwerk fortführe. Euer Gnaden, was soll ich denn jetzt tun?«

Die gestrenge Miene ließ sie plappern wie einen Backfisch und sie biss sich auf die Lippen. Der Zentgraf nahm das Kopftuch mit den angenähten Haaren hoch und betrachtete es wie eine verfaulte Ratte. »Das ist nicht die Maske eines Schauspielers. So was ist für einen üblen Zweck ersonnen. Warum erzählst du mir Märchen über eine tugendhafte Frau? Denkst du, ich glaube das? Die Lüge ist gründlich misslungen. Warum sagst du nicht einfach die Wahrheit?«

»Aber ich sage doch die Wahrheit! Euer Gnaden, bitte! Wenn Ihr Euch erkundigt, wird jeder das sagen.«

»Ich bezweifle, dass du jemandem dein wahres Gesicht zeigst. Soll es das sein? Das verzweifelte Mädchen, das nicht weiß, was ihm passiert? Das ist genauso eine Maske wie die Zigeunerin.«

64

»Aber Euer Gnaden! Bitte! Glaubt mir doch!«

»Halte den Mund.«

Luzia merkte sowieso, dass ihre Stimme hysterisch wurde, also gehorchte sie sofort. Bevor sie sich versah, hatte sie sich um Kopf und Kragen geredet. *Vorsicht! Am besten nur noch Fragen beantworten und auch die behutsam.*

»Reden wir über deinen Leumund. Du bist eine erwachsene Frau, die nicht verheiratet ist. Wann warst du das letzte Mal zur Beichte?«

»Ich bin evangelisch.«

Die Ohrfeige kam so unerwartet, dass Luzia hinfiel und unsanft auf dem Boden aufkam. Sie riss die Hand hoch, legte sie auf die brennende Wange und starrte den Zentgrafen mit weit aufgerissenen Augen an. Er sah auf sie herab. »Wie kann man sich nur solchem Irrglauben verschreiben? Beinahe hätte ich dir geglaubt, dass du nichts davon weißt. Jetzt wird die ganze Angelegenheit absurd. Du hast dich vor dem Altar bekreuzigt, sagen die Büttel. Was versprichst du dir davon? Willst du mich verspotten? Wache! Dieses Weib kommt zum Verhör!«

Sofort traten zwei Büttel herein, packten Luzia rechts und links an den Ellenbogen und zogen sie hoch. Wie ein Kreisel drehten sich die Gedanken in Luzias Kopf. Was geschah da mit ihr? Was sollte das alles? Die Fürsten garantierten die Freiheit der Religion! Und doch hörte man davon, dass die Reformierten drangsaliert wurden. In welches Loch sollte sie jetzt geworfen werden? Nein, sie ließ sich nicht wie ein Schaf auf die Schlachtbank führen! Als die Männer sie auf die Tür zu schleiften, stemmte sie sich dagegen und wehrte sich. Sie konnte ihren rechten Ellenbogen frei bekommen und schlug nach dem Büttel auf ihrer Linken. Es kam zu einem Handgemenge, in dem sie den starken Männern hoffnungslos unterlegen war. Die reagierten viel schneller als sie und packten kräftiger zu. Es half ihr auch nicht, dass sie mit den Füßen um sich trat. Blitzschnell drehte einer ihre Arme auf den Rücken und der andere boxte ihr brutal in den Magen. Luzia krümmte sich vor Übelkeit und Schmerz zusammen. Einen Moment konnte sie nicht atmen. Eine Ohrfeige riss sie herum. Gerade als sie schreien wollte, sah sie die geballte

Faust auf sich zukommen. Der Schmerz explodierte in ihrer Schläfe. Dann herrschte Dunkelheit um sie.

KAPITEL 4

DIE PROBE

Lukas hörte das Klappen der Laboratoriumstür, aber er hob den Blick nicht von dem dicken Buch auf dem Pult. Den letzten Satz las er dreimal, bis er vor sich selbst zugab, die nötige Aufmerksamkeit nicht aufbringen zu können, wenn jemand hinter ihm stand. Aufseufzend drehte er sich herum. Trine knickste sofort. In Gedanken beglückwünschte er sich, dass Magdalene die Dienstboten so gut erzogen hatte. Niemand wagte, ihn im Laboratorium zu behelligen, wenn es nicht unabdingbar wichtig war.

»Was gibt es denn, Trine?«

»Herr, der Kutscher berichtete mir gerade eben, dass in der Nacht der Riegel zum Stall aufgebrochen wurde. Ich erkundigte mich bei der Aufwartefrau und sie bestätigte, dass heute Morgen schmutzige Fußtapfen durch das Haus liefen. Auf den ersten Blick scheint nichts zu fehlen. Fräulein Magdalene überprüft die Wertsachen.«

Lukas schüttelte empört den Kopf. »Einbrecher? So ist es doch wahr, was dein Freund berichtete? Was mag der Dieb gesucht haben? Es gibt hier keinen wertvollen Schmuck, keine Wertgegenstände. Und an meiner kostbaren Laboratoriumsausstattung wird er kein Gefallen finden.«

»Herr, wären die Fußabdrücke nicht, man wüsste gar nichts vom Einbruch. Der Kutscher hatte ein Zaumzeug über den Riegel gelegt, das am Morgen am Boden lag. Daraufhin erkannte er dann die Schleifspuren des Tors und die frischen Kratzer von einem Werkzeug. Die Hintertür der Scheune, die auf den Innenhof geht, besitzt kein Schloss, so dass der Dieb wohl dort hindurch ging.«

»Nun, Trine, dann sorge dafür, dass ein Schloss vor das Scheunentor kommt. Ein tüchtiger Schlosser wird sich finden.«

Die Magd knickste, wandte sich aber nicht zum Ausgang, woraufhin Lukas sie mit einer Geste aufforderte, ihr Anliegen vorzutragen.

68

»Herr, gestern batest du mich, Erkundigungen über den Inquisitor einzuholen.« Auf sein Nicken redete sie weiter. »Er weilte wohl im Auftrag des Erzbischofs in Miltenberg und wurde vom Oberamtmann gerufen. Mehr weiß man im Ort nicht. Meine Schwester lebt in Mainz, kennt jemanden, der in der Residenz des Erzbischofs arbeitet. Sie würde mit Sicherheit erfahren können, was dort passiert.«

»Dann schreibe ihr doch …«, begann Lukas, bis er sich ins Gedächtnis rief, wem er da einen Auftrag geben wollte. Trine hatte in ihrem Leben wohl noch keinen Brief geschrieben, wie er auch sogleich ihrem Gesicht ansah, und ob die Schwester des Lesens überhaupt kundig war, wusste er nicht. »Also wirst du wohl nach Mainz reisen müssen für diese Erkundigungen. Nun, tu das. Bleibe so lange, bis du alles über die Angelegenheit erfahren hast.«

»Herr, drei Tage wird es brauchen …«

Erst im zweiten Augenblick merkte er, was sie erwartete. Er nickte und ging in den Nebenraum, der durch eine schwere Tür mit verglastem Oberlicht stets verschlossen war. Dort öffnete er mit seinem Schlüssel einen wuchtigen Schrank im Hintergrund, aus dem er eine Handvoll Münzen nahm. Trine hatte sich nicht vom Fleck gerührt, öffnete aber sofort die Hand, um das Geld entgegenzunehmen. Mit großen Augen starrte sie auf den Betrag.

»Du wirst Ausgaben haben. Ach, warte.« Aus der Ablage unter seinem Pult zog er einen Stapel beschriebener Blätter. »Mainz betrittst du durch das Gautor und begibst dich zum Domherrenstift. Frage nach dem Sekretär des Erzbischofs. Dies sind meine neuesten Berechnungen zum Lauf der Gestirne und das Horoskop Seiner Exzellenz. Ein niederträchtiger Feind drangsaliert ihn, berichten die Sterne. Seine Exzellenz erwartet meine Niederschrift zwar erst bei meinem nächsten Aufenthalt dort, wird aber nicht erstaunt sein, sie durch einen Boten zu bekommen. So hast du einen guten Grund für deine Reise.«

Sie nahm das Papier mit einem Knicks entgegen. »Danke, Herr. So muss ich nicht lügen, dass meine Schwester krank sei. Manchmal fragen die Wachen am Tor.«

Magdalene hatte ein gutes Händchen bei der Auswahl der Dienstboten. Zufrieden drehte Lukas sich zu seinen Forschungen herum. Als sie heraus war, verdüsterte sich seine Miene. Der Erzbischof würde nicht glücklich sein über das Horoskop. Sein Verdacht hatte sich bestätigt, jemand verdarb mit Absicht die Gesundheit des Kirchenfürsten. Lukas hatte ihm zugesichert, im Laufe des Monats ein erneutes Horoskop auszustellen mit der Frage, wie dem beizukommen sei.

Zuallererst taten ihr die Schultern weh, dann merkte sie den Schmerz in der Schläfe. Als sie das Gesicht verzog, klebte etwas auf der Haut, wohl Blut, die Augenbraue war aufgeplatzt. Nach und nach wurde ihr bewusst, was los war: Sie hing in Fesseln, ihre Handgelenke steckten in harten Schellen und hielten ihr komplettes Körpergewicht. Die Ketten waren an einem Haken in der Decke befestigt. Je mehr sich das Bewusstsein herantastete, desto angestrengter suchte sie festen Halt mit ihren Füßen. Ganz gelang ihr das nicht, sie konnte nur mit den Zehenballen den Boden erreichen. Das entlastete ihre überdehnten Schultergelenke, tat aber in den Waden weh. Sie wusste ganz genau, nach einiger Zeit würde sie diese Anstrengung nicht mehr aushalten können und sich die Gelenke ausrenken. Nicht so sehr die Schmerzen, diese Erkenntnis ließ sie stöhnen. Widerwillig öffnete sie die Augen.

Der Zentgraf stand genau vor ihr und betrachtete sie. Erst jetzt wurde ihr bewusst, dass sie nackt war. Splitterfasernackt.

»Und«, meinte er, »willst du jetzt die Wahrheit sagen?«

»Mein Gott, ich habe doch die Wahrheit gesagt!«, jammerte sie.

»Aber bitte, Luzia, lasse den Herrn aus dem Spiel und rege dich nicht so sehr auf. Darf ich Luz sagen? Ich sage Luz. Das ist vertrauter. Luz, ich bin dein Freund, das darfst du nie vergessen. Ich habe nur dein Seelenheil im Sinn. Diese Welt ist ein Jammertal, wir alle müssen leiden, es gibt Hunger und Krankheit, der Tod ist unausweichlich. Den einen ereilt er gnädig, der andere wird durch das Schicksal zu Tode gemartert. Das alles ist Gottes Wille. Darauf kommt es auch gar nicht

70

an. All dieses hier ist nur ein Übergang. Was wirklich zählt, ist das, was danach kommt, die Ewigkeit. Unwichtig, dass wir hier auf Erden eine kurze Zeit leiden müssen, wenn die Ewigkeit uns doch das Paradies bringt.«

Sollte das eine Predigt werden? Luzia bewegte sich unruhig in ihren Ketten und Noß hob besänftigend die Hand. »Luz, du hast die Prioritäten vertauscht. Für ein klein wenig Wohlbefinden vergisst du, was dich nach dem Tode erwartet. Die Seele ist ein kostbares kleines Ding. Wenn wir sie nicht sehen, bedeutet das nicht, dass es sie nicht gibt. Überlege: Ein Dämon bezahlt eine unvorstellbare Menge dafür. Je nach Verhandlungsgeschick kannst du eine Million Gulden, Gesundheit und ein Leben dafür bekommen, das achthundert Jahre währt. Millionen Gulden.«

Vor Staunen vergaß Luzia fast die Schmerzen in ihren Schultern. Das durfte doch nicht wahr sein! Allerdings - wenn ein so hoher Herr es behauptete ... Mit weit aufgerissenen Augen sah sie den Zentgrafen an. Er lächelte mild. »Weißt du überhaupt, welche unendliche Menge Geld eine Million ist? Und achthundert Jahre in Wohlstand und Gesundheit leben! Dazu alle Annehmlichkeiten, die wir uns nur erdenken: das beste Essen, einen Palast, Anerkennung, Macht. Endlos erfüllte Wollust, Beischlaf mit Männern, die einem nicht die Beschwernis eines Kindes machen, die ganze Nacht rammeln und am nächsten Morgen noch nach Veilchen duften. Konntest du das aushandeln?«

Davon also redete er, was mächtige Zauberer mit dem dunklen Herrn ausmachten. Nun, soviel wusste sie von der schwarzen Kunst, dass man es gar nicht versuchen sollte. Wer nicht jahrelang das Handwerk studierte, wurde unweigerlich betrogen. Sie biss die Zähne zusammen und sah ihn aufrecht an. Mit so was hatte sie nichts zu tun.

Noß seufzte auf, als er das sah. »Gab er dir das? Wenn nicht, dann wurdest du beschissen. So viel ist eine Seele nämlich wert und noch viel mehr. Lass mich erklären: Du findest im Nachlass deiner Großmutter einen alten, verstaubten Rahmen, von dem du nicht weißt, ist es ein Bild, ist es ein kaputter Spiegel. Egal, das olle schwarze Ding kommt zum Müll. Ein Lumpenjude sieht den Haushalt durch, gibt einen Kreuzer für die Milchkanne, fünf Kreuzer für den Wäschekasten und zehn Kreuzer für den Bilderrahmen. Du freust dich über einen halben Gulden für alles und kaufst dir Zutaten für ein neues Kleid. Danke, Oma. Und am nächsten Tag hörst du, das olle Ding ist ein lange verschollenes, wertvolles Gemälde und wurde vom Fürsten angenommen für zehntausend Gulden! Beschiss, nicht wahr? Du tobst und schreist, aber alles nützt nichts. Der Lumpenjude ist fort, verkauft ist verkauft. Genauso ist es auch mit der Seele. Ein Dämon zahlt dir Unvorstellbares dafür. Und doch ist es so, als ob du vom Trödler zehn Kreuzer für das Gemälde bekommst: Beschiss. Luz, ich bin hier, damit du dich besinnst. Du hast etwas unendlich Wertvolles: eine Seele. Du hast sie verschenkt, was auch immer du dafür bekamst. Bald wird dir der wahre Wert bewusst und du tobst und schreist. Noch ist es Zeit. Mache den Verkauf rückgängig. Besinne dich. Ich kann dich reinigen und befreien. Vertraue mir.«

Er sprach so eindringlich, so einfühlsam, dass alles in ihr sie drängte, ihm doch zu glauben. Nur die Schmerzen in ihren Schultern hinderten sie daran. »Bitte«, stöhnte sie, »bitte, Euer Gnaden, bitte lasst mich los!«

»Gerne, Luz, gerne. Du weißt, dass du das nicht lange aushältst, nicht wahr? Wenn deine Füße dich nicht mehr tragen, wirst du dir die Schultern ausrenken. Das kann man wieder einrenken, dafür sind die Ärzte gut, aber nur, wenn sie es schnell tun. Auch dann wirst du den Rest deines Lebens immer wieder Beschwerden damit haben. Körperliche Arbeit gerät für dich zur Qual. Lasten, vielleicht einen Eimer oder ein Buch tragen, eine Kleidertruhe verrücken, ja, ein Kind zu heben, das alles wird für dich mit Schmerzen verbunden sein, wenn wir nicht schnell handeln. Und vielleicht brechen auch die Knochen. Ach, Luz, du weißt ja gar nicht, wie ungern ich dir das antue. Aber es muss sein. Nur damit kann ich dich dazu bringen, dass du über dich selbst nachdenkst, ob all das es wert ist, bei dem unheiligen Handel zu bleiben. Es stellt doch nur einen Vorgeschmack dessen dar, was dich nach dem Tode erwartet. ›Die Hölle‹ ist zum geflügelten Wort geworden. Was es wirklich bedeutet, das weiß niemand. Und glaube nicht, dass ich dir auch nur eine gelinde Ahnung dessen zu vermitteln vermag. Nicht im

Geringsten. Was dich erwartet, ist viel, viel schlimmer. Viel schlimmer als alles, was ich dir antun kann.«

Er sah sich um und Luzias Blick folgte seinem. Sie befanden sich in dem kahlen Raum gegenüber ihrer Zelle, dessen Zweck sie sich nicht hatte erklären können. Jetzt kannte sie ihn.

»Ach«, seufzte Zentgraf Noß, »niemand dachte, dass diese Räume so bald benötigt würden. Noch nichts ist fertig. Schon den Rathauskeller wähnte ich schlecht genug, und jetzt dies hier. Das Miltenberger Rathaus sieht eindrucksvoller aus, Zweckdienlichkeit gibt es jedoch dort auch nicht. Das hatte ich mir hier erwartet. Was brauche ich die alten Ungetüme? Eiserne Jungfrau, Dornenstuhl, Spanisches Pferd ... Das benutze ich nicht. Nur ein Minimum benötige ich und selbst das finde ich nicht vor. In Fulda haben wir alle Möglichkeiten, aber hier ist alles so primitiv! Als ich erfuhr, was mich erwartete, konnte ich gerade das Nötigste in mein Bündel stecken. Hätte ich sie nicht mitgebracht, es gäbe nicht einmal diese Handschellen hier. Ich brachte nur die Fesseln und eine Peitsche.«

So sanft und liebevoll sprach er, dass es Luzia kalt den Rücken herunterlief. Das Grauen erfüllte sie bis in ihr Innerstes. Die Blicke des Mannes liebkosten das Marterinstrument auf dem Boden. »Es ist diese lange, aus festem Leder geflochtene, die ich am liebsten verwende. Man kann damit die Schläge dosieren. In den richtigen Händen tut es nur gehörig weh - oder es platzt die Haut auf, dass ein Leben lang wulstige Narben zurückbleiben - ganz wie man wählt. Hundert Schläge sind tödlich, aber nur, wenn man tüchtig ausholt. Das Fleisch wird von den Rippen gerissen, die Eingeweide kann man damit herauszerren. Und, Luz, die Auspeitschung gilt noch nicht als Folter. Das ist nur die Strafe für Verstocktheit. Man nimmt die Rute oder die Peitsche, wenn der Inquisit nicht antworten will. Wie gut, dass ich mir meine eigenen Büttel mitbrachte. Die wackeren Burschen besorgen kräftige Ruten, denn für den Anfang will ich dir noch nicht zu sehr wehtun, Luz. Ich erwarte Reue und Umkehr, meine Liebe. Jeder ohne Buße hingerichtete Ketzer ist eine verlorene Seele. Der Rauch des Scheiterhaufens saugt seine Seele zur Hölle. Unser lieber Herr Christus verliert ungern Seelen.«

Luzia verlagerte ihr Gewicht auf die Zehenspitzen und rasselte dabei mit den Ketten, die sie an den Haken in der Decke fesselten. »Bitte, ich bin keine Hexe! Glaubt mir doch!

»Ach, Kleines, wie gerne würde ich dir glauben.« Zärtlich berührte er ihre Rippen dicht unterhalb der Brust und die Wärme seiner Hände wirkte beruhigend, als er sie dort liegen ließ. Er strich sacht über ihre Körperkonturen. »Weiche, zarte Haut. Du bist eine Schönheit, Luz, weißt du das überhaupt? Das haben dir schon viele Männer gesagt, oder? Dein wohlgeratener Leib zieht die brünstigen Hengste an. Du hast alle Möglichkeiten, einen lieben Ehemann zu finden. Selbst ein Edelmann wird schwach bei diesem Prachtgewächs. So schlanke Taille, so fester Busen. Dein Haar hat die Farbe, dass es jeder Mann sich gerne auf seiner Brust ausgebreitet vorstellt. Dein Gesäß fasst sich stramm an und deine Hüften versprechen eine gesunde Kinderschar. Einen jeden Bullen überkommt es beim Anblick deiner Lenden, seinen Stempel in deine Punze zu stoßen.«

Übelkeit überfiel Luzia bei seinen sanften Berührungen, dem zarten Streicheln seiner Fingerspitzen, seinem heißen Atem auf ihrer Haut. Er trat einen Schritt zurück, seine Stimme klang auf einmal rau wie aus einer Kehle aus Gusseisen. »Für mich bedeutet es eine Überwindung, wenn ich das alles zerstören muss. Aber manchmal ist es einfach nötig. Wenn mich hier auch nicht die gewohnten Voraussetzungen erwarten, ich werde schon mit den Gegebenheiten zurechtkommen. Nicht einmal ein Rasiermesser gibt es hier! Dabei ist es doch so wichtig, dich am ganzen Körper zu scheren. Der Teufel macht nämlich - sagte er es dir überhaupt? - auf jeden Körper ein Mal, wenn der Vertrag unterzeichnet ist. So wie der Bauer sein Vieh zeichnet, so wie man in ein Buch seinen Namen schreibt. Der Teufel ist nicht dumm, sein Mal macht er nicht offen sichtbar für jeden. Wir brennen der Hure das Brandmal auf die Stirn oder schneiden dem Betrüger die Nase ab, damit das Zeichen den gottesfürchtigen Mann warnt. Doch der Teufel will nicht, dass wir Diener des Herrn die Seinen erkennen. Du bist begehrenswert, Luz, und deine Schönheit nutzt Satan, reine Seelen zu verderben. Da wäre ein sichtbares Mal hinderlich. Darum steckt er dieses Mal unter

74

die Haare. Besonders unter diese.« Er schob seine Hand zwischen ihre Schenkel. Unwillkürlich entfuhr ihrer Kehle ein Laut des Ekels. »Das ist der Grund, warum die Wachmänner dich als erstes dort scheren müssen, Kind.«

Er zupfte an den Haaren. Luzia versuchte sich abzuwenden, aber außer dass sie stechende Schmerzen in ihren Schultern bewirkte, nützte es ihr nichts. Er packte sie mit Gewalt und hielt sie fest, starrte ihr in die Augen, dass sein Atem übelriechend in ihr Gesicht schlug. »Wo finde ich dein Mal, Kleines? Oft sitzt das Zeichen tiefer. Je reicher Satan seine Lieblinge belohnt, desto umsichtiger versteckt er es. Stell dir vor, Luz, ich fand schon ein Mal versteckt tief in der Scheide einer Frau und eines im Rektum eines Mannes. Da muss ich bei der Suche natürlich auch sorgfältig nachschauen. Ach, das wird eine unangenehme Aufgabe. Oft ist es übelriechend und eng, so dass ich bei sorgfältiger Inspektion etwas zerreiße und vor Blut wenig sehe. Doch ich werde meine Pflicht erfüllen. Wenn es dann entdeckt ist, muss es sorgfältig ausgebrannt werden. Nicht einmal dafür sind hier die Voraussetzungen. Ich erwarte einen Hochofen, mit dem ein Eisen blitzschnell weißglühend ist. Hier bekomme ich ein Holzkohlebecken, ein besseres Gartenfeuer, mit dem es ewig dauert, etwas herauszubrennen. Da muss ich mehrere Male ansetzen, wieder und wieder, bis alle Spuren des Teufels beseitigt sind, wie ein Krebsgeschwür tief im Gesunden.«

Luzia atmete flach, um sich nicht erbrechen zu müssen. Die Bilder dessen, was er ihr androhte, flimmerten vor ihren Augen. Ihr Herz galoppierte, Schmerzen rasten aus ihren Schultern durch ihren Körper. Endlich ließ er sie los, dass sie wieder ihr Gleichgewicht finden konnte. »Ach, wenn mir alle Werkzeuge fehlen, werde ich das Feuer so nehmen müssen. Feuer reinigt. Der reine Schmerz wird die Wahrheit aus dir sprudeln lassen, so es meine guten Worte nicht vermögen. Und wenn du nicht gestehst, ja, höre die Rechtsprechung bei einer nicht geständigen Hexe: Brennt das Übel aus ihr heraus, sagt das Recht. Auf dem Weg zum Scheiterhaufen werden alle Stellen herausgerissen und verbrannt, die Satan der Hexe verdarb. Da wäre zuerst die Zunge, mit der sie ihre Unschuld heuchelt. Dann die Augen, mit denen sie jammervoll Gnade erschwindelt. Die Brüste, deren Zweck nur das Ködern der Keuschen ist. Und zum Schluss die Scham, die sie aus Wollust spreizt und Satan zur Unzucht darreicht. Was sich dann noch in Qualen auf dem Scheiterhaufen windet, wird geradewegs in die Hölle fahren. Ist das der Weg, den du beschreiten willst, Luzia?«

Seine Worte wurden laut, er brüllte sie ihr ins Gesicht, so dass sie zurückweichen wollte. Sie glitt mit ihren bloßen Füßen auf dem Steinboden aus und fiel in die Fesseln hinein. Wie ein Speer stach der Schmerz in ihre gequälten Schultern, dass sie aufschrie. Befriedigt lehnte der Zentgraf sich zurück. »Nein, Luz, mein Kind, dieses Schicksal wünsche ich niemandem. Und du wünschst es dir auch nicht. Gestehe den Pakt mit dem Teufel und du entgehst der Hölle.«

Ohne Anklopfen öffnete sich die Tür, was Luzia an einem kalten Zug merkte, der über ihren Körper strich. Die beiden Wachleute kamen herein und trugen einen schmalen Tisch zwischen sich. Sie stellten ihn im Rücken des Inquisitors ab und gingen hinaus. Er drehte sich nicht einmal um, behielt nur Luzia im Auge. Sekunden später kehrten die beiden zurück und legten ein ganzes Bündel Ruten auf den Tisch. Daneben warfen sie scheppernd rostige Werkzeuge, Brecheisen, Zangen und spitz zulaufende Eisen. Das Kohlebecken mussten sie zu zweit tragen. Einer füllte aus einem großen Sack grobe Brocken Holzkohle hinein, der andere leerte die ganze Flasche Branntwein darüber. Danach verließen sie den Raum. Zentgraf Noß nahm einen Kienspan, entzündete ihn an der Kerze, sah einen Moment in die kleine Flamme und warf sie in die Kohlen. Fauchend entzündete sich die Flüssigkeit und brannte mit einer Stichflamme.

»Nein«, flüsterte Luzia. »Euer Gnaden! Das könnt Ihr nicht machen! Oh Gott, ich bin keine Hexe! Ich gebe zu, ich bin eine Diebin, aber doch keine Hexe!«

»Ach!« Balthasar grinste. »Auf einmal doch nicht so unschuldig? Was sagte ich: Das Feuer wirkt reinigend! Da schimmert schon die Wahrheit durch. Wenn es auf deiner Haut brennt, leuchtet die Wahrheit strahlend hell. Gut, Kind, was willst du mir sagen?«

76

»Ich bin eine Diebin!« Die Hitze des Beckens wurde unangenehm und Luzia lehnte sich zurück, so weit es die Fesseln zuließen. »In der Stadt spähte ich die reichen Leute aus, erforschte, wo sie ihre Wertsachen verbargen. Als mich jeder für ehrlich hielt, begann ich mit den Einbrüchen. Ich nahm Schmuck und Münzen und silberne Knöpfe. Ich gestehe, dass ich meinen Lebensunterhalt unehrlich erwerbe! Ich stehle Gegenstände. Das ist mein Vergehen, sonst nichts!«

Der Zentgraf hörte aufmerksam zu. »Gegenstände?«

»Euer Gnaden, könnt Ihr mich nicht bitte, bitte losmachen? Ich werde auch alles erzählen, Ehrenwort!«

»Nein, Kleines, so leid es mir tut, das werde ich nicht. Du sprichst nur unter Schmerzen, woran man merkt, welch hartgesottene Verbrecherin du bist. Wenn deine Worte mir nicht gefallen, werde ich dir solange Schmerzen bereiten, bis wieder die Wahrheit aus deinem Mund strömt. Also rede nur fleißig, damit ich nicht anwende, was auf dem Tisch liegt. Was ist mit den Gegenständen?«

»Ich breche nachts in die Häuser ein. Meistens kann ich über die Dächer einsteigen. Die Fenster in den oberen Stockwerken sind oft nicht verschlossen. Wenn ich drinnen bin, schleiche ich so leise, dass niemand aufwacht. Tagsüber spähe ich aus, dass ich mich zurechtfinde. Wenn ein Hund da ist, gebe ich ihm Leckerbissen. Macht Ihr mich jetzt los? Bitte, Euer Gnaden. Es tut so weh.«

»Kindchen, du hast noch gar nichts erlebt. Du brichst immer durch die Fenster ein?«

»Nein, ich kann auch Schlösser öffnen. Dazu benutze ich Dietriche. Die nehme ich nachts dann mit.« So sehr sie sich fürchtete, dieser Mann brauchte nicht zu wissen, dass sie aus jedem Nagel, jedem Türhaken einen Dietrich fertigen konnte.

»Du kannst einfache Schlösser öffnen? Geht das auch mit komplizierten?«

»Ja! Bitte, ich will nur nach Hause!«

»Nun, Kindchen, das wird noch eine Zeit dauern. Glaube mir, auch für mich ist diese Prozedur anstrengend. Über deine Worte muss ich erst nachdenken. Da werde ich wohl einen Krug Bier trinken und ein wenig Ruhe suchen. Mag sein, dass die Büttel zwischenzeitlich hereinkommen und Utensilien bringen. Das sind rohe Gesellen, die gar nicht begreifen, was hier Bedeutsames passiert. Es geht schließlich um deine Seele - und das ist das Wichtigste auf der Welt. So was verstehen diese Burschen natürlich nicht. Der Anblick eines unbekleideten Frauenzimmers lässt sie manchmal all ihre Frömmigkeit vergessen und ich erlebte schon böse Überraschungen, wenn ich die Delinquenten eine Zeitlang allein ließ. Luz, mein Liebes, du bist schön und ich lasse dich ungern in der Obhut dieser Rohlinge. Wenn ich mich mit dir befasse, geschieht das nur zu deinem Wohl, wie du weißt. Aber ihre Hände werden dir kein Vergnügen bereiten, wenn sie dich herannehmen. Nun, ich kann nicht immer dein Hüter sein. Bedenke deine Worte gut und überlege, ob du mir nicht noch mehr mitteilen willst, wenn ich zurückkehre.«

Mit einem zufriedenen Lächeln öffnete er die Tür und ging hinaus. Als ob sie nur darauf gewartet hätten, kamen die beiden Wachleute herein und sahen zu, wie er die Tür hinter sich ins Schloss fallen ließ. Wenn sie in Gegenwart des Zentgrafen an alles andere gedacht hatte, wurde ihr jetzt ihre Nacktheit richtig bewusst. Die Augen der beiden Männer spießten sie förmlich auf. Sie sahen sich zwischendurch gegenseitig an und kicherten. Einer ging zum Tisch, nahm die Werkzeuge und Stangen herunter und stieß sie zwischen die glühenden Kohlen, dass die Funken spritzten. Ein Funke flog empor zu Luzia und landete auf ihrem bloßen Bauch. Schmerzhaft brannte er sich ein und sie stöhnte auf. Der andere Wachmann trat zu ihr und wischte den Funken mit seinem Handrücken fort.

»Noch ist es nicht so weit, Hübsche. Aber bald gibt es einen tollen Spaß.« Seine linke Hand wanderte auf ihren Rücken und tätschelte ihr Hinterteil, während seine rechte hoch auf ihren Busen kroch. Sie spürte harte Hornhaut und fühlte seinen nach Käse riechenden Atem in ihrem Gesicht, aber ihr Blick lag auf dem Zweiten, der eine der Ruten durch seine Finger gleiten ließ.

»Junge, geschmeidige Haselruten«, sagte er. »Die halten was aus, zerfasern und brechen nicht so schnell.«

Der Erste kniff sie schmerzhaft in die Brust und ging lachend um sie herum. »Eine Hexe ist nicht mehr wert als ein abgebalgter Fuchs. Man lässt den Jagdhunden ihren Spaß damit!«

»Wir sind die Jagdhunde des hohen Herrn. Oft lässt er uns den Spaß. Und für all den Spaß, den wir haben, werden wir aus deiner Börse auch noch gut bezahlt.«

Zusammen schlugen die Männer Halterungen für Fackeln in die Wand, wobei sie ihr immer wieder Blicke zuwarfen, ihren Körper verhöhnten und beschrieben, was sie damit tun würden. Einer haute mit dem Hammer auf ein Stemmeisen, so wolle er auch sie gerne nageln. Luzia unterdrückte ein Schluchzen und konzentrierte sich darauf, die Handgelenke zu entlasten. Nach einer Weile gingen die Männer, wobei einer ihr noch kräftig auf den Hintern klatschte, dann war sie allein. Sie ließen die Tür nur angelehnt.

Luzia roch überhitztes Metall. Das Kohlebecken stand so nahe, dass ihre Haut trocken und heiß wurde. Auf der anderen Seite zog kalte Luft an ihrem Rücken entlang und ließ sie frösteln. Immer wieder stoben Funken aus der Glut und manche trafen sie. Sie legte den Kopf in den Nacken und biss sich auf die Lippen, um nicht laut aufzuheulen. Vielleicht hatte der Zentgraf gar nicht so unrecht, sie war eine Diebin und verdiente Strafe. Im Gefängnis kam man nicht einfach zurecht, Vater brachte es ein steifes Bein. ›Respekt beibringen‹ hatten es die anderen genannt. Die Wärter ignorierten seine Schmerzen und bis sie ihm endlich den Arzt erlaubt hatten, konnte der nicht mehr viel machen. Vater sah das pragmatisch. Dieben werden die Hände abgehackt, pflegte er zu sagen, da habe er es doch noch gut getroffen. Auch sie wusste, dass sie Unrecht tat. Wenn sie Glück hatte, konnte sie den Zentgrafen überzeugen, dass sie keine Hexe war. Aber die Strafe als Diebin war wohl unausweichlich. Und wenn man ihr nun die Hand abschlug?

Lautlos stand auf einmal der Zentgraf wieder hinter ihr und er roch tatsächlich nach Bier, als er sich um sie herumbewegte. Sanft fasste er ihr Kinn und sah ihr in die Augen. »Willst du mir noch etwas sagen, bevor ich für heute die Kapelle verlasse?«

Wenn er das Gebäude verließ, war sie allein mit den Bütteln. Er brachte es fertig und ließ sie hier einfach so hängen. So viel Angst sie auch vor ihm hatte, sollte doch er lieber da bleiben als die Beiden. Fieberhaft dachte sie nach, womit sie ihn halten könne. Genau das sah er in ihren Augen und lächelte. »Du stiehlst also Dinge, ohne dass jemand es merkt. Du öffnest Schlösser ohne Schlüssel. Und wenn ich jetzt eine Probe von dir fordere?«

»Ja! Ja, ich kann es. Sagt mir, was ich tun soll. Ich werde es machen.«

»Oh, so eifrig, Kleines? Nun, dann werde ich eine Probe verlangen. Du sollst etwas aus einem Schrank stehlen. Was brauchst du dazu?«

»Meine Dietriche. Ich muss auf Armeslänge an den Schrank herankommen, das ist alles. Mehr nicht. Ich öffne alles, was Ihr Euch ausdenkt!«

Mit einer großartigen Geste, wie der Zauberer das Kaninchen aus dem Hut, zog er einen kleinen Schlüssel aus der Tasche seines langen Gewandes und hielt ihn vor ihr Gesicht. »Wenn du versprichst, ganz lieb zu sein, machen wir einen netten Ausflug. Oh nein, Kleines, es ist noch nicht vorbei. Wir beide werden brav hierher zurückkommen, wenn du getan hast, was ich von dir verlange. Ich will sehen, was du kannst und wie du dich beträgst. Danach unterhalten wir uns noch ein wenig und ich lege deine Strafe fest. Die hängt ganz davon ab, was du tust.«

Er schloss die Handschellen auf, Luzia sank auf ihre Fersen zurück und dann auf den Boden. Was er auch beabsichtigte, sie war ihm dankbar. So dankbar, dass sie ihm am liebsten die Hände geküsst hätte.

Er deutete auf einen Korb, den sie überhaupt nicht bemerkt hatte. »Zieh dich an«, sagte er und ging hinaus. Eine befremdliche Unrast ergriff sie. Sie wollte nur weg, so schnell es ging. Am ganzen Körper zitterte sie und spürte nicht einmal mehr die Schmerzen in Schultern und Gesicht. In dem Korb lag obenauf ein graues Kleid und sie hatte sich noch nie so schnell angezogen. Die Unterwäsche plusterte sich üppig, alles passte nicht recht und war unbequem. Wollkniestrümpfe hatte sie das letzte Mal als Fünfjährige getragen. Das waren die Sachen einer Betschwester.

80

In dem Moment, als sie an die hornige Hand des Wachmannes dachte, schloss sie auch noch das oberste Band unter dem Kinn. Einen Spiegel gab es nirgendwo, doch sie konnte sich auch so vorstellen, wie sie jetzt aussah: Sie trug ein grobes Kleid mit weißem Kragen und weißen Manschetten an den langen Ärmeln, knöchellang mit Schürze, und Wollstrümpfe. Auf dem Boden des Korbes lagen flache Schuhe, etwas zu eng, sie zwängte sich hinein. Es gab Haarnadeln und Spangen, sie steckte die Haare sauber im Nacken zusammen und band ein weißes Tuch darum.

Auf gar keinen Fall wollte sie das Missfallen von Zentgraf Noß erregen. Er hatte sie in seiner Gewalt und konnte mit ihr machen, was immer er wollte. Wenn er alleine nicht mit ihr fertig wurde, warteten die zwei Büttel, denen sie noch viel weniger in die Hände fallen wollte. Was blieb ihr anderes übrig als Gehorsam? Rebellion hatte keinen Zweck. Sie musste alles tun, ihn nicht zu provozieren. Also stand sie mit brav gefalteten Händen da und wartete. Es dauerte nicht lange, bis er kam. Sein befriedigtes Lächeln beruhigte sie.

»Na, Kleines, fühlst du dich nicht schon viel besser?«

Mit niedergeschlagenem Blick nickte sie. Ihre Dietriche bot er ihr auf einem Holzteller an wie Leckerbissen. Jemand musste sie aus ihren Kleidern geklaubt haben. Ohne Zögern steckte sie sie ein. Auf seine Geste verließ sie den Raum und ging voran auf die Treppe zu. Einen Moment kam Hoffnung in ihr hoch. Aufgeregt klopfte ihr Herz, bis sie sich an seine Worte erinnerte. *Wir beide werden brav hierher zurückkommen,* hatte er gesagt. Vielleicht gab es eine Gelegenheit zur Flucht? Und wenn er nur darauf wartete? Wenn sie nicht tat, was er von ihr verlangte, wurde alles noch schlimmer. Auf dem Weg nach oben sah sie sich die Klappe ganz besonders gut an, aber es war nur die Unterseite sichtbar und die kannte sie ja schon. Die Kapelle lag menschenleer vor ihr.

»Kaffee habe ich noch nie getrunken«, sagte Frau Cäcilie und blies in ihre Tasse, »aber ich hörte schon davon.«

»Man denkt hier, die Muselmanen tränken ihn von früh bis spät, dabei kostet er im Orient fast so viel wie bei uns«, erklärte Lukas und schob ihr das Schüsselchen mit dem Rohrzucker aus der Neuen Welt hin. »In Wirklichkeit hat die Geistlichkeit ihn sogar verboten. Man sagt dort, er berausche wie Wein.«

Die Witwe lachte leise und legte dabei die Hand vor ihre strahlenden Zähne. »Das sagt nur jemand, der noch nie Wein genossen hat.«

Lukas stimmte ihr zu. »Das tagtägliche Getränk ist Pfefferminztee, stark und süß. Gereicht wird er in wunderschön mit Silber ornamentierten Gläsern und ausgeschenkt aus zierlichen Karaffen.«

Nach dem ersten Schluck verzog die junge Frau das Gesicht und stellte ihre Tasse zurück auf den Tisch. »Vor die Wahl gestellt zöge ich auch den Tee vor. Man sagt, du wärest schon überall auf der Welt gewesen.«

»Übertrieben. Ich machte eine weite Reise nach Kampanien, wo ich zwei Jahre zum Studium blieb. Allerdings ist die große Zeit von Salerno vorüber. Es herrschen die alten Zöpfe und fürchten sich vor der Gegenwart. Als ich das erkannte, ging es auf anderem Weg zurück in die Heimat. Insgesamt verbrachte ich fünf Jahre in der Ferne. Nichts, was mir nicht andere nachmachten.« Ihm schmeichelte weniger, was sie sagte, als vielmehr der Blick, den sie ihm dabei zuwarf. Sie schmachtete ihn an. Oder bildete er sich das nur ein? Ihre Augen wirkten riesengroß mit diesen langen Wimpern, das heiße Getränk hatte ihre Lippen gerötet und sie glänzten feucht. Es wurde Lukas warm unter seinem Sammetwams, Schweiß trat auf seine Stirn. Die Frühlingssonne schien mit mehr Kraft durch die Scheiben, als er vorher bemerkt hatte. Oder lag das an dem Kaffee?

»Andere brachten Andenken von ihren Reisen, Teppiche, Statuen, Schmuck. Ich sehe hier nichts dergleichen. Oder befindet sich das alles anderswo, Herr Lukas?«

Er hätte ihr Stunden lauschen können. Wie Musik klang ihre Stimme in seinen Ohren. Darum ließ er eine schon fast unschickliche

Pause aufkommen, bevor er antwortete. »Äh, nein. Ich brachte keinen Zierrat mit.« Sein Blick flog über den Raum, blieb auf der Suche nach einem Gesprächsthema an dem großen Schrank hängen. »Sieh, ein Erbstück, in dem ich Dokumente aufbewahre, gefertigt von einem Meister aus Marburg, wo ich Besitzungen mein Eigen nenne. Auch hierzulande vermag man kunstfertig zu arbeiten. Nein, aus dem Orient brachte ich keine profanen Schätze. Mein Gepäck bestand aus nur einer großen Truhe. Darin verwahrte ich sicher die Instrumente, mit denen mein Laboratorium jetzt bestückt ist. Auf dem Heimweg kamen dazu noch optische Preziosen, die es mir erleichtern, Horoskope herzustellen. Im Orient strahlen die Sterne weit heller und man sieht mehr. Mit meinen Instrumenten komme ich einem arabischen Sterndeuter gleich.«

»Wie schade. So gerne hätte ich mal einen der berühmten Orientteppiche gesehen. Seidenstoffe, duftende Gewürze, Weihrauch … Warum hast du nichts davon mitgebracht? Das hätte sicher deiner Schwester gefallen. Wo versteckt sie sich? Ich habe sie schon die ganze Woche nicht mehr gesehen, nicht einmal zum Gottesdienst am Sonntag, den sie sonst immer besucht. Als ob sie eine der Heiligenstatuen der Kirche sei, ist immer ihr Platz auf der Familienbank besetzt. So eine fromme Jungfer. Viele Herren im Ort wären geschmeichelt, ihre Bekanntschaft machen zu dürfen.«

»Magdalene pflegt keine Herrenbekanntschaften.«

Vielleicht kam das ein wenig zu schroff heraus, denn Cäcilie fuhr ein Stück zurück und tastete zögerlich nach ihrer Tasse. Sie trank einen Schluck, bevor sie Lukas wieder ansah. »Oh nein, so war das nicht gemeint. Das denkt niemand von ihr. Es ist nur so, dass eine so hübsche junge Frau verheiratet sein sollte. Und du …«

Nun, das gab wieder eine peinliche Pause. Er wusste ganz genau, was sie hatte hinzufügen wollen. *Und du solltest auch verheiratet sein.* Ja, das sollte er, nur fiel es ihm so schwer, Zeit für eine belanglose Unterhaltung mit einer Frau zu finden. Tat er das nicht jetzt? Dann befand er sich doch auf dem Wege der Besserung.

Cäcilie musterte ihn und er spürte schon wieder Hitze in seine Wangen steigen. Sie wartete auf seine Antwort. Was hatte sie gleich gefragt? »Äh ... vielen Dank für die Kräuter. Die Köchin will grüne Soße draus machen. Die Hühner legen wieder mehr Eier und die sind jetzt auf dem Markt zu haben, sagt sie.«

Du meine Güte, was gab er denn da von sich? Über Refraktion von Glaslinsen und die Affinitäten der Salze konnte er disputieren, aber die Verfügbarkeit von Hühnereiern in Abhängigkeit von der Jahreszeit? Wollte er sich vor der Witwe lächerlich machen? Und wo blieb nur Magdalene? Sie konnte ihn doch nicht mit einem Frauenzimmer alleine lassen. Was sollten die Leute denken! Jeder hatte gesehen, dass eine Dame ihn besuchte.

Bevor ihm etwas Kluges einfallen konnte, ging die Tür des Salons auf und Magdalene kam hereingehuscht, ein Mauerblümchen mit schwarzem Kleid, weißer Haube und blassen Wangen. Gegen die vor Leben strotzende Cäcilie fiel ihm das erst richtig auf. Still setzte seine Schwester sich auf die vordere Kante eines Stuhls an den Tisch und ließ sich Kaffee von einem der Mädchen einschenken, das ihr lautlos gefolgt war und ebenso unauffällig wieder verschwand. Kaum hob Magdalene die Augen dazu.

»Magdalene, Schwesterherz, wie geht es dir?«

Scheu wie ein Reh zuckte sie unter seiner Stimme zusammen. »Gut. Es fehlt mir nichts.« Ihre Miene behauptete das Gegenteil. Sie stellte die Tasse zurück. »Der Kaffee geht zur Neige. Eine neue Lieferung verzögert sich wegen des Türkenkriegs. Es wird im Osten gekämpft, da gibt es Waren nur über den Seeweg.«

Wahrscheinlich war Magdalene die einzige Frau, die sich für Kriegshandlungen auf dem Balkan interessierte. Sie fragte nach, weshalb etwas geschah, und ließ sich nicht mit Beschwichtigungen ablenken. So hatte sie den Kaffeehändler verhört, als ob es ein Verbrechen darstelle, ihren Bruder nicht beliefern zu können. Genau diese Energie fehlte ihren Augen jetzt. Langsam erschloss sich Lukas die Bedeutung dessen, was sie sagte. Er warf einen Blick in seine Tasse, die er schon fast geleert hatte.

84

»Aber ... ich brauche Kaffee, um die Nacht über arbeiten zu können.«

»Gestern bestellte ich die Kräuterfrau und beauftragte sie, Melisse und Kamille zu sammeln. Beide Kräuter besitzen belebende Eigenschaften. Aus den Alpen bezieht der Apotheker bitteren Enzian. Man könnte auch einen Aufguss aus Ackermelde versuchen, obwohl ich den Geruch unangenehm empfinde. Vielleicht vergeht er beim Überbrühen, genau wie mancher Käse schlecht riecht, aber gut schmeckt.«

»Jungfer Magdalene, woher weißt du das alles?«, fragte Cäcilie mit staunend aufgerissenen Augen.

Sofort schlug Magdalene den Blick nieder. »Ich lese gerne. Mein Bruder brachte ein Buch über Kräuterwissen aus einem Kloster am Bodensee mit.«

Auffällig schob Cäcilie die Tasse von sich und wischte über ihren Mund. »Das hätte ich nicht von dir gedacht, Jungfer Magdalene. Mit solchem Wissen tut man nichts Gutes. Mag sein, dass gottesfürchtige Männer das in einem Kloster aufgeschrieben haben, aber für die Laien taugt es nicht. Wie viel Unheil man damit anrichten kann!«

Empörung trat in Magdalenes Augen, ihre Wangen röteten sich und sie öffnete den Mund, aber gleich darauf fixierte sie wieder ihre Tasse und zog die Schultern ein. »Unheil will ich nicht damit hervorrufen, auf gar keinen Fall. Es steht ja genau geschrieben, welche Kräuter Gift enthalten. Nur Heilkräuter bestelle ich mir vom Apotheker oder dem Kräuterweib.«

»Dem Kräuterweib traue ich nicht von hier bis da!«, eiferte sich die Nachbarin. »Letztens brachte sie als Petersilie die Giftpetersilie, die Bauchgrimmen und Brennen im Mund macht. Dabei weiß man doch, dass nur die krause aus den Klostergärten ohne Reue genossen werden kann. Wer weiß, vielleicht war's Absicht? In Miltenberg wurde vor Jahren eine verbrannt, weil sie ihre Schwiegermutter und die Schwägerin vergiftet hatte mit selbstgesuchten Kräutern. Nein, mich graust vor jedem, der sich Wissen anmaßt über Kräuter. Ich benutze nur meine eigenen aus dem Garten.«

Das so hübsche Gesicht verzog sich in Selbstgefälligkeit, doch gleich darauf lächelte die Nachbarin süß und sah dabei Lukas an. Hatte er sich diesen Moment nur eingebildet? Er musste mehr unter Menschen, ganz eindeutig. Jetzt unterstellte er der lieben Frau Gehässigkeit, wo sie es doch nur gut meinte.

»Für große Gesellschaften gibt man am Hof mehr aus für Kräuter als für Fleisch und Gemüse zusammen«, warf er ein. »Da herrscht Bedarf an Kräuterweibern. Ein Garten allein kann das nicht erwirtschaften. Sicher mag es böse Weiber geben, die ihre Liebsten ermorden, aber ihrer Kundschaft werden sie das nicht antun. Das verdirbt das Geschäft!« Er lachte.

Die Nachbarin stimmte ein, jedoch Magdalene hob mit unbewegter Miene ihre Tasse und leerte sie. Sie stand auf, neigte den Kopf und entschuldigte sich. Was genau sie der Gesellschaft vorzog, war in ihrem Murmeln nicht zu verstehen, mitten im Satz hatte sie den Raum schon verlassen.

»Ich weiß, es ist ihr nicht wohl«, sagte Lukas mehr zu sich selbst.

»Wenn sie nicht darüber spricht, wird es wohl ein Frauenleiden sein. Lass sie gehen«, bemerkte Frau Cäcilie, die es gehört hatte. »Nein, ich redete nicht von bösen Weibern. Die gibt es, wie es böse Kerle gibt, die ihre Liebsten erschlagen. Das tun Menschen seit Kain und Abel. Sonst bräuchten wir keine Gerichte. Was ich meine, sind Hexen. Die morden wahllos, nur um des Mordens willen, um Gottes höhere Ordnung zu zerstören. Meist kann man es ihnen nicht nachweisen und schnell damit Schluss machen. Wie lange brauchte es, bis die Schultheißin enttarnt wurde und sie ihre Strafe bekam für den Mord an den Säuglingen? Wie sehr sehne ich mich nach einem Kind - und dann stelle ich mir vor, eine Bestie bringt es mir um, nur weil sie Spaß daran hat!«

»Entsetzlich«, meinte Lukas, dem es nicht gefiel, welchen Verlauf das Gespräch nahm. Genau das war wohl der Grund, warum Magdalene den Raum verlassen hatte. Angestrengt suchte er nach einem anderen Thema. »Hast du nicht vor einer Woche deinen Geburtstag gefeiert, Frau Nachbarin?«

Das Lächeln, das jetzt ihr Gesicht überzog, war das Schönste, was Lukas seit Monaten gesehen hatte. Ihre Zähne blitzten, die Lippen versprachen samtige Weichheit und die Augen strahlten von innen heraus. »Sechzehn wurde ich. Meine Mutter schenkte mir ihre Zinnteller als Trost, weil ich doch nicht feiern konnte. Dieses Trauerjahr - es macht mir das Leben so verdrießlich.« Auf einmal sah sie so unglücklich aus, dass Lukas spontan nach Tränen in ihren Augenwinkeln forschte. Einen Moment lang wünschte er sich, sie würde weinen, damit er ihr mit dem Finger über die Wangen streichen könne, um die Feuchtigkeit wegzuwischen. Unabsichtlich lag seine Hand auf der ihren, streichelte sanft ihre Finger. Wie zart sie sich anfühlten!

Ihr Blick fiel auf seine Hand und schnell zog er sie weg. Er räusperte sich. »Äh ... ein schlimmer Verlust. So jung musste er von uns gehen.«

»Mein Gemahl ging auf die Siebzig zu.«

»Äh, ja. Das Leben ist viel zu kurz. Doch auch die Trauer geht vorbei und das Leben muss weitergehen. Du wirst das Haus behalten?«

»Es ist das Einzige, was er mir hinterließ. Nur Glück, dass ich den Knecht loswurde. Der unverschämte Grobian wagte doch, mir Avancen zu machen! Ich solle das Geschäft weiterführen und bräuchte ihn dazu, weil er als Einziger sich damit auskenne. Ich drohte ihm mit dem Herrn Pfarrer, dann trollte er sich. Was ich getan hätte, wenn er nicht gegangen wäre, weiß ich nicht. Manchmal, so ganz allein in dem großen Haus ...«

Lukas erwartete, dass jeden Moment die Tränen in ihre Augen steigen würden. Diesmal fühlte er keine Peinlichkeit, ihr die Hand zu streicheln. Und als sie ihre Lider aufschlug und ihn mit diesem Blick ansah, wäre er am liebsten in ihren Augen versunken. Wie außergewöhnlich hell sie aussahen, wo doch die Haare schwarz waren. Das sah man nur selten. Wunderschön.

Rumms, machte es, als die Köchin die Tür aufriss. Mit schweren Schritten kam sie herein und räumte die Tassen ab, wobei sie gehörig klapperte. Sofort hatte Lukas seine Hand zurückgezogen und Cäcilie den Blick niedergeschlagen. Noch bevor die Köchin aus der Tür war, stand die Nachbarin auf und verabschiedete sich hastig. Es blieb Lukas nur, ihr sehnsüchtig hinterher zu starren.

Nach einer Weile seufzte er und erinnerte sich, weshalb er eigentlich sein Laboratorium verlassen hatte. Ein Papier mit Beobachtungen hatte er oben auf dem Turm liegenlassen. Daher ging er die Treppe hinauf ins oberste Stockwerk und stieg von dort die Leiter hoch zu seinem Observatorium.

»Es ist nicht weit entfernt«, sagte Noß, als er mit Luzia die Kapelle verließ. Strahlend heller Tag erwartete sie, es war weit nach Mittag. Luzia riss die Hände vor die Augen, weil das Licht sie blendete. Unbeeindruckt ging der Zentgraf weiter und sie rannte ihm hinterher. Die Schuhe hatten dünne Sohlen, die sie jeden spitzen Stein fühlen ließen. Der Zentgraf legte ein scharfes Tempo vor, dem sie kaum folgen konnte. Tausend Fragen brannten Luzia auf der Zunge, aber sie hielt den Mund. Bergab waren sie schnell wieder am oberen Tor. Die Wachmänner dort kannte sie nicht und die achteten auch nicht auf die Leute, die hereinkamen. Beide standen beisammen und schwatzten miteinander. Sie traute sich nicht einmal, den Mann vor ihr genau anzusehen, lieber hielt sie den Blick gesenkt und blinzelte nur ab und zu in die Umgebung. Alles sah so … normal aus. Nichts Ungewöhnliches. Sogar die wenigen Menschen, die ihnen entgegenkamen, hatten nichts Besonderes. Niemand starrte sie an, niemand schien sie zu beachten. Verstohlen sah sie sich um und erkannte in der Menge einen der beiden Büttel, die Noß mitgebracht hatte. Also doch. Wie sie es sich gedacht hatte, es gab keine Möglichkeit zur Flucht. Er wollte nur ihre Ergebenheit prüfen.

Es ging auf direktem Weg zum Marktplatz, dann in eine kurze Gasse hinein. Die Häuser lehnten sich niedrig aneinander, bis auf das letzte, das stolz alle anderen überragte und fest wie eine Burg aus Stein gebaut nicht weniger trutzig als das Kloster wirkte. Ein Stall mit großem Tor fügte sich an, der größer schien als die Nachbarhäuser.

88

Balthasar hielt vor diesem letzten Haus und zog an der Klingelschnur neben einer dunklen Holztür mit vergittertem Oberlicht. Dieses Haus hatte auch auf Luzias Liste gestanden, weil es so vornehm war. Die Dienstboten hatten sie abgewimmelt, ihr keinen Zutritt gewährt. Ein adliger Gelehrter wohnte hier, der oft nach Mainz fuhr. Die Frau Böttcherin wusste viel zu erzählen über seine weiten Reisen ins Morgenland. Wahrscheinlich häufte er da drinnen Reichtümer an. Jetzt lebte er abgeschieden mit seiner Schwester, hatte Kontakt zu niemandem. Die Schwester betete den ganzen Tag, ließ sich nie sehen.

Bevor jemand öffnen konnte, drückte Noß die Tür auf und trat ein. Es ging in ein dunkles Treppenhaus eine halbe Treppe hoch, wo eine Tür schon offen stand und eine vornehme Frau in mittlerem Alter in einem hochgeschlossenen, dunklen Kleid mitten im Schritt erschreckt wartete. Obwohl es doch ihr eigenes Heim war, trug sie die Haare bedeckt, dass nicht ein Löckchen hervorblitzte. Kein Schmuckstück betonte ihre Schönheit. Befand sie sich in Trauer? Sowie Noß hochsah, schlug sie den Blick nieder und trat einen Schritt zurück. Das musste die ominöse Schwester sein. Was hatte sie mit dem Hexenjäger zu tun? Sie ließ den Zentgrafen und Luzia eintreten und knickste dann vor dem Zentgrafen. »Euer Gnaden, Herr Zentgraf Noß, Euer Besuch ist eine Ehre in unserem bescheidenen Heim.«

Als ob er hier zuhause sei, ging Balthasar an ihr vorbei, öffnete eine Tür und trat ein. Er hatte ein Esszimmer mit dunklen Holzmöbeln und Aussicht auf einen schön begrünten Hinterhof gewählt. Ein Tisch mit sechs Stühlen stand unter einem Kronleuchter und an der Seitenwand ein schöner Schrank, eine Anrichte, unten drei Türen mit wertvollen Schnitzereien, oben Glastüren - ein Schmuckstück. Balthasar setzte sich auf einen Stuhl an der Stirnseite des Tisches und wies Luzia daneben auf den Stuhl vor dem Schrank. »Magdalene, bring uns Bier.«

Sie knickste. »Euer Gnaden, ich werde das Mädchen ...«

»Magdalene, du machst es selbst.«

Ohne Widerspruch knickste sie nochmals und verließ den Raum. Sie schloss sorgfältig die Tür. Balthasar lehnte sich in seinem Stuhl zurück und deutete auf den Schrank. »Diese Tür ist verschlossen. Es befindet sich Schmuck darin und über dem ist ein Fach, in dem ein Aktendeckel mit Papieren liegt. Damals gewährte man mir Zutritt, heute müsste ich bitten. Ich will, dass du die Papiere nimmst.«

Luzia war verblüfft. Damit hatte sie nicht gerechnet und starrte ihn an. »Nanu, Kleines, kannst du es auf einmal nicht mehr? Du weißt, dass wir einen Handel haben.«

Von einem Handel wusste sie nichts. Sie wusste nur, dass sie tun musste, was er ihr sagte. Also drehte sie sich dem Schrank zu, hockte sich vor die Tür und nahm die Dietriche aus ihrer Schürzentasche. Schnell hatte sie den Schrank offen und es war genauso, wie der Zentgraf gesagt hatte. Nur einen Blick warf sie dem Schmuck zu, der lange nicht so wertvoll war, wie das Haus vermuten ließ. Sie nahm die Papiere und hielt sie ihm hin. Abwehrend streckte er die Hände aus. »Nimm du sie.« Sie steckte den Pappendeckel unter ihre Schürze und verschloss mit den Dietrichen sorgfältig die Tür. Dann stand sie auf und knickste. »Es ist alles genauso wie vorher, Euer Gnaden.«

Kaum sagte sie das, kam Magdalene herein. Sie trug ein Tablett mit bunten Gläsern. Sie klirrten aneinander, so sehr zitterte sie. Luzia konnte ihr das nicht verdenken, wer Zentgraf Noß kannte, der tat gut daran, vor ihm zu zittern. Es musste ein wohlhabender Haushalt sein, wenn es so kostbare Pokale hier gab. Magdalene deckte die Gläser auf, verschwand kurz und kam mit einem Bierkrug wieder. Sie schenkte dem Zentgrafen zuerst ein, dann Luzia und sich selbst, bevor sie ihr gegenüber auf dem vorderen Rand des Stuhls Platz nahm. Balthasar kostete. »Luz, Liebes, du wirst dich wundern, warum ich dich hierher gebracht habe. In diesem Haus will ich dir zeigen, dass es ein ehrbares Leben auch für eine unverheiratete Frau gibt. Magdalene hier hat beschlossen, ledig zu bleiben. Sie führt den Haushalt für ihren Bruder, der sich einen Namen als Gelehrter machte. Er ist so ambitioniert, dass er keinen Sinn für die Welt um sich herum hat und keine Zeit zum Heiraten. So braucht er jemanden, der sich um ihn kümmert. Er forscht über das Sternenzelt. Ist das nicht interessant? Nun, Magdalene, du führst doch ein tugendhaftes Leben?«

»Jawohl, Euer Gnaden.«

90

»Ich wusste es. Das freut mich. Magdalene, beschreibe doch bitte meiner lieben Freundin Luzia, wie tugendhaft du bist. Fange am Anfang an. Wie wäre es mit dem Taufschein? Zeige ihn einfach.«

Magdalene zögerte merklich, dann stand sie auf und ging hinter Luzia zum Schrank. Sie öffnete mit dem Schlüssel von ihrer Hüfte die bezeichnete Tür und steckte den Kopf tief hinein. Das Fach über dem Schmuck war leer. Magdalene stutzte. Fahrig strich sie mit der Hand über den Regalboden und hatte nicht einmal Staub an den Fingern. Sie blickte hoch zum Zentgrafen. »Es tut mir leid, Euer Gnaden, mein Bruder muss meine Papiere herausgenommen haben. Er sagte nichts davon, aber vielleicht gab es eine Besorgung beim Amtmann. Obwohl sonst immer ich …«

Wegwerfend bewegte Balthasar die Hand. »Macht ja nichts. Meine liebe Freundin Luzia kommt von weit her und hat die Art noch nie gesehen, wie wir dieses wichtigste Dokument in unserem Leben gestalten. Es ist eine beglaubigte Kopie des Taufbuches, das jede Gemeinde zu führen verpflichtet ist. Magdalene ließ sie damals ausstellen, während sie von einem schlimmen Verdacht befreit wurde. Kurz darauf brannte die Kirche mitsamt den Aufzeichnungen ab. Jetzt ist dieser Schein alles, was beweist, dass sie im Namen Christi getauft wurde. Jeder, der solcherlei besitzt, sollte es in Ehren halten. Kleines, der Taufschein prangt mit Goldbordüren und rot glänzendem Siegelwachs, eine Augenweide. Und warum, Magdalene, haben wir das so eingerichtet?«

»Weil es das wichtigste Dokument unseres Lebens ist, Euer Gnaden, das Dokument, mit dem unser Leben beginnt. Erst dann unterscheiden wir uns vom Tier. Es beweist unsere Verbundenheit mit unserem Herrn Jesus Christus und bekundet, dass er uns angenommen hat. Dieses Dokument darf nie verloren gehen, denn es ist wichtiger als unser Leben.«

»Ja, Magdalene, so ist es. Du weißt nicht, wie sehr es mich glücklich macht, dich auf den rechten Weg zurückgeführt zu haben. Jeden Tag bete ich, dass du standhaft bleibst. Schau nur, Luz, es ist möglich, den rechten Weg wiederzufinden, wenn man ihn einmal verloren hat. Genauso wie du, Magdalene, wird auch Luzia eines Tages wieder im

Licht des Herrn wandeln. Nun, Magdalene, ich danke für das Bier. Jetzt muss ich dich verlassen, denn meine Aufgabe für den heutigen Tag ist es, Luzia eine Lektion zu erteilen.«

Bei diesen Worten hob sich Luzias Magen und drückte schmerzhaft. Unwiderstehlich zog der Zentgraf sie am Ellbogen hoch und schob sie aus dem Raum. Sein letzter Blick galt dem noch immer offen stehenden Schrank und dem leeren Fach darin. Magdalene erhob sich schnell, schaffte es aber nicht, den beiden zuvorzukommen und die Tür zu öffnen. Das tat Balthasar selbst und sagte kein weiteres Wort mehr. Auf der Treppe stolperte Luzia mit den ungewohnten Schuhen und Balthasar bewahrte sie mit starkem Arm vor dem Fall. Dabei kam er ihr so nahe, dass sein Mantel gegen ihr Bein schlug. Irgendetwas Schweres trug er in der Tasche, das Gebetbuch. Trotz seiner Stütze ließ sie sich gegen die Täfelung des Treppenhauses fallen und hielt sich den Weg die Treppe hinunter daran. Er nahm sie die gesamte weitere Strecke durch die Stadt fest am Arm und führte sie. Obwohl sie nicht wagte sich umzuschauen, sah sie im Augenwinkel mal den einen, mal den anderen der beiden Büttel aus dem Keller. Flucht war also zwecklos, selbst wenn sie sich aus dem Griff des Zentgrafen befreite.

Durch das Stadttor führte er sie geradewegs auf den Weg zurück zur Kapelle. Auf dem Steg über den Bach hielt er an. »So, Luz, jetzt nimm die Papiere und wirf sie ins Wasser.«

Nur einen erschrockenen Blick warf sie ihm zu. Seine unerbittlichen Augen machten, dass sie sich beeilte. Unter ihrer Schürze zog sie den Aktendeckel hervor. Die Holzlatten des Steges ließen Lücken genug, den Bach rauschen zu sehen. Sie fasste mit beiden Händen die Pappe und zerriss sie in zwei Teile, dann die wieder in zwei, bis sie nur noch Schnipsel in der Hand hielt. Mit erhobener Hand ließ sie die Pappestückchen herunterrieseln. Wie Blütenblätter fielen sie in das schäumende Wasser und wurden fortgetragen.

Noß trat einen Schritt näher an den Rand des Stegs, beugte sich vor und sah den letzten Fleckchen hinterher. »Das lässt das Licht der Wahrheit heller strahlen, Luz. Gehen wir weiter.«

92

Die Kapelle war leer wie vorher. Bis zur Bodenklappe hoffte sie noch immer, dass er sie jetzt freilassen würde, aber er brachte sie zu ihrer Zelle zurück, drückte ihr ein Gebetbuch in die Hand und verschloss die Tür.

KAPITEL 5

FLUCHT!

So war das also. Da saß Luzia wieder auf dem Stroh und fürchtete, was noch kam. Von wegen Handel. Wozu auch immer diese Papiere verschwinden sollten, sie hatte ihm den Gefallen getan und bekam im Gegenzug nichts. Schlimmstenfalls hatte sie seine Meinung bestärkt, dass sie eine Hexe war. Und dann ... Nein! Sie wollte nicht einmal daran denken. Ein Handel hatte immer zwei Seiten. Er versprach ihr einen Handel und sie hatte ihren Teil erfüllt. Sie weigerte sich zu glauben, dass er sein Wort nicht hielt. Jetzt würde er ihr etwas anbieten. Strafe, hatte er gesagt. Eine Strafe erwartete sie. Gut, vielleicht hatte sie Strafe für ihre Diebstähle verdient. Eine Tracht Prügel, einige Wochen Gefängnis, einen Monat oder zwei. Obwohl sie niemandem wehtat mit ihren Diebereien, bestanden doch die Reichen darauf, auf gar keinen Fall bestohlen zu werden oder etwas zu verschenken. War es denn nicht christliches Gebot, denen zu geben, die weniger hatten? Nein, darüber durfte sie nicht diskutieren, denn Mönche, die diese Ansicht vertraten, das Armutsgebot predigten, landeten auch auf dem Scheiterhaufen. Luzia würde hier einige Zeit im Gefängnis verbringen und wenn sie herauskam, war Gras über ihre Gaunereien gewachsen, niemand dachte mehr an sie. Sie hatte alles getan, was er verlangte. Es konnte gar nicht so schlimm kommen.

»Du solltest lesen. Das Gebet spendet Trost.«

Sie zuckte bei seiner Stimme zusammen, weil sie Noß gar nicht hatte kommen hören. Zögerlich erhob sie sich und schlug den Blick nieder. So hatte Magdalene sich verhalten und schien ganz gut damit zu fahren. »Bitte, Euer Gnaden«, flüsterte sie, »ich habe getan, was Ihr wolltet. Darf ich jetzt gehen?«

»Noch eine kleine Weile. Ich habe immer mein Gebetbuch bei mir, das mir in allen Situationen Trost spendet. Später werden wir gemeinsam darin lesen. Aber vorher ...« Sanft nahm er sie an der Schulter und

96

schob sie zur Tür über den Flur und in den gegenüberliegenden Raum. Als sie sah, wohin es ging, wollte sie sich im ersten Moment sträuben, überlegte es sich aber anders. Wenn er sie dort haben wollte, bekam er sie dort hin, im Guten oder Bösen. Also war sie besser folgsam.

»Zieh dich aus.« Seine Stimme klang ruhig und er wandte sich halb ab, bis er sah, dass sie sich nicht bewegte. »Luzia, wir spielen hier nach meinen Regeln. Und die erste Regel lautet, dass du dich ausziehst.«

Ihr Mund wurde trocken, als sie sah, dass die Werkzeuge noch immer im Feuer lagen. »Bitte nicht«, brachte sie heraus. »Ich habe doch alles getan, ich habe doch gehorcht …«

Liebevoll strich er über ihre Wange. »Kleines! Sicher warst du brav. Das werde ich berücksichtigen, unbedingt. Ich sagte dir, es wird eine Strafe geben. Beginn dieser Strafe ist es, dass du dich ausziehen musst. Und jetzt tu es. Sonst müssen es wieder die Büttel erledigen. Wenn du folgsam bist, werde ich morgen früh meinen Weg nach Mainz antreten können. Sei sicher, dass sich das auf meine Laune auswirkt.«

Ihre Finger zitterten so, dass sie kaum die Schnürungen aufbekam. Endlich hatte sie die ungewohnt üppige Kleidung auf einen sauberen Stapel abgelegt und kam sich unendlich dumm vor, wie sie eine Hand vor die Brüste legte, die andere vor die Scham. Er lächelte freundlich. »Die Haare. Nimm die Nadeln heraus.«

Auch das tat sie und diesmal beobachtete er sie aufmerksam. Er trat auf sie zu und strich über das nun lose herabfallende Haar. »Deine Haare sind wundervoll. So ein hübsches Mädchen.« Seine Stimme ließ es in Luzias Bauch warm werden, aber sie spürte ganz genau den bedrohlichen Unterton. Schließlich ergriff er ihr Handgelenk und hob es in die Schelle. Mit einem lauten Klicken rastete das Schloss ein. Als er die zweite Hand ergriff, küsste er sogar galant mit einer leichten Verbeugung ihre Fingerspitzen, aber ungeachtet dessen ließ er auch hier das Schloss einrasten. Und wieder balancierte sie auf ihren Zehenballen und wusste, dass nach wenigen Minuten die Schultern wehtun würden.

»Ach«, seufzte er, »die Handschellen sind zu kurz. Wärest du nur wenig kleiner, müssten wir einen Klotz unterlegen. Nur passiert es oft durch mangelndes Vertrauen der Inquisiten, dass eine unbedachte

97

Bewegung den Klotz kippt, und dann sind die Schultern ausgerenkt. Mein Kleines, ich will dir jeden unnötigen Schmerz ersparen. Du musst jetzt tapfer sein, versprichst du mir das?«

Es war nur eine rhetorische Frage, denn er rief sofort die Büttel herein, die eifrig kamen. Er deutete auf Luzia. »Wir können uns die Prozedur des Scherens sparen, weil die Schuld erwiesen ist.« Eiseskälte überfiel sie bei seinen Worten. Dieser Schuft! »Nur ein Geständnis fehlt. Sie ist sich des Ernstes ihrer Lage noch nicht bewusst. Bitte helft mit zwanzig Streichen nach!«

»Aber das stimmt doch gar nicht!«, schrie Luzia panisch. »Ich habe alles getan, was Ihr sagtet! Das dürft Ihr nicht!«

Ihre weiteren Worte wurden zu einem lauten Schrei, als die Rute das erste Mal ihr Hinterteil traf. Sie wand sich in ihren Fesseln, bettelte und jammerte, aber der eine zählte monoton bis zwanzig, während der andere zuschlug. Zentgraf Noß faltete die Hände vor der Brust, schloss die Augen und murmelte mit gen Himmel gerichtetem Antlitz ein Gebet. *So ein Heuchler!*

Luzias Gesicht war tränenüberströmt und sie schluchzte haltlos, als es vorbei war. Balthasar trat zu ihr und wischte zart mit dem Daumen die Tränen ab. »Du armes Kind! Wenn du dies schon so hart nimmst … Es ist alles nur zu deinem Wohl, bedenke das. Ohne Scham und Reue zeigtest du, welche Gabe Satan dir verlieh. Oh, grenzenloses Vertrauen muss er in dich setzen, dass selbst heilige Symbole auf einer Urkunde nicht vor deinen Untaten schützen. Jetzt bekenne frei heraus, wie er dich überredete. War es die Wollust? Verführte er dich mit Unzucht? Brachte er dir Genüsse wie kein sterblicher Mann? Streichelte er deine Brüste mit seinen Krallen, bevor er die Hexenmilch saugte? Wie fühlte sich sein Glied an, als er in dich eindrang? War es eiskalt oder glühte es wie die Hölle, aus der er kommt? Hab Vertrauen und beichte mir alles.«

»Ihr … Ihr habt … versprochen …« Vor Schluchzen brachte sie die Worte nicht heraus und heulte daher frustriert auf.

Balthasar strich über ihre Wange. »Sicher, das Beichtgeheimnis. Ich schicke sie fort.« Auf seinen Wink legte der Erste die Rute weg und ging mit dem anderen hinaus. Als die Tür geschlossen war, überkreuzte Balthasar die Arme vor der Brust und betrachtete Luzia eingehend. »Wir können unendlich so weitermachen. Kleines, dein Podex hat sich gerade einmal ein wenig gerötet. Vielleicht gibt es blaue Flecke, aber übermorgen denkst du nicht einmal mehr daran. Ich versprach dir Gnade. Die soll dir zuteilwerden. Vom ersten Moment an war mir klar, dass der Tod auf dich wartet. Wir müssen deinen Körper verbrennen, damit das Böse in dir nicht Unschuldige ansteckt. Es ist mir nur schleierhaft, warum du dir dessen nicht bewusst bist. Der Vollzug der Todesstrafe verlangt ein Geständnis und eindeutige Beweise. Bei Magdalene waren die Beweise zweifelhaft und wegen der Verdienste ihres Bruders fiel die Strafe mild aus, zu mild für meine Begriffe. So sehr sie sich auch verstellt, ich befürchte das Schlimmste für jeden Menschen, der sich mit ihr einlässt. Eindeutiger als bei dir können Beweise aber gar nicht sein. Du lässt mit Satans Hilfe hochheilige Papiere verschwinden. Was anderes als Hexerei soll das sein? Sag es mir! Das wiegt so schwer, dass eine andere Strafe als der Tod gar nicht erst in Betracht kommt. Weil du so ergeben mitgearbeitet hast, das ganze Ausmaß deiner Schuld darzulegen, beschließe ich, dass du das Feuer nicht erdulden sollst. Der Henker wird dir eine Schlinge um den Hals legen und wenn die ersten Scheite lodern, darfst du dich in die Schlinge fallen lassen, auf dass du dich erhängst und nicht die Qualen spürst, die das reinigende Feuer deinem sündigen Fleisch antut. Das ist die Gnade, die ich dir versprach.«

Alles drehte sich um Luzia. Sie schnappte nach Luft. »Aber ...«

»Jetzt reden wir über den Weg zum Scheiterhaufen. Da du so tust, als ob du die Gepflogenheiten überhaupt nicht kennst, werde ich dir auch das erklären. Der Weg zum Scheiterhaufen zeigt der jubelnden Menge, was eine verstockte Hexe in der Hölle erwartet. Ist die Hexe geständig und bereut - sieht sie ein, dass ihr Leib verdorben ist und nur durch Feuer gereinigt werden kann -, wird ihr alles weitere erlassen. Dann erreicht sie nach einer kurzen Zeit im Fegefeuer als Strafe für ihre Sünden dann doch noch die himmlischen Gefilde. Eine störrische Hexe, die nicht abschwören will, die Satan die Treue hält, muss so sehr bestraft werden, wie es Menschen nur vermögen. Die Reinigung des Fleisches durch das Feuer ist nicht genug. Das Böse an jedem einzelnen ihrer verseuchten Körperteile muss herausgerissen und verbrannt werden. Wenn das erreicht ist, wenn das Böse ausgetrieben ist, bekennt sie vielleicht die Wahrheit und beichtet noch zwischen den lodernden Flammen, damit ihre Seele nicht in die Hölle hinabfahre. Wir dürfen die Hoffnung nicht aufgeben, auch die schwärzeste Seele in allerletzter Sekunde zu retten. Das ist mein Lebensziel, Kleines, ich rette Seelen. Mein großer Schmerz ist es, dass ich zu diesem heiligen Zweck Körper zerstören muss. Doch, mein liebes Kind, was ist der Körper, und wenn er noch so sehr Pein über uns bringt, gegen das Geschenk einer reinen, geläuterten Seele! Bedenke und bereue und dann entscheide dich für das Himmelreich. Du bekommst die Frist von einer Stunde. Danach werde ich mit allen Mitteln versuchen, dein Geständnis zu hören. Wähle gut, mein Kind.«

»Bitte«, schrie Luzia ihm hinterher, als er den Raum verließ, »ich bin keine Hexe!«

Ungerührt ging er weiter, bis sie ihn den Gang hinunter nicht mehr sehen konnte. Es dauerte keine drei Minuten, da waren die beiden Wachmänner da. Der Eine trat hinter sie und griff um sie herum nach ihrer Brust. Seine harte, raue Hand drückte mit Kraft zu. Vergeblich versuchte sie, sich aus seinem Griff zu winden, als der Zweite kam und seine Hand zwischen ihre Beine schob. »Ich werd' sie trotzdem rasieren«, sprach er mit heiserer Stimme, während er einen Finger tief in sie schob und den Daumennagel in die feuchte Haut bohrte. »Mit Feuer.« Luzia heulte auf.

Die Hand des Mannes hinter ihr kniff ihre Brustwarze, sein heißer Atem leckte über ihren Hals wie eine Feuerlohe. »Du rasierst, ich suche das Mal. Das kann überall sein, da müssen wir sorgfältig suchen. Mag der Herr Zentgraf sagen, was er will, ich lasse keinen Satansdreck unberührt. Das Böse muss zerstört werden. Vor dem Scheiterhaufen soll sie drei Tage büßen, während Seine Gnaden für ihr Seelenheil betet. Wir dürfen dann alles nachholen, was er in seiner Frömmigkeit vergaß. Stell sie dir vor, wie sie wollüstig dem Satan ihre Kehrseite hinstreckt. Weißt du noch, wie Abt Hieronymus sagte, das Gift des Teufels könne nur vom Saft eines Rechtschaffenen fortgespült werden? Das ganze Wachbataillon nahm die Hexe in diesen drei Tagen, genug Rechtschaffene für den größten Teufel. Viermal war ich dabei und musste Schlange stehen. Ihr Blut sprudelte auch die letzten Reste des teuflischen Giftes aus ihrem zerrissenen Schoß. Trotzdem sengte der Zentgraf ihn am letzten Tag eigenhändig mit einem weißglühenden Pfosten rein. Auf dem Weg zum Scheiterhaufen brennen wir ihre Makel weg. Ich liebe den Geruch, wenn sündiges Fleisch sich in Rauch auflöst und gereinigt zum Himmel aufsteigt.«

Er quetschte ihre Brustwarze und der andere kniff in ihre Scham, bis sie mit einem dumpfen Stöhnen in die Knie ging, wodurch zusätzlich ein scharfer Schmerz durch ihre Schultern schoss. »Der Herr Zentgraf Noß lässt die Schande besonders tief ausbrennen, mehrfach, sodass nichts übrig bleibe. Bald siebenhundert Hexen überantwortete er dem reinigenden Feuer. Die verstockte Hexe muss zusehen, wie ihre sündigen Brüste, die befleckte Scham und die lügnerische Zunge herausgerissen vor ihr auf dem Scheiterhaufen brutzeln. Wenn sie die Augen zukneift, lässt er die Lider abschneiden. Sie soll sehen, was der Lohn der Sünde ist.«

Wie auf ein geheimes Zeichen ließen die beiden von ihr ab und traten hinaus. Hilflos schluchzte Luzia, Tränen liefen ihr die Wangen herunter. Tropfen Urin hatten sich herausgestohlen, obwohl sie sich so sehr bemüht hatte, vor Angst nicht die Kontrolle darüber zu verlieren. Jetzt fühlte sie die Flüssigkeit kalt auf ihren Schenkeln. Die Handgelenke waren durch ihr Zerren an den Fesseln aufgeschürft und brannten, die Schultern taten weh und die Knie bebten. Wenn der Zentgraf eine dumpfe Furcht in ihr hervorrief, vor diesen beiden Männern zitterte sie mit kreatürlicher Angst. Jetzt wusste sie ganz genau, was sie erwartete. Kein Herumgerede von Läuterung und notwendigem Schmerz. Sie sollte grausam zu Tode gefoltert werden, bis kaum noch etwas übrigblieb, das sich zu verbrennen lohnte. Auf das bisschen Gnade in den letzten fünf Minuten konnte sie dann auch noch verzichten! Ein Stöhnen löste sich aus ihrer Kehle, von dem sie kaum glauben konnte, dass es zu ihr gehörte. Wenn sie hier weiter hing wie ein Schwein im Schlachthof, dann würde sie noch ganz andere Töne von sich hören.

Eine jähe Entschlossenheit löste ihre Verzweiflung ab. Sie war keine Hexe! Wenn ihre Gabe etwas war, dann Talent und harte Übung. *Ich wette mein Leben, dass es eine Gottesgabe ist,* schwor sie sich. *Wenn Gott es will, lässt er mich gewinnen.* Topp, die Wette gilt. Zuerst atmete sie tief durch und beruhigte ihren bebenden Körper. Mit geschlossenen Augen verbannte sie die Welt um sich herum und konzentrierte sich. *Luzia, du hast eine Stunde.* Die Schmerzen in ihren Schultern, die aufgescheuerten Handgelenke, die brennenden Striemen auf ihrem Hinterteil und das klebrige Gefühl, das die Hände der beiden Männer hinterlassen hatten, das alles schob sie von sich. *Bitte, lieber Gott, wenn du mich siehst, hilf mir!* Eine bisher nie dagewesene Klarheit erfüllte ihren Geist. Sie bog ihre Füße so, dass sie nur noch auf den Zehenspitzen stand und die Kette an den Handschellen die Spannung verlor. Mit der Rechten umfasste sie die Kette und zog sich hoch. Die Muskeln zitterten vor Anstrengung, aber es gelang. Sie konnte mit der Linken ihre Haare erreichen und die Haarnadel, die sie darin *vergessen* hatte. Erleichtert ließ sie sich auf die Ballen herab. Triumph erfüllte sie und ließ sie die Schmerzen vergessen, die sie bis dahin nur verdrängt hatte. Mit breitem Lächeln sah sie auf die Nadel. Ihre Rettung! Doch dann zerbrach das Lächeln in ihrem Gesicht. Sie hatte den Schlüssel und kam nicht an das Schloss.

Erst mal nicht daran denken. Mit den Fingerspitzen und der Handschelle als Widerlager bog sie die Haarnadel zu einem Haken. Jetzt konnte es losgehen! Schmerzhaft verrenkte sie die Finger, um den kleinen Haken in das Schloss am Handgelenk zu bekommen, immer bedacht, ihn ja nicht fallen zu lassen. Etwas Schlimmeres konnte ihr nicht passieren, als dass sie den Haken nach all den Strapazen jetzt verlor. Es ging nicht, es war unmöglich, sie konnte die Finger nicht so krümmen, dass sie das Schloss erreichte. Also hob sie sich so hoch auf die Zehenballen wie möglich, um an das Handgelenk der anderen Hand zu kommen. Die Kette zog die Handschelle genau in die Richtung, dass es unerreichbar war. Luzia hüpfte auf einem Bein und sprang, bis ihr das Blut die Arme herunterlief, es gelang ihr nicht. Aussichtslos. Am liebsten hätte sie laut ihre Frustration herausgebrüllt, aber damit holte sie vielleicht die Wächter herbei, also ließ sie es bleiben.

Ganz ruhig überlegen. So klug wie sie waren auch andere - und vor allem der Zentgraf. Wenn es auch spielerisch ausgesehen hatte, er hatte sie so gefesselt, dass sie sich sogar mit dem Schlüssel nicht selbst befreien konnte. Es war unausführbar, sie musste aufgeben. Am besten gestand sie sofort alles, dann wurde sie wenigstens nicht noch gefoltert. Aber den Bütteln entkam sie so nicht, die würden sich schon von ihr holen, was sie Spaß nannten. Wenn der Zentgraf sie sich vornahm, dann gab es irgendwann ein Ende, aber diese beiden würden nie aufhören, solange sie nur in ihrer Reichweite war, und noch ihre Freunde dazuholen. Nein! *So weit sind wir noch nicht.*

Luzia war die gelenkigste Artistin der gesamten Theatertruppe gewesen, sie hatte Kunststücke vollführt, die niemand sonst beherrschte. Ihr Körper war biegsam wie ein Weidenzweig gewesen. Noch immer schlängelte sie sich durch die engsten Fensterluken und erklomm die steilsten Fassaden. Wenn sie es nicht konnte, dann niemand. Feste Entschlossenheit ließ sie alle Zweifel vergessen. Sie sprang hoch und fasste mit beiden Händen die Kette dicht unterhalb der Befestigung, knickte die Knie ein und zog die Beine hoch bis über ihren Kopf. Wie ein Affe hing sie jetzt dicht unter der Decke. Mit bloßen Füßen hielt sie sich an den Ketten fest und ließ mit der rechten Hand los. Jetzt fielen die Ketten zu ihren Handschellen lose und sie konnte die Hand bewegen. Der Dietrich erreichte leicht das Schloss der linken Handschelle. Klack! Die Riegel fuhren auseinander. Der Rest war ein Kinderspiel. Sie öffnete auch die zweite Schelle und ließ sich auf den Boden herunter.

Wie lange hatte das gedauert? Luzia hielt sich nicht damit auf, ihre blutenden Handgelenke zu reiben. Sie stürzte auf den Stapel mit der Kleidung zu. Im letzten Augenblick zögerte sie, es rann zu viel Blut von ihren Handgelenken. Die Manschetten waren weiß, eine Frau mit blutigen Manschetten würde auffallen. Sie riss den Saum von der Schürze und machte daraus einen provisorischen Verband, dann erst zog sie sich an.

Auf Zehenspitzen und ohne den geringsten Laut schlich sie auf den Flur und in Richtung Treppe. Im Aufenthaltsraum konnte sie die Wachmänner lachen hören. Die Tür war geschlossen, welch ein Glück. Sie musste nur die Treppe hochlaufen und hoffen, dass niemand in der Kapelle betete. Beinahe rannte sie mit dem Kopf gegen die Klappe. Die Büttel hatten den ganzen Tag gewerkelt, um diesen Keller für ihre Bedürfnisse umzubauen, hatten Fackelhalter angebracht und Eisen in die Wände geschlagen. Und sie hatten ein Vorhängeschloss vor die Klappe gelegt. Der Zentgraf wusste jetzt, dass sie eine Diebin war und Schlösser öffnen konnte, daher war das Schloss ein hochmodernes mit kompliziertem Sperrfedermechanismus und massivem Bügel. Aus Amorbach kam das bestimmt nicht. Luzia ließ sich auf die Treppe fallen und stützte die Stirn in die Hände. Nicht das! Nicht so kurz vor der Freiheit!

Sie ließ die Faust auf die Treppenstufe donnern, dass es wehtat. So schnell gab sie nicht auf. Das Schloss war für sie unüberwindlich, aber die Befestigungsösen, die bildeten den Schwachpunkt. Die Büttel waren keine Schlossmacher und verstanden nichts von Sicherheit. Sie hatten die Ösen mit Nägeln in die Klappe und in die Wand geschlagen. Luzia raffte ihre Röcke und rannte in die Folterkammer. Von der Stirnseite des Gangs hörte sie die dunkle Stimme des Zentgrafen und die beiden Büttel dröhnend darauf lachen. Die Tür quietschte leise in ihrer Hand. Noch immer lagen die Eisen im Feuer. Luzia packte eines und zuckte sofort zurück. Sie faltete die Schürze und umwickelte den Griff, bevor sie eine Stange herauszog. Nicht ideal, aber sie hatte keine Zeit, um wählerisch zu sein. Die Spitze des Metalls glühte in hellem Rot und bei dem Gedanken, wozu die Eisen da steckten, spürte sie, wie ihr Innerstes aufweichte und zu Sülze gerann. Energisch riss sie sich selbst herum und hetzte mit dem Eisen in der Hand zur Klappe. Sie zwängte die Spitze zwischen Öse und Bügel des Schlosses und drückte kräftig. Es zischte und stank nach verschmorter Farbe. Im Aufenthaltsraum hörte sie einen Stuhl rücken und jemanden aufstehen. Ihr Herz schlug panisch und Übelkeit kam hoch, aber sie ließ nicht nach in ihren Bemühungen. Das Schloss war neu und gut geschmiert. Überhitztes Öl

104

rauchte. Es knackte, die Nägel sprangen aus dem Holz. Hastig fing sie einen Nagel auf, bevor er auf den Stufen klirrte. Die Klappe öffnete sie mit dem Rücken und legte die noch immer glühende Stange auf die oberste Treppenstufe. Nichts rührte sich in der Kapelle. Gut. Luzia schlüpfte aus der Falltür und ließ sie lautlos wieder herunter. Kein Mensch in dem Gotteshaus, dem Herrn sei Dank. Jetzt sah sie den Mechanismus der Tür. Wie vermutet, handelte es sich um einen einfachen Schieberiegel, den legte sie vor. In der Kanzel standen ein Hocker und ein Bücherhalter auf einem Ständer. Ein heftiger Tritt löste den Ständer vom Stiel des Bücherhalters und mit Hilfe des Hockers verklemmte sie die Falltür gegen die Kanzel. Und dann rannte sie.

Als sie die Eingangstür der Kapelle erreichte, blieb sie stehen und spähte hinaus. Ihre Knie zitterten so sehr, dass sie sich an der Wand festhalten musste, um nicht umzufallen. *Luzia, nimm dich zusammen, es ist noch nicht vorbei.* Ein Griff überzeugte sie, dass ihr Tuch gut auf den Haaren saß, sie strich über den Rock und zog die Manschetten herunter, damit man nicht die Verbände sah. Sittsam faltete sie die Hände vor ihrem Schoß und senkte den Blick. Sie ging durch die Tür und sah sich verstohlen um, konnte aber niemanden entdecken. Jetzt rannte sie wieder. Es gab keinen anderen Weg als nur den Berg hinunter. Mit weiten Schritten sprang sie über jedes Hindernis und langte in wenigen Minuten am Steg an, wo sie das Papier zerreißen musste. Ein Grinsen erschien auf ihrem Gesicht, als sie daran dachte, wie sie dem Inquisitor ein Schnippchen geschlagen hatte. Sie blieb stehen, zog ihren Rock glatt und atmete tief durch. Jetzt nur noch diese Wegbiegung, dann war sie am Stadttor. Wieder das brave Mädchen, gefaltete Hände, gesenkter Blick und ruhig atmen. Und weiter.

Sie konzentrierte sich so sehr auf gleichmäßige Schritte, dass sie beinahe in den Wachtposten vor dem Tor gerannt wäre. Kurz vorher bog sie ab und musste all ihre Beherrschung aufbringen, dass sie nicht wild lospurtete. *Langsam, ganz normal, Luzia.* Sie fühlte die Augen der Wachen sich wie Pfeilspitzen in ihren Körper bohren. In ihrem Rücken erwartete sie jeden Moment den Ruf des Postens. Sie musste sich zusammennehmen, um nicht bei jedem Schritt zurückzusehen. Endlich hatte sie das Tor hinter sich gebracht und trat über das Pflaster der Stadt. Immer weiter ging sie, am Rathaus vorbei über den Marktplatz in eine Nebenstraße. Am liebsten hätte sie sich jetzt gegen eine Wand gelehnt und ausgeruht, aber sie zwang sich zum Weitergehen. Ihre Gedanken begannen zu fliegen. *Ich habe es geschafft. Ich habe es wirklich geschafft!* Noch immer raste ihr Herz, zitterten die Knie. Schließlich erlaubte sie sich stehenzubleiben und sah sich um. Wo war sie hier überhaupt? Der Weg zu ihrer Unterkunft lag genau in die andere Richtung. Aber das Zimmer nützte ihr nichts, dort suchte man sie zuerst. Die Böttcherin würde sie gar nicht hereinlassen. Und was wollte sie überhaupt da? Ihre Sachen steckten ja alle an der Amorquelle, abgesehen von denen in der Obhut des Inquisitors. Sie stand gerade einmal zehn Schritte von dem Haus entfernt, in das Balthasar Noß sie geführt hatte. Magdalene. Vielleicht konnte die ihr helfen. Sie rannte die restlichen Schritte und zog an der Klingelschnur.

KAPITEL 6

DER

GELEHRTE

Es dauerte so lange, dass sie gerade ein zweites Mal die Schnur ziehen wollte, da kam ein Mädchen und starrte sie entsetzt an, Erkennen stand in ihren Augen. Genauso hätte sie herausschreien können: »Die Freundin des Inquisitors!« Nach einem deutlichen Schlucken hielt sie Luzia die Tür auf. Wortlos ging sie voran in das bekannte Esszimmer und verließ Luzia, ohne die Tür zu schließen. Aus einem anderen Raum hörte sie eine laute Männerstimme. Was er sagte, konnte sie nicht verstehen, aber es klang sehr aufgeregt, teilweise brüllte er sogar, abgewechselt von einer weiteren, piepsigen Männerstimme. Es tobte ein heftiger Streit.

Eigentlich war Luzia sich gar nicht genau klar darüber, was sie hier wollte. Vielleicht suchte Balthasar sie sogar an diesem Ort zuerst. Er wusste doch genau wie sie, dass sie in Amorbach zu niemandem mehr gehen konnte, niemand nahm eine geflohene Hexe auf. Er dachte sich bestimmt, dass sie zum ersten vertrauten Ort floh. Und das war hier. Aber sie musste etwas erledigen. Balthasar Noß wollte aus irgendeinem Grund diese Papiere vernichten. Wenn er das wollte, dann wollte Luzia das Gegenteil. Sie hatte Unrecht begangen und musste das wiedergutmachen. In der Folterkammer hatte Luzia zu Gott gebetet, dass er ihr hilft. Dass Gott ihr seine Hilfe gewährte, geschah vielleicht genau zu dem Zweck, dass sie ihr Unrecht wiedergutmachte. Wenn Balthasar sie fasste, wollte sie wenigstens das vollbracht haben. Sie wandte sich gerade dem Treppenhaus zu, als die laute Männerstimme sie anfuhr. »Was willst du!«

Luzia zuckte gehörig zusammen. Sie drehte sich herum und sah auf den Sprecher. Er war groß, sein Gesicht wütend und die dunklen Augen sprühten vor Zorn. »Ich ...« Luzias Stimme versagte und sie musste sich räuspern, bevor sie ein Wort herausbekam. »Ich wollte zur Herrin Magdalene ...«

»Magdalene ist weg«, sagte er grob. »Verschwinde! Jemanden wie dich will ich nicht in meinem Haus haben. Und wenn Magdalene meinen Befehl befolgt hätte, wäre sie noch hier.«

»Aber ... ich will doch helfen!«

»Von dieser Hilfe haben wir genug. Ich habe zu tun. Geh zurück zu Zentgraf Noß!«

Siedend heiß erkannte sie, was passiert war. »Geht ... geht es Magdalene gut?«

Der Zorn in seinem Gesicht vertiefte sich, die Stimme wurde noch lauter. »Dank deiner ... Hilfe! ... bald nicht mehr. Bist du jetzt zufrieden? Ist es das, was du wolltest? Reicht nicht, was ihr das erste Mal angetan wurde?«

»Bitte Herr, Ihr versteht nicht. Ich will wirklich helfen. Ich gehöre nicht zu Zentgraf Noß.«

»Du warst es doch, die mit ihm vor der Tür stand! Ich sah dich vom Turm aus, aber bevor ich es verhindern konnte, hatte Magdalene schon die Tür geöffnet. Und jetzt ist sie weg!«

Die Stimme schlug bei den letzten Worten um und seine Miene zeigte unbeherrschte Wut. Statt zurückzuweichen straffte Luzia ihre Schultern und sah ihm ins Gesicht. »Wenn Ihr wisst, Herr, wer Zentgraf Noß ist, dann solltet Ihr auch wissen, dass er Mittel hatte, mich zu zwingen. Glaubt Ihr etwa, ich bin ihm freiwillig gefolgt? Ich denke, ich weiß, worum es geht. Ist es der Taufschein?«

Man sah ihm an, dass er sich nur mit Mühe zurückhielt. »Ich habe keine Zeit, muss Rechtsanwälte suchen. Einen finde ich, der ihr hilft. Das letzte Mal hat sich auch einer erbarmt.«

»Dann hilft er diesmal vielleicht wieder!«

»Ha! Seit er Magdalene verteidigte, war er nicht ein einziges Mal mehr vor Gericht. Er ist kaltgestellt. Bußgelder darf er noch verwalten, mehr nicht. Er verdient nicht mal mehr genug, seine Familie zu ernähren! Es muss ein Wunder geschehen, dass ich einen anderen überreden kann.«

»Vielleicht werde ich für dieses Wunder sorgen. Sagt mir: Ist es der Taufschein?«

»Ja, bei Gott! Es ist der Taufschein. Sie stürmten hier herein und verlangten die Herausgabe. Magdalene konnte ihn nicht finden und ich weiß auch nicht, wo das vermaledeite Ding steckt. Jetzt ist sie angeklagt, dieses Stück Papier dem Teufel verkauft zu haben! Balthasar hat ihn gestohlen. Woher sonst wüsste er das? Und warum sonst ist er nicht da!«

Die Türglocke war deutlich zu hören und der Kopf des Mannes fuhr herum. Er rannte in den Flur und starrte aus dem Fenster. Luzia folgte ihm und als sie sah, wer vor der Tür stand, fühlte sie ihren Schließmuskel fast versagen. »Noß«, stöhnte sie. Sie packte den Mann am Arm. »Bei der Gnade des Herrn, versteck mich! Für Magdalene! Ich weiß, wo der Taufschein ist.«

Sekunden zögerte er, dann riss er sie am Handgelenk hinter sich her. »Niemand ist da«, schnauzte er das Dienstmädchen an, das aus der Küchentür schaute. Sie glotzte unverständig. »Nun mach endlich auf! Ich bin im Laboratorium, sonst ist niemand da!« Er wartete gar nicht das Nicken des Mädchens ab, sondern schob Luzia durch eine Tür auf das Fenster zu. Durch die Balkontür zog er sie auf den Balkon. »Spring!«

Er machte es ihr vor und flankte über die Balkonbrüstung auf den Boden, der vielleicht zwei Meter unter ihnen lag. Auffordernd breitete er die Arme aus und Luzia verhedderte sich ungeschickt in ihrem Rock, als sie herüberkletterte. Panisch ließ sie sich einfach in seine Arme fallen. Er fing sie auf und zerrte sie zu einer Kellertür. Dumpfe Gerüche empfingen sie. Jede Menge Regale und Akten, Probenröhrchen, Apparaturen und Gerätschaften standen im Halbdunkel herum und im Hintergrund saß ein kupfern schimmerndes, dunkles Fenster in einer dicken Tür. Er eilte mit ihr hindurch in einen lichtlosen Raum. Luzia konnte kaum etwas erkennen, nur einen großen Block in der Mitte, auf dem ein Licht glomm. Dahinter bugsierte er sie und drückte sie auf den Boden. »Versteck dich hier!«

Er achtete gar nicht darauf, dass sie nickte, sich zusammenkauerte und das Kleid um sich raffte, damit kein Rockzipfel sie verriet. Das fühlte sich an wie ein gemauerter Herd. Ein großartiges Versteck war das nicht. Jeder, der den Raum betrat, musste sie sofort sehen.

110

Wo befand sie sich überhaupt? Nicht in einem normalen Kellerraum. Vorsichtig spähte sie um die Ecke des Herdes. Sie sah nur gedämpftes Licht durch die seltsame Scheibe in der Tür. Es klopfte laut. Angsterfüllt zog sie den Kopf zurück. Wenn jemand nur durch die Scheibe spähte, dann blieb sie vielleicht verborgen. Schließlich war es dunkel hier drin und im Vorraum brannten Lampen. Kaum dachte sie das, sprang in der Wand eine Klappe auf und hüllte den ganzen Raum in gleißendes Licht. Er will mich ausliefern, ängstigte sie sich und zog ihren Körper zu einer kleinen Kugel. Entsetzt kniff sie die Augen zusammen.

Stimmen schallten aus dem Nebenraum. Sie lauschte zuerst nur Wortfetzen. »… Unverschämtheit! … wichtige alchimistische Arbeit … bei einem bedeutsamen Experiment stören …«, dann hörte sie Stühle rücken und Schranktüren klappen, schließlich kam das Geräusch, das sie fürchtete: Die Klinke der Zwischentür senkte sich leise quietschend. Durch den Spalt verstand sie deutlicher. »… du denn komplett wahnsinnig? Weg von der Tür! Was glaubst du, was das hübsche rote Licht bedeutet? Das ist kein Bordell, da arbeitet ein Destillator! Ja Herrgott noch mal, was lernst du denn in der Schule? Ein Verdampfer. Da entsteht Säuredampf. Giftige Dämpfe! Das ist ein Schutzraum, geht das in dein Hirn? Da, das ist Bleiglas, schau da durch. Da kannst du wunderschön sehen, wie die Säure verdampft. Wenn du Zeit hast, beobachte, wie der Stahl des Deckels schmilzt, genauso, wie deine Augen schmelzen, wenn du da jetzt hineingehst. Vielleicht wäre das gar nicht so schlecht. Kann ja eigentlich nur eine Verbesserung in deinem Gesicht machen. Gehe ruhig hinein. Ich wollte schon immer mal wissen, wie lange es dauert, bis bei diesen Ausdünstungen die Augen gerinnen.«

Rumms!, machte es und die Tür fiel zu. Luzia biss die Kiefer fest zusammen, damit die Zähne nicht klapperten. Es dauerte nicht lange, da herrschte wieder Stille im Nebenraum. Ganz allmählich entspannte sie sich. Sie hatten sie nicht gefunden. Sie kam sich vor wie ein kleines Mädchen, das die Hände vor die Augen legt und so Verstecken spielt. Das dümmste Versteck der Welt und sie hatten sie nicht gefunden.

Es erforderte eine bewusste Anstrengung, die Augen zu öffnen. Die Silhouette des Gelehrten erhob sich vor ihr, er reichte ihr den Arm. Zögerlich ergriff sie seine Hand und ließ sich hochziehen. Auf dem Herd stand eine Apparatur, aus der sich weiße Dunstschwaden lösten. Verschlungene Glasröhren führten in jede Richtung und eine braune Flüssigkeit tropfte in ein Glas. Jetzt erst bemerkte sie den aromatischen Duft, der durch den Raum zog.

»Keine Angst«, sagte er und sie hörte seine Stimme das erste Mal ohne Wut darin. Wahrscheinlich war es nur die abklingende Panik, denn sie freute sich darüber. »Das ist keine Säure. Ich arbeite hier auch mit Giften, dafür der Schutzraum. Komm, sie sind fort.«

Luzia stakste wie eine Holzpuppe hinter ihm her. Im Vorraum drückte er sie auf einen Stuhl. Kurz ging er zurück und gab ihr nach einer Weile einen Becher mit dampfender, dunkler Flüssigkeit in die Hand. Sie erkannte den Geruch aus dem Nebenraum. Automatisch pustete sie und schlürfte einen Schluck. Das war heiß und bitter, aber irgendwie tat es gut.

»Trink, das ist Kaffee«, sagte er und betrachtete sie. »Du hast Todesangst vor ihm«, bemerkte er leise.

Diese Worte brachten Luzia wieder zu sich. Sie sah hoch und erkannte in diesem Moment, dass sie sich in seinen dunklen Augen verlieren könnte, wenn sie nur lange genug hineinsah. Unendliche Dankbarkeit überflutete sie. Ihr Retter war nicht so alt, wie sie vermutet hatte. Edles Grau färbte seine Schläfen, aber er besaß die stattliche Figur eines jungen Mannes. »Danke«, flüsterte sie und senkte ihren Blick mit Willensanstrengung. Sie gewann wieder Kontrolle über ihre Stimme. »Mehr als Todesangst. Er tut einem mehr an als nur den Tod.«

»Dieses Schwein«, quetschte er heraus und ballte die Fäuste. Er wandte sich ab und Luzia hörte seine Zähne knirschen. Energisch ging er durch die Tür in den Schutzraum und schenkte sich auch einen Becher Kaffee aus der furchterregenden Apparatur auf dem Herd ein. Er setzte sich ihr gegenüber und brachte sogar ein Lächeln fertig. »Wir haben uns noch nicht einmal vorgestellt. Ich bin Freiherr Lukas von Wegener.«

112

»Luzia Heußer«, murmelte sie in ihre Kaffeetasse und mied seinen Blick. »Ihr seid Herrin Magdalenes Bruder.«

»Was ist jetzt mit dem Taufschein?«

»Ich habe ihn gestohlen. Zentgraf Noß zwang mich dazu. Er versprach mir ... Ach, er versprach mir nichts und ich bekam auch nichts. Es war nur ein Beweis seiner Macht über mich. Ich wollte unbedingt etwas tun, ihm zu gefallen, dass er mich nicht so quält. Ich hätte alles getan.«

»Ja, das glaube ich. Genauso beschrieb Magdalene es. Wo ist jetzt der Taufschein?«

»Er ist ... es ist schwer zu erklären. Herr, lasst mich in die Wohnung, dann hole ich ihn zurück.«

»In der Wohnung ist er nicht. Ich habe den Schrank auseinandergenommen, jeden Teller hochgehoben und jede Rückwand abgeklopft. Er ist nicht im Schrank, nicht darunter und auch nicht dahinter. Wir haben das ganze Haus durchsucht«

»Er ist weggezaubert.«

Seine Augen wurden starr. »Ist das wieder so ein verteufelter Scherz von Zentgraf Noß?«

»Das denke ich auch. Er sieht es als Scherz, ganz sicher. Und es ist ja auch eine Ironie, weil Ihr über Verborgenes forscht - oder stimmt das nicht?«

»Sicher. Ich berechne die Beeinflussung von Planeten durch ihre Nachbarn in der Sonnenumlaufbahn, auch wenn man sie nicht sieht. Das hat nichts mit Zauberei zu tun, nur mit Mathematik. Ist das wieder so etwas, zu dem Zentgraf Balthasar dich zwingt? Will er auch noch mich quälen?«

»Nein, bitte, ganz ehrlich. Zentgraf Noß hat nichts damit zu tun. Beziehungsweise ... Ach, es ist kompliziert und ich gehe nicht damit hausieren. Eigentlich weiß es nur ein einziger Mensch - Zentgraf Noß. Ich sagte es ihm, damit er mich nicht für eine Hexe hält, aber damit habe ich genau das Gegenteil bewirkt. Jetzt ist er felsenfest davon überzeugt. Was ihn allerdings nicht daran hinderte, meine Fähigkeiten für seinen Betrug zu nutzen. Wenn er zu der Meinung gekommen ist, es mit einer Hexe zu tun zu haben, dann macht er alles, um das zu beweisen, und wenn das auch noch so unehrenhaft ist. Er hat mich gezwungen, die Papiere zu stehlen, um einen Beweis gegen Magdalene zu haben.«

»Aber wie? Wie hast du das gemacht? Die Papiere lagen in einem verschlossenen Schrank, der nicht aufgebrochen wurde. Woher wusstest du, wo sie waren? Und was hat das mit meiner Forschung zu tun?«

»Zentgraf Noß sagte mir, wo sie sind, und ich öffnete das Schloss mit einem Dietrich. Das ist mein Talent. Ich muss nur ein Schloss sehen und weiß, wie ich es öffne. Weil diese Gabe mir zur Flucht verhalf, damit ich Magdalene retten kann, ist es eine himmlische Gabe. Seht es als Gottesurteil: Zentgraf Noß nahm mich gefangen und zwang mich dazu. Als er mich allein ließ, flehte ich zu Gott, was ich nie vorher in meinem Leben tat, und bat ihn, mich fliehen zu lassen. Ich wuchs über mich hinaus, vollbrachte Dinge, von denen ich nie im Leben gedacht hätte, dass ich dazu fähig bin, und hatte Erfolg. Vor lauter Aufregung merkte ich gar nicht, wohin ich floh, bis ich vor diesem Haus stand. Jetzt weiß ich, dass Gott mich hierher führte, um diesem Ungeheuer das Handwerk zu legen. Lacht mich aus, Herr, aber das ist meine Überzeugung.«

»Ich lache nicht. Es ist ein Wunder, wenn jemand Zentgraf Noß' Fängen entflieht.«

Sie erzählte ihm ganz genau, was sie wusste. Schnell kam sie auf die Tricks, die auf der Bühne verwendet wurden, Dinge verschwinden zu lassen, wo Fingerfertigkeit wie Zauberei wirkte. Er hörte so fasziniert zu, dass er die Sorge um seine Schwester zu vergessen schien. Als sie nichts mehr zu sagen wusste, stand er auf und ging aufgeregt wie ein Wolf im Käfig im Laboratorium herum. »Ich wusste es. Ich wusste es immer. Genauso muss es sein und nicht anders. Es gibt keine Zauberei. Es gibt nur Fingerfertigkeit und Naturgesetze. Alchimistische Reaktionen sind unter den gleichen Bedingungen immer gleich. Sterne taumeln nicht in irrem Tanz über das Himmelszelt, sondern laufen regelmäßig ihre Bahnen. Es gibt kein Chaos und Gott fügt nicht jeden Tag Wunder. Alles lässt sich so erklären. Luzia, mit deiner Hilfe kann ich

114

Hexerei wissenschaftlich erklären! Eines Tages wird die Naturwissenschaft alles erklären können. Hexerei ist alles, was nicht wissenschaftlich erklärt werden kann - damit ist nichts mehr Hexerei. Oh ja, das wird der Inquisition einen ganz schönen Tiefschlag versetzen.«

»Eins nach dem anderen. Zuerst einmal müssen wir Magdalene helfen.«

»Natürlich. Wenn es dunkel ist. Vorher werde ich dich nicht über den Hof führen. Die einzige Nachbarin, die uns beobachten kann, ist eine halbblinde, taube Vettel, die den ganzen Tag in ihr Gebetbuch starrt. Ich wette jede Summe, dass an ihrem Balkonfenster jetzt ein Büttel sitzt. Wir müssen warten, bis es dunkel ist. Ich werde vorsichtshalber Dampf ablassen, während du zum Hausflur läufst. Dann müssen wir den Weg nur noch einmal machen. Hier drinnen bist du geborgener als in Abrahams Schoß.«

»Ein zweites Mal wird jemand kommen, der auf den Trick nicht hereinfällt.«

»Das nächste Mal werde ich dich in die Grube stecken. Jesus Christus, dass ich dir das jetzt verrate! Noch vor einer halben Stunde war ich überzeugt, es mit einer Spionin des Zentgrafen zu tun zu haben, und jetzt verrate ich dir Geheimnisse, die ich nicht einmal Magdalene preisgab. Die Grube ist … Keine Angst, das hört sich schrecklich an, es ist aber ein ganz gemütlicher Raum. Als der Keller umgebaut wurde für mein Laboratorium, habe ich vorher selbst Hand angelegt. Dieses Haus gehört schon seit Generationen der Familie. Hexenverfolgung gibt es seit Jahrzehnten und jeder weiß, wie unrecht sie ist. Trotzdem jubelt das Volk bei jeder Hexe, die grausam gefoltert und öffentlich bei lebendigem Leib verbrannt wird. Jeder kann der Nächste sein. Meine Vorfahren bauten einen Geheimraum. Immer kann es zu Situationen kommen, in denen man sich vor der Obrigkeit verstecken muss. Oder vor den Schweden.« Er grinste und sah dabei aus wie ein Junge. »Wahrscheinlich gibt es so was in jedem Haus von Leuten, die nachdenken. Ich wusste davon und hätte auch Magdalene beim ersten Mal dort versteckt. Leider wurde sie damals überraschend auf der Straße verhaftet, ich hatte keine Gelegenheit, sie hierher zu schaffen.

Neben dem Herd liegt eine Grube, dadurch kommt man unter den Herd zum Auswechseln der Röhren und Steine. Eine Wand der Grube kann man aufklappen und gelangt so in den Fluchtraum. Es ist warm, hell - saubere Luft, Wasser und jede Menge Vorräte gibt es da. Zur Not mag eine komplette Familie ein Jahr dort überleben. Nachdem Magdalene freigelassen wurde, stockte ich die Vorräte auf. Luzia, wenn du mir ihren Taufschein gegeben hast, musst du keine Angst mehr leiden.«

»Grundgütiger Heiland, wie ich das ersehne! Bisher gehörte Angst zu meinem Leben. Mein Vater sagte: Angst macht vorsichtig. Zia, so nannte er mich, lasse deine Angst zu und du wirst keine Fehler machen. Es gibt einen Unterschied zwischen Angst und Panik. Mit Angst überlegt man sich jeden Handgriff und arbeitet besonders sorgfältig, aber der Zentgraf versetzt mich in Panik und ich weiß nicht, was ich tun soll, weil ich nicht mehr denken kann und meine Finger zittern. Nicht einmal meine Knie haben mehr die Kraft, mich zu tragen.«

Seine Hand fuhr leicht über ihre Wange und es war ganz anders als das berechnende, gierige Grapschen Balthasars. Lukas berührte sie nicht mit Kalkül. »Luzia«, flüsterte er. Gleich zog er seine Hand wieder zurück und räusperte sich. »Dafür warst du tapfer, Luzia, ungeheuer mutig. Ich bewundere das. Du als Mädchen stellst dich dem schrecklichsten Hexenjäger des ganzen Kaiserreichs entgegen. Wer hätte das von einer Frau gedacht.«

»Das Volk murrt ob seiner Methoden, ich wundere mich, dass niemand aufbegehrt. Unter der Folter gesteht jeder alles, das ist bekannt. Kein Richter sollte sie mehr anwenden! Es muss doch jemand etwas dagegen unternehmen! Noß tat mir nicht viel, aber er ängstigte mich so, dass ich ihm alles gestanden hätte, um dem zu entgehen, womit er mir drohte. Sind denn alle Geständnisse nur so entstanden? Wie entwischte Magdalene diesem Unhold?«

»Nur durch meinen Einfluss. Sie wurde denunziert, das war in Amöneburg bei Marburg, wo wir damals wohnten. Ich beschwerte mich beim Dekan, der sich beim Fürstbischof und der gebot Noß, er möge sich mäßigen. Die Denunziation wurde zurückgenommen und sie kam frei. Dank Gott, dass alles so schnell ging. Sie hatte nichts

116

gestanden und musste keine schlimme Folter aushalten. Er drohte ihr, dass es alles noch lange nicht vorbei sei, dass er sie schon noch erwische. Mich ereilte der Ruf als Astrologe nach Mainz und ich folgte. Wegen des Krieges kamen wir hierher nach Amorbach, aber der Krieg folgte uns. Angst bekamen wir erst, als die Schultheißin angeklagt wurde und der Oberamtmann vom erfahrenen Inquisitor in Miltenberg hörte. Er bot ihm hundert Gulden, wenn er das Rätsel um die fünf toten Säuglinge löse. Neunzig Gulden zahlte der Schultheiß Gerichtskosten, je zur Hälfte an den Oberamtmann und den Zentgrafen. Die Aussteuer der Schultheißin wurde eingezogen mit vielleicht dreihundert Gulden. So haben beide ein gutes Geschäft gemacht. Und es sitzen noch drei Frauen im Turm. Fällt es denn niemandem auf, dass es immer nur die reichen Frauen sind, auf die Verdacht fällt? Magdalene auf dem Scheiterhaufen wäre ein Vermögen wert. Mir ist sie lebendig wertvoller.«

»Ist sie denn eine so gute Hausfrau?«

Empört ruckte sein Blick zu ihr, bis er sah, dass sie spöttisch lächelte. Er ging auf ihren Scherz ein. »Ja genau, was schert ein Weib unter vielen? Soll er sich doch ein Weib suchen, der Professor, dass sie ihm das Bett wärme! So was warf man mir um die Ohren, als ich sie freibekommen wollte. Magdalene ist meine kleine Schwester. Sie kam zur Welt, als ich selbst schon hätte Nachkommen haben können. Meine Mutter starb bei ihrer Geburt, der Vater heiratete nicht mehr und die Amme trieb er bald aus dem Haus, weil sie ein böses Weib war. So pflegte ich Magdalene mehr, als es sonst ein Bruder mit seiner Schwester tut. Als Vater bald darauf der Mutter folgte, war ich allein für sie verantwortlich. Wir hatten keine Verwandten mehr außer einer wunderlichen Tante, der Schwägerin meines Vaters. Nur ungern gab ich die Kleine in ihre Obhut während meiner Studienreisen. Sofort nach meiner Heimkehr strebte sie zu mir und dachte nie daran, mich zu verlassen.«

»Will sie denn nicht heiraten?«

»Da gab es schon Freier, die Tante wollte einiges vermitteln. Magdalene wurde begehrt, jedoch sie widersetzte sich immer. An meiner Seite will ich sie nicht zwingen.« Unerwartet wurde er ernst. »Magdalene … Sie wurde denunziert, weil sie mir die Protokolle führte und im

Laboratorium half. Sie verstand die Theorien besser als meine Studenten. Darum muss sie eine Hexe sein, erklärte Zentgraf Noß. Frauen von Stand dürfen zur Schule gehen, um kluge Unterhaltungen zu führen und zu verstehen, warum Männer ihr Leid klagen. Sie sollen einfühlsam trösten, ihren Gatten den Alltag vergessen lassen. Darum müssen sie wissen, wovon ein Mann überhaupt spricht. Aber selbst studieren, forschen ... höchstens zum höheren Lobe des Herrn in einem Kloster und auch dann nur Krankenpflege oder Theologie. Wobei sie bei Streitigkeiten in der Fakultät selbstverständlich die natürliche Überlegenheit des männlichen Denkapparates anerkennen müssen. Genauso überlegen der Mann körperlich ist, so auch sein Gehirn. Es ist größer, arbeitet schneller und erkennt besser Zusammenhänge.«

»Glaubt Ihr das wirklich?«

»Magdalene dachte schneller und besser als alle meine Studenten. Ihre Protokolle waren fehlerfrei, weil sie überlegte, welche Nachlässigkeiten man begehen kann. Meine Studenten vergessen immer wieder die eine oder andere Formel und machen Flüchtigkeitsfehler, die man beim Interpolieren sofort erkennt. Seit ich alles selbst kontrollieren muss, habe ich die dreifache Arbeit. Sie übersetzte meine Artikel auf Griechisch und Latein und erledigte meine Korrespondenz mit Fachkollegen. Das alles wurde ihr verboten.«

»Und hält sie sich dran?«

Automatisch nickte er, dann sah er Luzia an und grinste. »Nein.«

Beide lachten und Luzia konnte mit ihren Augen nicht sein Gesicht loslassen. Sie bemerkte es nach einer Weile, aber da hatte auch er es schon entdeckt. Er stand auf, blickte in ihre Tasse und schenkte ihr nach, dann nahm auch er sich noch Kaffee. »Der letzte Kaffee, wir sollten ihn genießen. Es ist die Pflicht einer jeden Frau, so früh wie möglich einen Gatten zu nehmen und sich ihm demütig hinzugeben, wird von den Kanzeln gepredigt. Magdalene ... Sie will nicht. Ich fragte sie warum, und sie sagte, sie könne den Gedanken nicht ertragen, von einem Mann berührt zu werden. Was soll ich da tun? Zähmen kann ich sie nicht. Sie liegt mir am Herzen und ich will sie glücklich sehen.

118

Wenn eine Ehe sie unglücklich machte, dann soll sie in Gottes Namen bei mir bleiben und meine Protokolle führen.«

»Herr, du bist auch nicht verheiratet.«

»Oh, das hat noch Zeit. Eine Frau muss früh und oft gebären, bevor ihr Körper steif und verbraucht ist. Ältere Gebärende sterben häufiger im Kindbett. Der Landesherr braucht Soldaten und jedes Jahr werden unzählige arme Seelen von Seuchen dahingerafft. So geht der einzige Weg, dass auch eine Frau etwas für die Gemeinschaft tut und ihre Pflicht vor Gott und der Welt erfüllt. Damit verhilft sie der Gerechtigkeit wenigstens zu einer Armee.« Luzia holte kurz Luft, entschied sich allerdings, bei diesem ersten Treffen mit ihrer Meinung hinter dem Berg zu halten. »Ein Mann hat da andere Möglichkeiten. Es wäre mir ein Triumph, meine Forschung eines Tages als Waffe gegen die Heiden zu sehen. Stelle dir vor, ich könnte im Voraus stundengenau den Zeitpunkt festlegen, zu dem eine Entscheidungsschlacht erfolgreich abliefe! Oder ich destillierte in meinem Laboratorium den Trank, der Soldaten auf der Stelle von ihren Verletzungen genesen ließe, dass sie gleich weiterkämpfen könnten! Ich widme jede freie Minute meiner Arbeit. Da finde ich keine Zeit, mich nach einer Gattin umzusehen. Vielleicht - ich hoffe es - ergibt sich irgendwann etwas. Die Damen, die mir bisher vorgestellt wurden ... Nun, ich bin wohl durch das kuriose Interesse Magdalenes zu verwöhnt. Es ist einer Frau nicht zuzumuten, sich für Alchemie und Astronomie zu interessieren.«

»Aber reicht es denn nicht, wenn sie hübsch ist und gut kochen kann?«

Er hob eine Augenbraue und sah sie an, dann lachte er. »Das war wieder ein Scherz, oder? Du willst etwas ganz bestimmtes von mir hören. Ja, ich gestehe, ich suche eine kluge Frau, die sich nicht gelangweilt abwendet, wenn ich von meiner Arbeit erzähle. Meine Wissenschaft ist mein Leben und ich brauche keine Frau, die mein Leben nicht teilt. Wir haben eine Köchin, zwei Mädchen und eine Wäscherin, ganz zu schweigen von all den dienstbaren Geistern, die nur kurz hier ihr Handwerk verüben. Die tun alle ihre Arbeit und ich muss mich um nichts kümmern. Was will ich da mit einer Frau, die sich beleidigt fühlt, dass ich ihr nicht meine Zeit widme? Sie wäre unglücklich und ich verbittert. Das ist nicht der Zweck einer Ehe. Wenn ich emeritiert bin, finde ich vielleicht die Muße.«

»Emeritiert? Das heißt - auf dem Altenteil? Wer ein Leben lang keine Partnerin hatte, kann sich im Alter nicht mehr daran gewöhnen. Außerdem besteht das Leben aus mehr als Arbeit und Essen. Mann und Frau sollten mehr gemeinsame Interessen haben als Tisch und Bett.«

»Vom Bett haben wir doch noch gar nicht geredet!«

Das kam spontan heraus und sofort sah Luzia, wie peinlich ihm das war. Er beugte sich zu seiner Kaffeetasse herunter, trotzdem erkannte sie den Hauch Röte, der sich über sein Gesicht zog. Sie konnte ein Lächeln darüber nicht vermeiden. »Das ist, glaube ich, eine der Angelegenheiten, die meine und Eure Welt am meisten unterscheiden, Herr. Die Kreise, in denen ich aufwuchs, sehen das ungezwungener. Was ich allerdings von Zentgraf Noß zu hören bekam, war ... abstoßend.«

»Ja, Magdalene berichtete darüber. Wir reden da recht offen. Sie empfand es auch als abscheulich. Der Herr sagte: Wachset und mehret Euch. Warum machen die Pfaffen dann daraus eine so große Sünde? Äh, ich meine, Moral ist wichtig, aber ... Es handelt sich doch nun mal um eine Tatsache ... äh ...«

Schon wieder verfingen sich ihre Blicke ineinander. Luzia konnte einfach nicht wegsehen. Er hatte wirklich unwiderstehliche Augen. »Kaffee«, murmelte sie.

Er fuhr zusammen. »Ja. Kaffee. Den habe ich von meinen Reisen mitgebracht. Ich bin weit herumgekommen. In Prag lernte ich Tycho Brahe und seinen Assistenten Johannes Kepler kennen. Er stellte mir ein beachtenswertes Horoskop. In Salerno studierte ich die Mathematik. Zurück kam ich über See und nahm dann den Landweg durch Holland. Dort fand ich in einer kleinen Stadt einen Brillenmacher, der seinen Kindern als Spielzeug missratene oder gebrochene Linsen gab. Durch das Kinderspiel entdeckte er, wie man weit Entferntes mit Linsen heranholt. Seine Erfindung nannte er Teleskop, Fernrohr. Ich besitze nun ein solches und empfahl ihm, dasselbe zum Patent anzumelden. Dieses erwähnte ich in Briefen an den Herrn Kepler in Prag.

Das mag seiner Sehschwäche helfen. Ah, Luzia, ich besitze ein schönes Astrolabium in meinem Arbeitszimmer, mit dem ich die Bewegung der Gestirne zeigen kann.«

»Und das Laboratorium? Was hat das mit den Sternen zu tun?«

»Alles in Gottes Universum hängt zusammen. Um das Große zu verstehen, muss man sich mit dem Kleinen befassen. Astrologie behandelt einen entscheidenden Aspekt der Alchemie. Darum forsche ich darin, den Einfluss der Gestirne auf die Reaktionen der Ingredienzien zu ergründen. Die Sterne zu beobachten, habe ich mir auf dem Dach ein Observatorium errichtet. Das ist einer der Gründe, warum ich die großen Städte fliehe, dort verderben mir die vielen Lichter den Blick in den Himmel.«

Sie hätte ihm noch Stunden so zuhören können und zusehen, wie seine schmalen Hände sich bewegten, seine Augen immer wieder auf ihr ruhten. Aber sie war hier nicht in Sicherheit. Jeden Moment konnte der Hexenjäger wieder auftauchen oder jemand, der die Einbrecherin suchte. »Äh, sitzt du immer so lange im Laboratorium, Herr?«

Er stellte seine Kaffeetasse auf den Tisch und stand auf. »Seit Magdalene nicht mehr mitarbeiten darf, oft. Aber du hast recht, ich muss mit Trine, dem Mädchen, reden, was hier vor sich geht. Welch Glück, dass sie noch hier ist. Sie soll morgen gleich früh nach Mainz abreisen und sich erkundigen, was dieser Inquisitor hier zu suchen hat. Um lange Erklärungen zu vermeiden, sage ich ihr, du hast den Tresor geöffnet und die Papiere versteckt. Vertraue ihr, sie ist auf unserer Seite. Ihre Mutter war eine der Frauen, die vor elf Jahren verbrannt wurden, eine entsetzliche Geschichte. Für die Inquisition hat sie keine Sympathie, glaub mir. Wenn sie uns helfen kann, wird sie das tun. Von der geheimen Kammer weiß auch sie nichts. Komm mit, ich werde dir alles zeigen.«

Die Bodenplatte, auf der sie sich vorhin zusammengekrümmt hatte, konnte man mit einem Haken herausnehmen. So kam man in die Grube, von der aus die unterirdischen Teile des Herdes erreicht wurden. Da gab es einen Aschenkorb und Luzia fand das eine sehr praktische Erfindung. Es war eng dort und der Hebel, die Tür zu entriegeln, sah aus wie ein Haltebolzen der Fußbodenplatten. Die Tür selbst war dick und hatte einen gepolsterten Wulst, der weder Luft noch Licht durchließ. Aber der Fluchtraum erschien ihr geradezu freundlich. Anscheinend hatte man den gesamten Innenhof unterkellert, um diese Räumlichkeiten zu schaffen. Es gab alles, was man zum Leben brauchte. Lukas zeigte ihr einen Notausstieg und ermahnte sie, keinesfalls den Schutzraum zu verlassen, auch wenn es unvorhergesehen Tage dauern sollte, bis er sie besuchte. Es brauchte nur einen Gedanken an Zentgraf Noß und die beiden Büttel, und Luzia versprach es ihm gern. Trotzdem kämpfte sie einen Moment mit Panik, als er die Tür hinter sich schloss und sie allein war.

Um sich abzulenken, legte sie sich auf das Bett und griff nach einem Buch im Regal: Einführung über den Gang der Fixsterne und Wandelgestirne, ihre Bewegungen umeinander, um die Sonne und die Erde. Freiwillig hätte sie niemals in ein solches Buch geschaut, schon die Textbücher für die Schauspiele der Theatertruppe hatten sie gelangweilt. Ihre Mutter hatte immer wieder darauf bestanden, dass Luzia Lesen lernte, doch Freude fand sie nicht daran. Weil dieses Buch nun einmal da stand und weil der Autor Lukas war, schaute sie hinein. Professor Lukas Freiherr von Wegener. Astronomie war sein Fachgebiet, er hatte Studenten, vielleicht hatte er ja dieses Buch für die geschrieben - oder für Magdalene. Schon möglich. Mit Ausnahme der Bühnenstücke waren die einzigen Bücher, die sie jemals gelesen hatte, die Bibel und das Gesangbuch. Dieses Werk fand sie ganz anders. Zuerst erschien es ihr furchtbar umständlich, aber dann begriff sie, worum es ging: Es gab verschiedene Arten von Sternen, als größter von allen imponierte die Sonne. Sie war nur so groß, weil sie so nah war. Es existierten sogar Formeln, ihre Entfernung zu berechnen. Dann gab es die Wandelsterne, die sich um die Sonne drehten, von denen war die Erde nur einer unter vielen. Nicht das ganze Universum drehte sich um die Erde, sondern nur der Mond. Auf einem Bild sah sie, wie die Phasen des Mondes zustande kamen und dass er nicht selbst leuchtete, sondern das Licht der Sonne reflektierte wie eine weiße Wand. Das alles hatte sie schon gehört, aber der es sagte, hatte es selbst nicht geglaubt und verlacht. Die Erde war eine Kugel. Darum konnte die Neue Welt besiedelt werden

122

und zum höheren Ruhme des Herrn von Heiden befreit. Bei nächster Gelegenheit musste sie den Professor fragen, warum niemand herunterfiel auf der unteren Seite der Kugel. Wenn es jemand wusste, dann Lukas Wegener.

Der Raum war still und sie verlor jedes Zeitgefühl darin. Irgendwann ließ sie das Buch einfach sinken und wollte nur einen Moment die Augen schließen. Sie schlief tief und traumlos.

KAPITEL 7

MAGDALENE

Luzia wachte in einer angenehmen Gelöstheit auf. Sie hatte das Gefühl, nichts Dringendes vorzuhaben und noch ewig so weiterdösen zu können. Es war warm und still und wenn sie nicht leichten Hunger verspürt hätte, dann gäbe es keinen Grund zum Aufstehen. So öffnete sie die Lider und schaute geradewegs in die dunklen Augen von Lukas Wegener. Sie staunte selbst darüber, dass sie nicht überrascht zurückzuckte. Lukas lächelte kurz. »Ich wollte dich nicht wecken. Oder nein, doch … du sahst so … friedlich aus …«

Luzia merkte, dass er etwas anderes sagen wollte. Neben ihrem Bett erhob er sich aus der hockenden Position, klappte den heruntergefallenen Band zusammen und stellte ihn ins Regal.

»Das Buch gefällt mir«, sagte sie.

»Du hast gerade einmal acht Seiten gelesen.«

»Das sind acht Seiten mehr, als ich die letzten zehn Jahre gelesen habe. Bei Büchern dachte ich mir immer: Lass andere vor. Aber das da verstand ich alles. Ist das Buch von Euch, Herr?«

Er nickte, ohne sie anzusehen. »Für meine Studenten. Manchmal erschreckt es mich, mit welchem Grundwissen sie an die Universität geschickt werden. Ein reicher Vater macht noch keinen guten Gelehrten.«

»Wie spät ist es eigentlich?«

»Bald zehn Uhr. Dunkle Nacht. Wollen wir es versuchen?«

Ernst nickte sie. Es wurde Zeit, Magdalene zu helfen. Lukas reichte ihr einen weiten, grauen Kapuzenmantel seiner Schwester. Er öffnete die Kellertür, durch die man ins Laboratorium kam, sah sich auf dem Hof um und gab ihr ein Zeichen. Sie wartete, bis er ein Ventil öffnete und aus einem Rohr Dampf oberhalb der Tür abgeblasen wurde. Schnell lief sie im Schutz des entstandenen Nebels die wenigen Schritte zur Hintertür des Hauses und verschwand im Treppenflur. Es dauerte

126

einige Minuten, bis er nachkam, das hatten sie so ausgemacht. Er ging vor ihr die Treppe hoch und rief oben laut nach dem Mädchen Trine als Zeichen, dass alles in Ordnung war und Luzia kommen konnte. Trine stand vor der Haustür und knickste, dann stieg sie ein paar Stufen empor und blieb vor dem Fenster auf die Gasse stehen. Überall sonst im Haus waren sorgfältig die Läden vorgelegt. Luzia fühlte sich sicher. Im Treppenflur hockte sie sich vor die Vertäfelung. Lukas beobachtete genau, wie sie hinter dem Spalt zwischen Wand und Täfelung tastete. Ihr Lächeln sah siegesgewiss aus, doch gleich danach drehte sie sich bestürzt zu ihm. »Sie sind weg!«, rief sie. Entsetzt starrte Lukas sie an, aber sie ließ sich durch ihn nicht ablenken. Konzentriert klopfte sie auf die Täfelung und nickte schließlich. Sie lief die Treppe hinunter bis zum Absatz und tastete dort. Einen Augenblick später hielt sie lose Blätter in der Hand, die sie Lukas reichte. Er blätterte sie durch, dann drückte er sie an seine Brust und murmelte ein Dankgebet. Schließlich stand er auf und half Luzia hoch. »Danke, Luzia, vielen Dank. Du rettest damit meiner Schwester das Leben. Verlange von mir, was du nur willst, ich will es dir geben.«

Er ließ die Hand nicht los, mit der er ihr hoch geholfen hatte. Verlegen wusste sie nicht, was sie tun sollte. Sie wurde rot und schlug den Blick nieder. »Es ist doch alles meine Schuld. Das war das Mindeste. Ich nahm die Papiere aus der Mappe und steckte sie unbemerkt hinter die Vertäfelung. Eine Rechnung über Tischwäsche und eine Aufstellung von Möbeln ließ ich drin, die zerriss ich dann am Bach. Welch Glück, dass Noß sich damit die Hände nicht schmutzig machen wollte.« Sie lächelte. »Ich erschrak, als ich vorhin die Papiere nicht gleich fand. Sie rutschten hinter dem Holz die Treppe hinunter. Ihr solltet jetzt schnell den Taufschein jemandem bringen, der ihn beglaubigt, und dann Magdalene befreien.«

»Zuerst sorge ich für deine Sicherheit.« Der Ärmel des grauen Kleides hatte sich verschoben und seine Hand stieß an den Verband, den sie darum geschlungen hatte. Blut war durchgesickert und klebte den Stoff an die Wunde. Bei der Bewegung tat es ihr weh. Sie zischte leise und er hob ihre Hand ins Licht.

127

»Gütiger Heiland, was ist das? Was hat er dir angetan? Gott im Himmel, verzeih mir meine Eigensucht! Die Sorge um meine Schwester ließ mich vergessen, durch welche Hölle du gegangen bist! Deine Verletzungen müssen versorgt werden!«

Sanft entzog sie ihm die Hand. »Halb so schlimm. Das heilt schon wieder. Ich hatte Glück. Gebt mir einen Verband« - sie schnupperte demonstrativ an ihrem Ärmel - »und vielleicht etwas Frisches zum Anziehen, dann bin ich versorgt. Kümmert Euch um Eure Schwester, das ist dringender.«

Er warf einen Blick zur Tür und sie merkte, wie eilig er es hatte. Trotzdem führte er sie am Arm zu Magdalenes Zimmer, wo sie mit Trines Hilfe schnell Sachen heraussuchte. Mit diesem Paket und dem Verbandszeug ging es hastig den Weg zurück. Er ließ wieder Dampf aus dem Ventil, während diesmal Trine aufpasste. Als sich die Klappe hinter Luzia schloss, fühlte sie sich wohl und geborgen. Inständig hoffte Luzia, dass der Zentgraf mit der Suche nach ihr so viel zu tun hatte, dass er sich nicht um Magdalene kümmern konnte.

Lukas eilte mit Magdalenes Mantel über dem Arm durch die dunklen Straßen und schimpfte leise über den Nachtwächter, der seinen Dienst so sehr vernachlässigte. Auch in der kleinen Gasse, an deren Ende der Wohnsitz seiner Familie die Nachbarhäuser überragte, standen Laternen, aber regelmäßig blieb der Nachtwächter in der Schänke hängen, bevor er sie anzündete, und vergaß hinterher seine Pflicht. Dabei bestand gerade in dieser Gasse die Gefahr, dass Gesindel sich im Dunkeln versteckte und Passanten auf dem Marktplatz auflauerte. Das Rapier an Lukas' Seite gab ihm ein beruhigendes Gefühl. Das würde noch fehlen, dass ihn in seiner wichtigen Mission solch ein Imbécile aufhielt! Er hatte Zeit genug verloren mit dem Warten auf die Dunkelheit. Doch vorher weilte der Advokat am Gericht, war nicht zu sprechen für seine Klienten. Hoffentlich hatte er die barschen Worte am Nachmittag vergeben, als Lukas ihn zum Einschreiten zwingen wollte. Magdalenes Sicherheit lag Lukas am Herzen, mehr als alles andere.

Seine Schritte führten ihn über den Marktplatz hinweg, an der Kellerwirtschaft vorbei und in die nächste Gasse, wo er ungestüm an einer Glocke läutete. Mehrmals musste er den zerfaserten Strang ziehen, bis im oberen Geschoss ein Licht zu sehen war. Kurz darauf öffnete sich das Fenster, ein Wachslicht auf einem Teller erschien darin und dahinter das hagere Gesicht eines Mannes mit Nachtmütze. Die war auch bitter nötig, denn das obige Fenster stellte den kostbarsten Besitz des Advokaten dar, den Lukas zu dieser Stunde heimsuchte. Überall sonst zog es zum Gotterbarmen in dieser Bude.

»Macht auf, Bichler!«, rief Lukas empor.

Kurzsichtig kniff das Männlein die Augen zusammen, streckte das Licht mit seinem mageren Arm noch ein Stück weiter aus dem Fenster und schnaufte dann auf. »Herr Professor! Bei der Liebe unseres Heilands, ich sagte doch, dass ich diese Angelegenheit nicht zu regeln vermag. Wo sie steckt, weiß niemand.«

»Ein anderer Fall, Herr Advokat, der Euch gut bezahlt sein soll.«

Bei dem Wort »bezahlt« begannen die Augen von Bichler zu leuchten, wie man deutlich im flackernden Schein des Lichts sah. Sofort war er vom Fenster verschwunden und mit polternden Schritten die Treppe hinunter, während eine schwergewichtige Matrone, ebenso mit Nachthaube, seinen Platz am Fenster einnahm, aber schamhaft im Schatten blieb. Es rappelte im Schloss der Haustür, dann klaffte sie auf und Bichlers Adlernase spähte hervor.

»Herr Professor, seid Ihr's wirklich?«

»Leibhaftig, lieber Bichler. Lasst mich ein, dass ich im Hausflur warte, und werft Eure Robe über. Wir zwei werden ausgehen müssen.«

Dringende Eile trieb Lukas, aber er sah ein, dass er Bichler nicht drängen durfte. Aus früherer Bekanntschaft wusste er, dass der Advokat dann zur Panik neigte und keine drei zusammenhängenden Worte mehr herausbrachte. Nein, so sehr die Angelegenheit auch brannte, Lukas musste die Ruhe bewahren. Als der Advokat ihn auf seine Worte hin mit unverständig aufgerissenen Augen anstarrte, musste Lukas an sich halten, ihm nicht den mageren Hals zu würgen. Also ballte er seine Faust um den Griff seines Rapiers und lächelte tapfer.

»Keine Sorge, Bichler, Ihr werdet mich nur begleiten müssen und ein gescheites Gesicht dabei machen. Es geht lediglich darum, ein Dokument zu übergeben.«

Deutliche Erleichterung spiegelte sich in den Augen des Männleins wider und flugs trappelten seine Filzpantoffeln die Treppe empor. Gezeter klang aus dem oben gelegenen Schlafzimmer, dann klappte die Tür und Bichler kam in seinem schwarzen Rock herunter. Der gefältelte Kragen ragte halb in, halb aus dem Mantel und er trug noch seine Nachtmütze, aber prächtige Schnallenschuhe zierten seine Füße. Lukas überragte den Rechtskundigen um fast einen Kopf und zog am Zipfel der Nachtmütze, dass sie mitsamt dem spärlichen Haupthaar senkrecht emporstand. Bichler fasste nach und glättete die Strähnen über die dazwischenliegende Glatze, dann griff er zu der weiß gepuderten Perücke, die auf einem Wandbord neben der Eingangstür lag. Anscheinend hatten entweder Motten oder der Schoßhund der Gemahlin sich einen Teil des guten Stücks einverleibt, aber Bichler sah zufrieden aus und bereit für einen Ausflug. Lukas öffnete die Tür hinter sich und schob das Männlein hinaus.

»Alles Wichtige erkläre ich Euch auf dem Weg.«

Eine Gasse weiter wohnte einer der Torwächter, aber die vielversprechendere Adresse lautete Kellerwirtschaft. Lukas ließ Bichler davor stehen und ging selbst durch die Tür aus schwarzem Holz. Mit einem Blick über die weißgescheuerten Tische hatte er entdeckt, wen er suchte. Weil sowieso die meisten Augen aus dem Raum auf dem Neuankömmling lagen, hielt er mit einer Hand eine Silbermünze hoch, mit der anderen deutete er auf den Torwächter. Diese Sprache verstand der Mann auch über die Geräuschkulisse der Zechenden hinweg, er stand auf und ging mit Lukas durch die Tür. Ehrerbietig verneigte er sich und steckte die Münze ein.

»Herr Professor, wie kann ich zu Diensten sein?«

»Schließe uns das obere Tor auf, dann bekommst du noch eine Münze. Der Herr Advocatus und ich haben außerhalb der Stadt Geschäfte.

Und wenn du auf uns wartest, bis wir zurück sind, und uns wieder herein lässt, das ist mir sogar einen Gulden wert. Was sagst du?«

Der deutlich angeheiterte Mann machte große Augen, als Lukas die goldene Münze hochhielt, dann nickte er eifrig und ging mit großen Schritten voran. Selbst Lukas hatte Schwierigkeiten, mit ihm mitzuhalten, und der kleine Advokat geriet ins Rennen, um den Anschluss zu bewahren.

»Wohin geht's denn, Herr Professor?«, keuchte er, erwartete aber wohl keine Antwort bei diesem Tempo.

Eine Lampe hätte er mitnehmen müssen, erkannte Lukas, nachdem er dem Wächter seine zweite Münze gegeben hatte. Der Weg lag stockdunkel vor ihm.

»Herr«, meinte der Wächter, »Ihr wisst, dass der Bürgermeister verboten hat, nachts das Tor zu öffnen?«

Noch eine Münze wechselte den Besitzer. »Dann ist es ja gut, dass du deinen Schoppen heute nicht verlassen hast!«, lachte Lukas mit falscher Fröhlichkeit. Sicher wusste er das. Und er wusste auch, dass die Kapelle auf dem Berg für Besucher gesperrt war. Hätte Luzia ihm nicht von ihrer Gefangenschaft berichtet, er hätte Margarete vergeblich in der Stadt gesucht. Wut ballte sich in seinem Magen und er strebte mit noch höherer Geschwindigkeit den Berg hinan als vorher neben dem Wachmann. Diese Unholde! Verschleppten Frauen in die schwärzesten Kerker, um sie ohne Recht und Gesetz zu quälen, weit weg von allen beobachtenden Augen, damit kein Anwalt ihnen beistehen konnte.

»Herr, Herr, so wartet doch!«, keuchte der Advokat mit ersterbender Stimme und jetzt erst merkte Lukas, dass er mit geballten Fäusten wie ein Stier davongeprescht war. Auch sein Atem ging angestrengt. Er hielt an und drehte sich um. Tief atmend wartete er auf das Männlein, das jetzt langsamer herbeikeuchte.

»Herr Professor, so sagt mir doch, wohin es denn geht!«, japste der Advokat und hielt sich die Seiten.

»Bichler, Ihr müsst nur eifrig nicken, wenn ich Euch ansehe. Mehr nicht. Wir gehen zur Kapelle. Dort wird meine Schwester festgehalten, weil sie ein wichtiges Papier nicht finden konnte. Weiber! Keine halbe Stunde später sah ich es unter meinem Pult liegen.«

Der Advokat rang nach Luft und stemmte die Hände auf die Oberschenkel. »Was ... was tut sie in der Kapelle?«

»Ja, lieber Bichler, wenn ich das wüsste! Meiner Schwester als Spross eines alten Adelsgeschlechts wollten sie wohl die Schmach des Aufenthalts bei den gräulichen Hexen im Rathaus ersparen.«

Trotz seiner derangierten Verfassung hob der Advokat den Finger. »Das wird es sein, Herr Professor. Das gesamte Rathaus ist vollgestopft mit schauderhaften Weibern, denen die Boshaftigkeit aus den Augen starrt. Jede Verrichtung auf dem Amt wird zur Tortur bei den giftigen Dämpfen, die aus den Arrestzellen durch die Stuben ziehen. Wohlgetan, das edle Fräulein von diesem Spektakel fernzuhalten.«

Da sich sein Atem mittlerweile erholt hatte, ging Lukas trotz des Japsens seines Begleiters langsam weiter. Nicht mehr weit bis zur Kapelle, ein warmes Licht schien durch die Bäume und Lukas strebte wieder schneller voran, ohne Rücksicht auf den kurzatmigen Advokaten.

An der Kapelle angelangt stieß Lukas gleich die Tür auf. Vor dem hell erleuchteten Altar kniete eine dunkle Gestalt, die sich erst rührte, als die Eingangstür gegen die Wand schlug. Der Vikar aus der Stadtkirche erhob sich mühsam und kam ihnen entgegen. »Herr Professor! Wie unerwartet. Was treibt Euch hierher?«

»Herr Vikar, ich will nicht um den heißen Brei herumgehen und auch von Euch nicht verlangen, dass Ihr Euch verstellt. Ich weiß, dass meine Schwester hier festgehalten wird. Glaubt mir bitte, dass sie unschuldig angeklagt wird. Bevor Ihr etwas entgegnet, seht, was ich unter meinem Pult fand.«

Aus seiner Jacke holte er den in einen Umschlag gehüllten Taufschein hervor und reichte ihn dem Vikar. Misstrauisch nahm er das Dokument entgegen und las es aufmerksam im Licht der Altarkerzen.

»Der Taufschein, tatsächlich. Allerdings befreit das Eure Schwester nicht von jeglichem Verdacht.«

Lukas spürte sein Herz klopfen und das nicht allein von dem anstrengenden Weg. Je kritischer der Geistliche auf das Papier sah,

132

desto schneller pochte es. »Herr Vikar, ich bitte Euch. Meine Schwester besucht regelmäßig Euren Gottesdienst und lässt keine Beichte aus. Welche Sünde wusste sie Euch je zu beichten, außer die Köchin gescholten zu haben, weil sie das Essen anbrennen ließ? Sie lebt keusch und fromm in Abgeschiedenheit, um mir die Liebe zu vergelten, die ich ihr als Bruder nach dem frühen Tod ihrer Mutter gab. Die Sorge um mein Wohlergehen hindert sie sogar an der Pflicht, einem Ehemann zu dienen. Wäre nicht meine ungeschickte Art, die mich vom Heiraten abhält, sie diente dem Herrn im Kloster, da bin ich sicher. Was nur wirft man ihr vor, außer dem Ungeschick, ihre Papiere nicht selbst gefunden zu haben?«

Nachdenklich starrte der Vikar auf das Dokument. »Nun ... so lernte ich sie kennen. Allerdings, was der Herr Zentgraf von ihrer Vorgeschichte aus Fulda berichtete ...«

»Sie wurde entlassen. Herr Vikar, wenn Ihr den Herrn Zentgraf beobachtet habt, wisst Ihr, dass er keine Schuldige freilässt. Meine Schwester wurde verleumdet von Studenten, die mir mein missbilligendes Urteil übel nahmen. Als Lehrer muss ich manchmal Schüler tadeln, das werdet Ihr nachvollziehen können. Und dass Schüler manchmal bösartig handeln, dürfte Euch auch keine Neuigkeit sein. Meine Reputation war untadelig, weshalb ihre billige Rache sich gegen meine tugendhafte Schwester richtete. Doch selbst dieser Bösewicht zog seine Anklage zurück, als ihm die Konsequenz seines Tuns ersichtlich wurde. Nichts konnte ihr nachgewiesen werden, weshalb man die Anklage ohne weiteres fallenließ.«

»Weshalb dann geriet sie heute in diesen argen Verdacht?«

Lukas seufzte auf und beschwor sich, ruhig zu bleiben. »Weiber! Der Herr Zentgraf wollte in seiner Güte die ehemalige Angeklagte aufsuchen, um sich nach ihrem Wohlergehen zu erkundigen. Völlig aufgeschreckt, weil sie das Schlimmste befürchtete und auf einmal an ihrer eigenen Tugend zweifelte, brach sie zusammen, sowie er die Schwelle überquerte. Dies sah der Mann, der aufgrund seiner Berufung nur mit den bösartigsten Weibern zu tun hat, als klares Zeichen des schlechten Gewissens und Schuldeingeständnis. Obwohl auch er nichts

133

Nachteiliges über meine Schwester ergründen konnte, verlangte er das Dokument von ihr. In ihrem Fieber wusste sie nicht, wo oben und unten war, und konnte es nicht finden. Um sicher zu gehen, nahm er sie mit. Nun, hier ist das Dokument. Es gibt keinen Grund mehr, sie festzuhalten. Ich verbürge mich für sie.«

»Nun, Herr Professor, das ist ehrenhaft, jedoch …«

Sofort unterbrach Lukas ihn, richtete sich zu seiner vollen Körpergröße auf und gab seiner Stimme den Ton, den er gegenüber rechthaberischen Kollegen benutzte. »Nicht nur ich verbürge mich, auch der Herr Erzbischof in Mainz wird meine Meinung teilen. Als er letztes Jahr dem Bürgermeister anbefahl, meine Studien zu unterstützen …«

Mehr musste er nicht sagen. Der Vikar seufzte, warf dem eifrig nickenden Advokaten einen hilflosen Blick herüber und wandte sich der Bodenklappe zu. »Hier herunter, Herr Professor.«

Luzia zog das völlig verschwitzte Kleid aus und wusch sich ausgiebig, dann hüllte sie sich in eines der langen Nachthemden von Magdalene und kümmerte sich um ihre Handgelenke. Sie genoss den Luxus, nicht in der Unterwäsche oder gar nackt schlafen zu müssen. Wenn auch jeder sagte, zu häufiges Waschen sei schädlich und man rufe damit die Pest herbei, Luzia liebte den Geruch von frischer Wäsche.

Balthasar behielt recht, die Schläge hatten gerade einmal blaue Flecken hinterlassen. Das war nur zur Warnung gewesen. Trotzdem spürte sie jedes Mal eine unglaubliche Wut in sich, wenn sie an diesen Mann dachte. Sie war entkommen, Magdalene musste er freilassen, aber wie viele Frauen hatte er schon auf dem Gewissen? Stimmte, was die Büttel sagten? Siebenhundert Frauen? Mehr als eine ganze Stadt. Und wie viele Frauen würde er noch foltern, verstümmeln, ermorden? Die Massen jubelten ihm zu. Und er war nicht der Einzige. Überall auf der Welt suchte man Hexen und verbrannte sie. Waren alle so wenig Hexen wie sie und gestanden nur unter Folter? In ihr baute sich ein unbändiges Verlangen nach Rache auf. Gleich darauf schalt sie sich infantil. Wollte

134

sie sich allein gegen die Inquisition stellen? Was hatte sie denn davon? Sie sollte lieber über einen Weg nachdenken, wie sie schnellstens von hier fort kam. Die Suche nach dem Einbrecher lief in vollem Gange und dann wurde sie auch noch als geflohene Hexe gesucht! Fürs Erste sorgte Lukas Wegener für sie. Wie lange konnte sie ihm auf der Tasche liegen? Seine Dankbarkeit war bestimmt nicht unendlich, er musste in erster Linie für seine Schwester sorgen. Luzia als unerwünschte Fremde machte ihm nur Ärger. Wenn sich die Erregung um ihre Flucht gelegt hatte, musste sie weg. Andererseits missfiel ihr der Gedanke, Lukas Wegener nie wiederzusehen. Professor Lukas Freiherr von Wegener. War sie denn von allen guten Geistern verlassen, sich für einen gelehrten Edelmann zu interessieren? Sie war eine Diebin! Diesen Mann für sich zu gewinnen, daran konnte sie nicht einmal im Traum denken. Vielleicht, wenn sie als Händlerin in eine Stadt kam, konnte sie sich einen Handwerksburschen anlachen. Mit dem Gold, das sie bis dahin gespart hatte, würde er vielleicht eine hübsche Werkstatt gründen. So sah ihre Zukunft aus.

Wer sprach denn aber davon, dass sie diesen Gelehrten heiraten sollte? Sie hatte schon einige Männer nicht geheiratet. Wenn sie neu in eine Stadt kam, dann spielte sie die keusche Händlerin mit dem Verlobten auf Wallfahrt. Die Sache mit dem Söldner des Händlers war eine Ausnahme gewesen, weil sie ihm nicht einmal ihren Namen genannt hatte und sicher sein konnte, nicht von ihm enttarnt zu werden. Normalerweise gönnte sie sich nur zwischen ihren Diebeszügen etwas Spaß. Nun, für etwas Spaß war Lukas vielleicht auch zu haben. Nur hatte sie Angst, dass sie dann nicht mehr von ihm loskam.

Darüber konnte sie sich noch einige Tage Gedanken machen. Sie seufzte und vertiefte sich wieder in das Buch. Stundenlang las sie, bis die Müdigkeit sie überwältigte. Diesmal träumte sie von Lukas und seinen dunklen Augen. Allein dieser Anblick brachte sie schon dazu, langsam ihre Kleider abzustreifen, bis er immer näher kam, ohne ihren Blick loszulassen, und seine Hände über ihre nackten Schultern streichelten. Immer tiefer wanderten seine Finger, bis zu ihren Brüsten, die er zart umfasste, mit seiner ganzen Hand bedeckte. Schließlich sah er doch weg, auf ihre Brüste, bückte sich und nahm die festen Spitzen zwischen seine Lippen, bis sie aufseufzte.

Es quietschte leise, als die Tür sich öffnete. Das genügte, sie zu wecken. In ihrem Schoß spürte sie Feuchtigkeit. Draußen hörte sie die ruhige Stimme von Lukas und vergaß jede Angst, die vielleicht aufkommen wollte. Sie sprang auf und ging ihm entgegen. Magdalene war bei ihm und Luzia sah gleich, dass sie sich in schlechter Verfassung befand. Er musste sie stützen. Unter dem übergeworfenen Mantel umhüllte nur ein fadenscheiniges Hemd das Edelfräulein, sie bewegte sich ungeschickt, stützte sich mit den Händen ab und verzog ihr schönes Gesicht vor Schmerzen. Besorgt sprang Luzia hinzu. Sie half ihr herein durch die enge Tür und bugsierte sie in einen Sessel. »Oh mein Gott, Herrin, es tut mir ja so leid! Was hat er dir nur angetan!«

Magdalene lehnte sich schwerfällig zurück und versuchte ein Lächeln. »Das wird schon wieder. Ich kenne es. Morgen geht es mir besser. Ich muss nur eine Weile ausruhen.«

Luzia hockte vor ihr und sah zu Lukas hoch. »Sie muss zu einem Arzt!«

Er schüttelte den Kopf. »Das geht jetzt nicht. Balthasar gab sie nur heraus, weil wir ihn überrumpelten. Der Vikar ging mit uns in den Keller und überreichte ihm den Taufschein. Balthasar war allein mit ihr und konnte sich nicht weigern, so sehr er auch zeterte und tobte. Er drohte dem Vikar und versprach, gleich morgen früh mit Ermächtigung des Erzbischofs die Befragung fortzuführen. Gott war uns gnädig und ließ den Vikar standhaft bleiben. Als er dann die Tür öffnete und den Blick freigab auf meine Schwester … Mein Herz brach. Luzia, er wird ihr niemals Frieden gönnen. Du bleibst jetzt mit ihr hier drinnen und wir lassen Gras über die Sache wachsen. Auch ich darf mich nicht rühren. Wenn es einigermaßen sicher ist, werde ich euch beide außer Landes bringen. Ich muss nach oben. Sobald ich kann, komme ich wieder. Haltet durch!«

Lukas gab Magdalene einen Kuss auf die Stirn und reichte Luzia die Hand, die er auffällig lange drückte, drehte sich abrupt um und verschwand durch die Tür. Luzia sah ihm nach und rieb mit den Fin-

136

gern über die Stelle, die er berührt hatte. Die Wärme seiner Hand hielt sich lange und schien sich über die Haut in ihrem Körper zu verteilen. Versunken lächelte sie, bis sie Magdalene hinter sich stöhnen hörte. Wie ein Stich in die Brust meldete sich ihr schlechtes Gewissen und sie wandte sich schnell zu Magdalene. »Kann ich dir etwas Gutes tun, Magdalene? Möchtest du Wasser?«

Ohne auf Antwort zu warten, brachte sie gleich einen Becher und Magdalene trank durstig.

»Danke«, murmelte sie, während Luzia den leeren Becher wegstellte und sich den Stuhl heranzog. »Danke für alles. Du könntest schon lange weg sein, aber du bist das Risiko eingegangen, mir zu helfen. Lukas hat es mir erzählt.«

»Pah, das ist doch alles meine Schuld! Durch mich sitzt du in dieser Patsche, da ist es das Mindeste, dass ich meinen Fehler wiedergutmache.«

»Er hätte mich sowieso geholt. Das war doch nur ein willkommener Anlass. Sonst hätte es sechs Wochen oder drei Monate länger gedauert. Er lässt mich nie in Frieden. Dafür habe ich ihn zu sehr gedemütigt.«

»Gedemütigt? Du hast Zentgraf Noß gedemütigt? Weil er dich nicht verbrennen durfte?«

»Es ist eine alte Feindschaft. Auch das erste Mal nahm er mich nur deshalb fest. Wir kennen uns seit der Kindheit.«

Spontan lachte Luzia auf. »Seit der Kindheit? Grundgütiger Heiland, dieses Scheusal war einmal ein Kind? Unglaublich.«

Irritiert sah Magdalene sie an, dann senkte sie den Blick. »Oh ja, er war einmal ein vielversprechender Knabe. Und ich ein von vielen begehrtes Mädchen. Bis Gottes Gericht uns beide traf.«

Magdalene stierte so trübsinnig vor sich hin, dass Luzia das Lachen vom Gesicht fiel. Arme Jungfer. Luzia hatte noch vom Berg herunter rennen können, aber wie Magdalene aussah, hatte Lukas sie den ganzen Weg tragen müssen. Was musste sie erdulden? Nun, Trübsal blasen nützte keinem. Vielleicht half eine kleine Aufmunterung? Meistens tat es schon gut, zu einer mitfühlenden Seele zu reden. Sie räusperte sich.

»Es sieht so aus, als ob wir eine ganze Zeit hier bleiben müssten. Wenn ich diese Geschichte erfahren dürfte, wäre es schön.«

Luzia holte Magdalene einen frischen Becher Wasser, reichte ihr eine Wolldecke und machte es sich auf ihrem Stuhl bequem. Zuerst sah Magdalene aus, als ob sie nicht den Mund auftun wollte, doch dann begann sie mit leiser Stimme zu erzählen.

»Die Schwägerin unseres Vaters sorgte für mich, als Lukas nach Prag und von dort aus in den Orient reiste. Sie steckte mich in eine Klosterschule. Auf dem gleichen Gelände gab es auch ein Knabengymnasium. Balthasar war ein Externer, der begabte Sohn eines Försters aus der Umgebung, der jeden Morgen zur Schule kam und nach dem Unterricht wieder ging. Wie Kinder so sind, hielten wir Mädchen uns natürlich nicht daran, dass wir mit den Knaben nicht reden durften. Heimlich trafen wir uns, ließen uns Komplimente und kleine Geschenke machen und mussten stundenlang darüber kichern. Der Sohn eines Grafen machte mir schöne Augen, er zählte ein Jahr mehr als ich. Alles erschien uns ganz harmlos, aber gerade deshalb so herrlich, weil es uns verboten wurde. Balthasar hegte eine heftige Eifersucht auf den Jüngeren. Obwohl er seiner Mutter bei der Ernte helfen sollte, stahl er sich zu einem unserer heimlichen Treffen und beobachtete, wie mir der Junge einen Kuss gab. Wir wussten ja überhaupt nicht, was wir taten, sahen es nur als ein Spiel. Balthasar brach auf einmal durch das Stroh, hinter dem wir uns versteckten, und begann zu toben. Das sei Sünde, wir täten Unrecht, Gott solle uns strafen. Mein wackerer Begleiter ergriff das Hasenpanier und rannte panisch weg. Ich war zu verblüfft zum Fortlaufen, darum stemmte ich die Fäuste in die Hüften und schimpfte ihn aus mit meinen zwölf Jahren. Dabei geriet ich so in Rage, dass ich ihn in Grund und Boden redete und er wie ein Hund mit eingezogenem Schwanz davontrabte.«

Luzia musste lachen. »Das stelle ich mir köstlich vor! Wunderbar! Zentgraf Noß von einem Mädchen ausgeschimpft und fortgeschickt. Bravo, Magdalene!«

Überrascht sah Magdalene hoch, es verschwand ein Stück ihrer Trübsal aus den Augen. »Wir Mädchen kicherten noch nächtelang darüber. Nun, beim nächsten Stelldichein erwartete mich nicht mein Grafensohn, sondern Balthasar. Sein Vater hatte ihn gehörig verprügelt, weil er bei der Ernte gefehlt hatte. Trotzdem stahl er sich für mich erneut fort und schenkte mir sogar Bauernrosen vom Beet seiner Mutter, was ihm sicher erneut Schläge einbrachte. Zuerst unterhielten wir uns gut, aber dann wollte er auch einen Kuss. Ich nahm die Blumen und lief davon. Wir trafen uns noch drei-, viermal und immer verweigerte ich den Kuss. Für mich war es ja nur ein Spiel und ich amüsierte mich darüber, wie er jedes Mal mehr bettelte und mir immer wertvollere Geschenke brachte. Was ich erst Jahre später erfuhr: Die Halskette seiner Mutter, ihren einzigen Schmuck, stahl er. Ich nahm das Geschenk und es bedeutete nichts Großartiges für mich, zu schade zum Wegwerfen, zu schlecht zum Herzeigen. Für ihn war es aber schon etwas Besonderes und er leitete daraus Rechte ab. Diesmal bestand er auf den Kuss. Als ich nicht wollte, wurde er zornig, überwältigte mich, zerfetzte mir die Bluse und erregte sich so sehr am Kampf und am Anblick meiner bloßen Brüste, dass er mir meine Unterwäsche herunterriss. Vielleicht erkannte er in dem Moment, was er gerade im Begriff war zu tun, und zögerte. Jedenfalls konnte ich weglaufen. Natürlich rannte ich geradewegs einer Nonne in die Arme. Schnurstracks ging es zur Äbtissin, die mich genauestens befragte und aushorchte. Weil ich noch so durcheinander war und solche Angst vor ihr hatte, fabulierte ich einiges und kam mit einer gelinden Strafe davon - Nachsitzen, Beten und Strafarbeiten. Die Äbtissin sah die Schuld ausschließlich bei dem Jungen und ließ ein Exempel statuieren. Wir Mädchen alle und die Jungen des Gymnasiums mussten zusehen, wie Balthasar ausgepeitscht wurde. Sie hängten ihn nackt im Hof auf. Sechzig Hiebe bekam er. Das reicht, um einen Jungen in diesem Alter umzubringen. Ich werde niemals vergessen, wie die Haut unter der Peitsche aufsprang und das Blut hervorschoss. Man ließ ihn wochenlang im Krankenrevier und verstieß ihn dann. Sein Vater hätte wahrscheinlich den Rest besorgt und ihn totgeschlagen, aber man ermöglichte ihm, als Novize zu den gestrengen Dominikanern zu gehen, um seinen Charakter zu bessern.«

»Gott, wie grausam! Wie alt war er? Dreizehn? Vierzehn? In welcher Welt leben wir, dass man einem Jungen so was antut! Ich fragte mich, wie ein Mann einen solchen Charakter bekommt. Jetzt weiß ich es. Eigentlich müsste man Mitleid mit ihm haben.«

»Es kommt noch schlimmer. Mit sechzehn, nach Abschluss des Lyzeums, schickte mich meine Tante auf eine dreiwöchige Wallfahrt zum Höhere-Töchter-Seminar und zur Vorbereitung auf die Ehe. Es ging um Hauswirtschaft, Säuglingspflege, Kindererziehung, was man so lernt. Einen ganzen Tag lang wurde uns vorgetragen über Keuschheit während der Ehe und Frömmigkeit. Und diesen Vortrag hielt ausgerechnet Balthasar Noß. Um dem Ganzen die Krone aufzusetzen, trug ich auch noch das Medaillon seiner Mutter. Jahrelang hatte ich nicht mehr daran gedacht und ausgerechnet an diesem Morgen ermunterte mich eine Freundin, die in meiner Schmuckschatulle kramte. Wir erkannten einander sofort, aber er tat so, als ob ich eine völlig Fremde sei. Den kompletten Vormittag erklärte er uns, wie minderwertig der Körper einer Frau sei und wie sich ihre Charakterschwäche und Verderbtheit daraus ableite. Nach dem Mittagsmahl kam ich zu ihm an den Tisch und sagte ihm, wie sehr mir leid tat, was damals passierte. Er hörte sich alles an und verzog keine Miene. Er habe seine Lektion gelernt, das Leben eines Dominikaners sei nicht geeignet, Wollust und fleischliche Sünden hervorzubringen. Das sei Vergangenheit. Sein Leben sei rein und keusch und für Weiber habe er nur Verachtung übrig. Es reichte mir, ich drehte mich um und ging. Im letzten Moment nahm ich das Medaillon ab und legte es ihm kommentarlos vor den Teller. Am Nachmittag bläute er uns die Freude am Gebären ein und dass Schmerz die gottgewollte Strafe für Wollust sei, sowohl beim Geschlechtsakt als auch bei der Geburt. Frömmigkeit bewiese die Frau, die während des Aktes Schmerzen suche, um nicht in Gefahr der Lust zu geraten. Er bat inständig, dem Gatten das bei ihm erhältliche Dornenband umzulegen, das die verderbten Organe des Weibes züchtige und Demut lehre. Leider sei das Dornenband nur einseitig zu gebrauchen, da es sonst die Beiwohnungsfähigkeit des Mannes unterbinde. Dem Gatten sei

140

anzuempfehlen, sich hinterher zu geißeln. Wir verließen alle sehr betreten seine Vorlesung.«

»Das kann ich mir vorstellen. Welch perverse Vorstellung! Das wird allen Ernstes junge Edelfräulein gelehrt?« Luzia musste sich zusammennehmen, als sie sich vorstellte, was einer ihrer Liebhaber ihr erzählen würde, wenn sie ihm vorschlug, sich hinterher zu geißeln. Und, oh ja, von diesen Dornenbändern hatte sie schon gehört. Sie hatte mal etwas mit einem Kutscher gehabt, dessen langjährige Herrin von ihrer Schwiegermutter angehalten wurde, es zu benutzen. Der hochwohlgeborene Herr Gemahl folgte dem Rat seiner Mutter und achtete darauf, es nie ohne zu tun. Die Herrin des Kutschers vermied den Kontakt zu ihrem Gemahl, wenn irgend möglich. Der treue Kutscher dagegen fand ihr Wohlgefallen, weshalb sie ihrem Gemahl auch regelmäßig Erben schenkte. Der Anflug von Heiterkeit verging sofort, als Luzia sah, wie Magdalene sich mühsam in eine andere Position auf dem Sessel stemmte. Nein, ein fröhliches Erlebnis hatte sie wahrlich nicht hinter sich. Ihre Stimme klang schwach, als sie weitererzählte.

»Am Abend fand ich unter meiner Tür einen anonymen Zettel, er wolle sich heimlich mit mir treffen. Ich verstand, dass er im Refektorium nicht mit mir reden konnte, und vergab ihm in diesem Augenblick auch seine abweisende Art. Also schlich ich mich aus dem Schlafsaal zu der Bank am Waldrand, dem Treffpunkt. Wir verschwanden gleich unter den Bäumen, damit uns niemand sah. Er gab sich ganz verändert, sagte, wie sehr er es mir anerkenne, dass ich ihm das Medaillon zurückgebe. Seine Mutter sei im letzten Jahr qualvoll gestorben und es sei das Einzige, was ihn an sie erinnere. Mitleidig ergriff ich seine Hand und wollte ihn trösten. Sogleich packte er sie und ließ sie nicht mehr los. Die Dominikaner hätten ihn gelehrt, wie verdorben und sündig ein Weib sei, aber er könne nicht glauben, dass es keine Ausnahmen gebe, wo wir doch die Heilige Jungfrau Maria anbeteten. Mich habe er immer rein wie einen Engel in Erinnerung und er denke immer wieder daran, wie standhaft ich der Sünde widerstrebt hatte. Seine Strafe sei gerecht und lehrsam gewesen. Die Gelübde wolle er noch in diesem Jahr sprechen, aber wenn ich ihm meine Hand reiche, für mich sei er gewillt, allen Gelübden zu entsagen. Mit mir wolle er eine Ehe führen, so gottesfürchtig, wie sein Vortrag es uns lehrte.«

Luzia riss die Augen auf. Magdalene war die große Liebe von Zentgraf Noß? Oh ja, die Liebe als der kleine Bruder des Hasses. Seine Liebe, nicht erwidert, schlug um in Hass – Hass nicht nur gegen die Geliebte, sondern gegen jede Frau.

»Vor lauter Verblüffung blieb mir die Luft weg und er sah das als schweigendes Einverständnis. Gleich begann er zu spekulieren über die Zustimmung meines Bruders, unseren Lebensunterhalt, bestimmte die Anzahl unserer Kinder und die Tage, an denen Beischlaf Pflicht sei. Irgendwann konnte ich nicht mehr ertragen, wie er dabei meine Hand streichelte. Ich entriss sie ihm und sagte ihm meine Meinung: dass nur Mitleid mich in den Wald gebracht hatte, dass ich ihn niemals liebte und nie lieben werde, dass ich niemals einen wortbrüchigen Mönch ehelichen wolle. Vor lauter Empörung gab er mir eine Ohrfeige. Ab da wurde ich gemein zu ihm. Ich hielt ihm seine Herkunft vor, wie lächerlich er sich bei den Treffen gemacht habe, wie sehr wir Mädchen über ihn kicherten. Und dann Bauernrosen von einem Bauern! Damit reizte ich ihn aufs Blut. Er verlor darüber den Verstand. Wie ein Tier fiel er über mich her, schlug mich, zerfetzte meine Kleider und schließlich … tat er mir Gewalt an. Meine Schreie dämpfte er, indem er mir mein Kopftuch als Knebel in den Mund schob. Ich schlug und trat um mich. Für einen Moment konnte ich entkommen. Ich kroch auf allen Vieren davon. Da warf er sich auf mich. Er machte … widernatürlich von hinten weiter bis zum Ende. Zum Abschied schlug und trat er mich und verschwand im Wald. Ich war so gedemütigt und fühlte mich so schmutzig, dass ich zurück in mein Zimmer schlich und mich wusch und wusch. Das nützte nichts, denn nach Tagen noch spürte ich seine Finger klebrig auf meinem Körper. Niemand hatte mich gesehen, niemand meine Schreie gehört. Ich sah in den Spiegel und war nur froh darüber, dass er mich nicht ins Gesicht geschlagen hatte.«

»Oh mein Gott!«, war alles, was Luzia dazu flüstern konnte. Sicher, einige ihrer Liebhaber waren nicht allzu zart mit ihr umgesprungen, doch immer hatte sie ihren Spaß dabei gehabt. Was Magdalene

142

widerfahren war, erschien ihr das Schlimmste, was man einer Frau antun konnte. Die nötige Antriebskraft zur Flucht hatte auch Luzia nicht die Aussicht auf Folter gegeben, sondern der Gedanke an die beiden Büttel, die ihre Hilflosigkeit dafür benutzt hätten. Spontan zog sie Magdalene an sich und streichelte über ihren Rücken. »Armes Fräulein«, flüsterte sie.

»Es tut gut, darüber zu reden. Ich erzählte es noch niemandem. Mein Bruder weiß einiges, aber lange nicht alles. Vor allem wird er nie begreifen können, wie sich eine Frau fühlt … hinterher. Er versteht es nicht, dass ich nicht heiraten will. Der kalte Schweiß bricht mir aus, wenn ich nur daran denke, einem solchen Vieh jede Nacht ausgeliefert zu sein und hinterher an seiner Seite um Empfängnis zu beten.«

»Aber Magdalene, das ist doch gar nicht so! Die meisten Männer sind sanft und einfühlsam und achten darauf, dass du es genießt. Ist es nicht so, dass Ehepaare sich darauf freuen, zusammen zu sein? Sollte es jedes Mal eine solche Tortur sein, welchen Grund hätten Frauen, untreu zu werden? Aus welchem Grund wäre dann ein Liebhaber besser als der Ehemann, wenn alle Männer gleich wären? Verbrennst du dich einmal am Feuer, bleibst du doch nicht ein Leben lang dem Herd fern! Nein, beileibe nicht alle sind so.«

»Ja, sicher, Luzia, ich weiß. Es gibt gute, liebevolle Männer. Mein Bruder könnte nie so bestialisch handeln. Von vielen Männern denke ich, ob sie wohl zärtlich wären. Allein der Gedanke, nach der Trauung ließen sie ihre Maske fallen … Stell dir vor, ein Leben lang an ein solches Tier gefesselt zu sein, jede Nacht diese Qualen, nur unterbrochen von den Schmerzen des Gebärens, durch zahllose Geburten ausgelaugt bis zum Tod im Kindbett …«

»… und da ist keine Instanz, die Gnade gewährt. Man muss doch irgendwie einem solchen Schicksal entfliehen können!«

»Höchstens im Kloster. Wenn man sein Leben Gott widmet, muss der Ehemann einen frei geben.«

»Bisher konnte ich nicht verstehen, wie jemand freiwillig in einem Kloster leben will.« Nein, niemals. Dann lieber Gattenmord begehen. Diebesehre hin und her, sie würde niemals Gewalt bei einem Diebstahl anwenden, sie war keine Räuberin und wollte auch nie eine sein - der Reiz bestand ja gerade darin, unauffällig zu stehlen -, aber sollte ihr jemand so etwas antun wollen, nun, dann kannte sie Mittel und Wege, sich eines solchen Spießgesellen zu entledigen. Ohne schlechtes Gewissen. Magdalene gehörte eher zu den Rehen, die ihr Heil in der Flucht suchten, nicht zu den Löwen, die sich wehrten.

»Ich dachte daran. Und ich denke noch immer daran. Nur - hier bin ich mein eigener Herr. Mein Bruder lässt mir freie Hand. Wenn ich den Haushalt organisiere, darf ich tun und lassen, was ich will. Alle Gebote beachte ich peinlichst, besuche die Gottesdienste und die Beichte, bete auch daheim viel. Das wäre es nicht, was mich am Klosterleben schrecken würde. Mein Leben hier gefällt mir. Viel Arbeit habe ich nicht, ich lese, sehe meinem Bruder im Laboratorium zu und« - sie senkte den Blick und flüsterte - »manchmal helfe ich ihm. All das dürfte ich im Kloster nicht. Da gibt es einen strengen Tagesablauf, siebenmal am Tag versammelt man sich zum Gebet, alle niederen Tätigkeiten muss man freudig verrichten und Bücher oder Studium sind nur nach jahrelangem Wohlverhalten erlaubt. Krankenpflege entspricht nicht meiner Neigung. Der Anblick von Wunden erregt Übelkeit in mir und der Geruch verbrannten Fleisches ...«

Darauf konnte Luzia nichts sagen. Sie dachte an Eisen, die für diesen Zweck im Feuer lagen. Würde sie jemals wieder in ein Feuer sehen können, ohne an verbranntes Fleisch denken zu müssen? Welch Glück sie gehabt hatte! Ein Wunder, dass Zentgraf Noß sie mit ihrer Aufsässigkeit nicht sofort aufgeknüpft hatte. Wohl nur, weil er sich weitaus Befriedigenderes mit ihr aufgehoben hatte. Nur nicht mehr daran denken!

Luzia stand auf und räumte Brot und Käse auf den Tisch. Noch hatten sie frische Lebensmittel, die in einem Nebenraum kühl gestellt waren. Dort lagerten im Sandbett Wurzeln und Früchte, die sich lange hielten, daneben Geräuchertes und Gesalzenes und, sehr wichtig, Wachslichte. In einem anderen Raum gab es Getreide und Getrocknetes. Mit einer kleinen Handmühle konnte sie mahlen und aus dem Mehl Brot backen. Der Herd hatte einen Schornstein, der an den

144

Hausschornstein angeschlossen war. Es gab, was Luzia äußerst praktisch fand, eine Wasserleitung, die vom Hausbrunnen abzweigte. Hier litten sie keinen Mangel. Ein Jahr konnte man ohne Hilfe von außen hier leben, hatte Lukas gesagt. So lange wollte sie bestimmt nicht hier bleiben, aber es war auch nicht die Gefangenschaft, die sie fürchtete. Magdalene schien eine angenehme, wenig anspruchsvolle Gesellschaft. Eilig hatte Luzia es also nicht, von hier weg zu kommen - wenn es denn hier sicher war.

Magdalene pickte von dem Essen wie ein Vögelchen, trotz Luzias gutem Zuspruch. Bald deckte sie das Bett auf und legte Magdalene ein Nachthemd hin. Sie nahm es und ging zur Waschschüssel, entblößte sich allerdings erst, als Luzia einen Wandschirm aufklappte und dahinter blieb. »Soll ich helfen?«, fragte Luzia, aber Magdalene verneinte und kam bald darauf im Nachthemd wieder. Das Bett war breit genug, dass sie beide bequem Platz darin hatten. Luzia blies das Licht aus und schloss die Augen. Nach einer Weile flüsterte Magdalene: »Bitte, Luzia, halt mich fest!«

Natürlich drehte Luzia sich herum und umarmte Magdalene. Sie spürte, dass ihre Schultern zuckten, die Tränen der Jungfer hinterließen Feuchtigkeit auf ihrem Nachthemd. Magdalene schluchzte noch einmal auf, dann wischte sie sich über die Augen. »Danke, Luzia. Ich bin ja so froh, dass du da bist. Wenn ich mir vorstelle, jetzt völlig allein hier liegen zu müssen ...«

Luzia antwortete nicht. Ihr machte Einsamkeit nichts aus, aber es war besser, wenn man jemanden hatte. Magdalene hatte schon viel schlimmere Dinge erlebt als sie in ihrem ganzen Leben. Noch nie war sie erwischt worden, trotzdem ständig auf Flucht gefasst. Oft genug hatte sie Hals über Kopf fliehen müssen, doch eingesperrt hatte sie noch niemand. Der größte Alptraum war es, von Zentgraf Noß eingesperrt zu werden, hilflos seinen Bütteln ausgeliefert. Er selbst schien ja wohl auch nicht besser zu sein, wenn man bedachte, was er Magdalene angetan hatte. Dabei gab er sich so fürsorgend, so väterlich.

»Er verstellt sich nicht«, murmelte sie und erschrak, dass sie es laut sagte. Auf Magdalenes fragenden Laut redete sie weiter. »Er glaubt wirklich, was er sagt, dass er den Frauen einen Gefallen tut, die er foltert. Es ist keine Lüge, wenn er freundlich tut. Er ist überzeugt davon, dass Menschen an sich gut sind und nur Satan sie zu etwas anderem als hehren Engeln macht. Genügend Strafe treibt das Böse aus und gebiert Wohlverhalten. Um was wollen wir wetten, dass er sich selbst hart dafür bestraft, was er dir antat?«

Magdalene lachte auf. »Jedes Mal, wenn er eine Frau foltert, bestraft er sich dafür! Als er ... Mein Gott, ich kann das wirklich niemandem sagen! Luzia, du hast selbst einiges erlebt. Bitte verzeih mir, wenn ich dich damit belaste, aber ich halte es so nicht aus. Du weißt jetzt schon so viel, da will ich dir auch noch den Rest erzählen.« Sie wartete das Kopfnicken Luzias ab, dann lehnte sie sich zurück und schloss die Augen. »Es war einer der Studenten von Lukas. Er nimmt sie hart ran und beschimpft sie, wenn sie ein Experiment verderben. Manchmal ist er ungerecht, aber seine Forschung bedeutet ihm so viel ... Da vergisst er alles, selbst die elementarste Höflichkeit. Also fühlte sich wohl einer zurückgesetzt, vorzugsweise einer mit reichem Vater. Ich bin mir ziemlich sicher, wer es war. Er neidete mir meine Auffassungsgabe, mein Wissen und meine Nützlichkeit für Lukas und denunzierte mich.«

»Und du weißt nicht einmal, wer es war?«

»Eine Hexe darf das nicht wissen, damit sie den vielleicht einzigen Zeugen nicht verhext und beseitigt. Die Identität aller Zeugen in einem Hexenprozess ist für alle Zeit geheim. Man geht kein Risiko mit einer Meldung ein. Jede Meldung muss weitergeleitet werden, aber nicht jeder wird nachgegangen. Mein Name rief damals Zentgraf Noß sofort nach Amöneburg. Ich wurde von Kirchenordnern zum alten Domstift in Fulda gebracht, in den furchterregenden Keller. Man spürt förmlich die uralten Gewölbe erzittern unter den Qualen aller Opfer, die dort leiden mussten. Jeden, der hinuntergeführt wird, wo niemand Schreie hört, überläuft ein eisiger Schauer. In den Gängen und an den Wänden sind alle Foltergeräte aufgereiht und allein der Anblick bricht den verstocktesten Sünder. An den Wänden hängen Gemälde der grausamsten Hinrichtungsmethoden. Henker werden dort ausgebildet und lernen Ausweiden, Vierteilen, Schleifen und Rädern. Wenn jemand beson-

146

ders stolz auf sein Werk ist, lässt er eine Zeichnung machen und stellt sie aus. Du kannst dir vorstellen, dass meine Nerven blank lagen, als ich gleich in die Folterkammer geworfen wurde. Wie ein Verhängnis überfiel mich der Anblick von Zentgraf Noß. Mein Mund blieb offen stehen, die Knie knickten ein und die Hände zitterten, dass mir die Schuld ins Gesicht geschrieben stand. So muss es jedem vorgekommen sein, der mich sah.«

Oh ja, lebhaft konnte Luzia sich das vorstellen. »Mir ging es ja auch nicht anders. Die Angst hätte mich dazu gebracht, alles zu gestehen.«

»Niemand wusste, warum ich ihn fürchtete. Sofort schickte er alle hinaus. Unter vier Augen schrie er mich an, er habe es schon immer geahnt, dass ich eine Hexe sei, dass es anders gar nicht möglich wäre, wie ich tugendhafte Männer mit nur einem Blick zu Fall brächte. Er hielt mir einen Vortrag, wie verdorben der weibliche Körper sei, und dass nur eine Hexe einen Mann dazu bringe, solchen Schmutz zu berühren. Er habe lange nachgedacht und sei erleuchtet worden, nur das Böse in mir habe ihn verführt. Darum sei es sein edelstes Ziel, dieses Böse aus mir herauszubrennen, um die Welt vor mir zu schützen. Als er aufhörte, mich anzubrüllen, lag ich weinend auf dem Boden. Er rief seine Folterknechte und sie rissen mir die Kleider herunter und ketteten mich nackt an die Wand. Eines nach dem anderen ließ er sie die Foltergeräte hereinbringen und erklärte genau die Funktion, zeigte mir alles, beschrieb, wie sie die Knochen brachen, die Haut abschälten, Sehnen, Muskeln und Gelenke zerrissen. Dann das Feuer, wie man alle Werkzeuge glühend benutzt und so die Qualen verzehnfacht. Sie brachten ein loderndes Kohlebecken und schoben die Werkzeuge hinein, die er ihnen bezeichnete. Als ich schon gar nichts mehr hören konnte, weil mein Körper sich so vor Schluchzen wand, nahmen sie mich ab und spannten mich auf einen Bock. Er wies sie hinaus. Zuerst prügelte er mich mit einer Gerte und ich schrie laut. Dann nahm er mich von hinten, wie er das schon einmal getan hatte. Als er fertig war, schlug er mich weiter, bis ich nur noch leise wimmerte. Es sei meine Schuld, sagte er. Nur meine dämonischen Kräfte hätten ihn dazu gebracht und deshalb gebühre mir die schwerste Strafe. Meine

Weiblichkeit solle vernichtet werden, damit ich das nie wieder jemandem antäte. Die Brüste und die Scham wolle er mir herausreißen als Strafe, dass ich ihn verführte. Er riss sich selbst die Kleider vom Leib und schrie, auch er verdiene Strafe und der Herr möge ihm vergeben und er bitte um Gnade, weil er dem Sirenengesang einer Hexe nicht widerstanden habe. Was ich dann sah, werde ich mein Lebtag nicht vergessen. Er stellte sich an einen groben Holztisch und legte sein steifes Glied darauf. Es wollte nicht liegen bleiben, stieg immer wieder auf. Da nahm er einen Nagel und einen Hammer und nagelte sein Glied auf dem Tisch fest! Das Blut spritzte nur so bei jedem Schlag, den er tat, und er schrie laut dabei. Kaum war das vollbracht, ließ er den Hammer fallen und griff eine Zange aus dem Feuer, die schon glühend war, und riss sich selbst Fetzen aus dem Glied. Er wimmerte und stöhnte und mitten drin schoss ein Schwall Samen heraus, worauf er auf dem Tisch zusammenbrach.«

Luzia konnte nicht anders, sie klammerte sich an Magdalene fest und hielt die Luft an, um nicht laut aufzuschreien. So hatte der Henker einen Verbrecher behandelt, der sich an der Tochter eines Grafen vergangen hatte, öffentlich zur Strafe für sein Vergehen. Viel hätte damals nicht gefehlt und das Volk hätte revoltiert, die Strafe sei unmenschlich und man möge ihm lieber den Kopf abschneiden, als ihn das erdulden zu lassen. Selbst der Klerus hatte gemurrt. Um das Volk zu beruhigen, hatte der Graf schließlich dem Henker befohlen, den Mann freizulassen, statt ihn anschließend zu rädern. Bei diesem Mann allerdings war keine Steife des Gliedes eingetreten, wie die Zuschauer aus den ersten Reihen berichten konnten. Luzia teilte deren Empörung nicht. Viel zu wenige Männer wurden für das bestraft, was sie Frauen antaten. Meist hieß es, Frauen müsse man so behandeln, sie verdienten es nicht anders und sie wollten es ja auch so. Dieses Exempel gab es nur bei dem Stallknecht, der sich an der Tochter des Grafen verging, nur, weil sie danach nicht mehr für eine Heirat taugte. Hätte der Stallbursche seine Großtat nicht überall herumposaunt, wäre ihm wohl nichts passiert.

Die Gnade des Grafen hatte das Volk damals versöhnt. Der Stallknecht allerdings war tags darauf ertränkt aufgefunden worden, was

148

bestimmt kein Zufall war. Also schien doch wohl jemand die Bestrafung gerecht gefunden zu haben.

»Dass sich jemand selbst so was antut …«

»Sein Gewissen ließ es nicht zu, dass sein Verhalten ungesühnt blieb. Nach einer Weile zog er mit einer Zange den Nagel heraus. Das sei seine Strafe, sagte er, und er geißele sich täglich für seine Wollust. Das sah ich auf seinem Rücken: tiefe, eiternde Wunden.«

Vor Luzias Augen zogen die Bilder der Flagellanten vorbei, die im letzten Jahr durch Augsburg gezogen waren, eine Horde Halbnackter, die sich selbst mit ihren Peitschen bis aufs Blut schlugen. Nicht nur die Protestanten beschwerten sich über dieses lautstarke Spektakel, auch genügend Papisten wandten ein, es sei von Seiner Heiligkeit verboten. Trotzdem mussten sich die Männer nicht über zu wenige Zuschauer beklagen. Von allen Seiten wurden sie bejubelt, weil sie durch ihr Opfer die Pest fernhielten. Beinahe hätte sie Magdalenes Murmeln überhört, mit dem sie weiter erzählte.

»Er zog sich wieder an und rief auf dem Gang den Henkersknechten zu, er wolle beten für mein Seelenheil, und dass er am Morgen mein Geständnis einhole. Die zwei kamen herein und beide nahmen mich so, wie ich über den Bock hing. Dabei erzählten sie mir von Folter und den endgültigen Strafen auf dem Weg zum Scheiterhaufen, bis ich nicht einmal mehr wimmern konnte. Sie zerrten mich herunter, einer hielt meine Arme hoch, der andere schlug meine Brüste mit der Gerte. Dann sengten sie die Haare am Körper ab, um das Hexenmal zu suchen, wobei die Haut Blasen schlug. Nach ihrem Spaß schleiften sie mich in die Zelle und ketteten mich dergestalt an die Wand, dass ich nicht liegen und nicht stehen konnte. So verbrachte ich die Nacht. Am nächsten Morgen kam Balthasar Noß und tat freundlich, machte mich los, damit ich kniend im Büßergewand beten sollte. Er zeigte mir sein Gebetbuch, das er von seinem Vater hat, und das Medaillon seiner Mutter, welches er als Lesezeichen benutzt.«

Genau an dieses Gebetbuch erinnerte Luzia sich auch, es war ihr aus seiner Rocktasche ans Bein geschlagen.

»Das Buch trägt er immer bei sich. Er brauchte nicht viel, mich auf die Gebetsbank zu drücken und mir seine Bitten um Vergebung vorzubeten, die ich nachsprach. Dieser Heuchler tröstete mich, wischte die Tränen ab und streichelte meinen schmerzenden Rücken. So fand mich in lieber Vertrautheit der Advokat, den mein Bruder für viel Geld bestellt hatte. Lukas ließ verlauten, wenn seiner Schwester etwas geschehe, dass er keinen Studenten mehr annehme, dass er die Universität verlasse. Es gab einigen Wirbel an der Universität und der Denunziant nahm die Meldung zurück. Der Advokat fragte mich, ob ich gestanden habe, eine Hexe zu sein. Nein, antwortete ich. Er wusste, viel Blut sei wegzuwischen gewesen und die Schreie hätten Stunden aus dem Gelass getönt. Damit und weil die Anklage wegfalle, sei meine Unschuld erwiesen. Er nahm mich beim Arm und führte mich im Büßergewand barfuß durch die Straßen, um nur keinen weiteren Aufenthalt zu riskieren. Zentgraf Noß ging uns hinterher bis zum Ausgang und nie sah ich wieder solchen Hass in den Augen eines Mannes.«

Oh ja, an diese Augen konnte Luzia sich erinnern und ihr wurde noch immer kalt, wenn sie daran dachte. Sie rutschte herüber und nahm Magdalene noch fester in den Arm. Dabei merkte sie, wie sehr sie selbst zitterte. »Krank. Hochgradig krank. Dieses Ungeheuer muss unbedingt beseitigt werden, schnellstens. Weil er seine eigenen Triebe nicht beherrschen kann, hasst er alles Weibliche und vor allem dich. In dir sieht er jedes Mal seine eigene Schuld, die er auch mit der schlimmsten Folter nicht aus sich herausbrennen kann. Erlösung erhofft er sich nur, wenn er alles Weibliche aus dieser Welt getilgt hat. Und so lange wird er wüten und toben und alle Frauen vernichten, derer er habhaft wird.«

Luzia spürte, wie Magdalene ihre Tränen abwischte und dann nickte. »Ja. So ist es. Vielleicht reicht es ihm auch, wenn er nur mich vernichtet. Wir sind vor ihm geflohen und dachten, hier sei ich sicher. Lukas nahm die Berufung nach Mainz an, ohne zu ahnen, dass der Erzbischof und der Fürstabt gemeinsame Sache machen. Für Lukas' Forschungen leben wir in kleinen Städten, damit er ungestört arbeiten kann, nichts den Glanz des Firmaments trübt. Aber hier spricht sich

150

alles so schnell herum, es gibt so viele Gerüchte, so schnell ist man als Hexe verschrien.«

»War es wieder eine Denunziation?«

»Nein, diesmal wohl nicht. Noß erfuhr, dass ich hier bin, das reichte ihm. Der Stadtrat hat ihm aus Hexenfurcht alle Befugnisse übertragen und er führt sich auf wie ein König. Er schickte seine zwei Büttel, die mich ohne große Fragen gleich packten und aus dem Haus zerrten. Sie schleppten mich zur Kapelle. Die Falltür war blockiert, was sie sehr irritierte. Von unten wurde dagegen gepoltert, also befreiten sie die anderen. Ich war Nebensache, wurde wie ein Stück Gepäck mitgeschleift, bis sie sich meiner erinnerten. Gleich kam ich in die Zelle, die ja gar nicht so furchtbar ist. Es gab Geschrei und Aufregung, weil du geflohen warst. Sie sprachen dermaßen laut und aufgeregt, dass ich jedes Wort verstand. Es sei unmöglich, die Handschellen selbst zu öffnen, das sei eindeutig Hexerei. Balthasar ist sehr vertraut mit seinen Henkersknechten, auch wenn er vor seinen Opfern so tut, als ob sie sich kaum kennen. Mir scheint jedes Wort abgesprochen zwischen ihnen, um die Opfer noch mehr zu quälen. Ihre Belohnung sind die hilflosen Frauen, an denen sie sich reichlich bedienen. Stunden ließen sie mich allein, während sie dich suchten. Bei seiner Rückkehr war Balthasar außer sich. Er ließ mich auf einen Tisch binden und nahm mich gleich so.«

»Im Angesicht seiner Büttel?« Ganz deutlich malte Luzia sich die beiden aus, wie sie dem Schauspiel beiwohnten und sich sabbernd freuten, selbst abschließend an die Reihe zu kommen, wie sie ihre Hände nicht stillhalten konnten und sich bearbeiteten, um gleich bereit zu sein, wie sie lautstark ihren Herrn zu seinem Geschick beglückwünschten. Übelkeit wühlte in ihren Eingeweiden.

»Ohne Rücksicht darauf, dass sie feixend zusahen. Es ging ganz schnell vorbei, kaum dass ich aufschrie. Erst danach kam er zu sich und schickte sie hinaus. Seine eigene Bestrafung dagegen dauerte lange. Er malträtierte sein Gemächt mit glühenden Nadeln und saß dabei auf Eisendornen, die sich tief in sein Fleisch bohrten. Das erschöpfte ihn so sehr, dass er, nachdem er seine Kleidung zurechtgezogen hatte, nur die Knechte rufen konnte. Er befahl, mir die Gerte zu geben, und sank dabei in die Knie und las aus seinem Gebetbuch, wobei er immer wieder das Medaillon küsste. Die Knechte schlugen mich lustlos ohne Nachdruck. Das erzürnte ihn und es kam zum Streit. Sie wiesen die Schuld für deine Flucht von sich, während Balthasar ihnen mit Strafe drohte.«

»Soll er sie totschlagen«, zischte Luzia.

»Balthasar befahl, mich aufzuziehen. Sie beschwerten sich, es gäbe keinen Flaschenzug und sie wollten nicht schon wieder den Weg hinunter in die Stadt und den steilen Berg hinauf. Dann müsse es eben ohne gehen, er bestand darauf. Oh, Luzia, es ist eine entsetzliche Prozedur. Die Hände werden auf dem Rücken zusammengeschnürt und dann mit einem Seil zur Decke hochgezogen. Die Schmerzen waren ungeheuerlich, aber immer nur kurz, weil sie ja keinen Flaschenzug hatten und mich halten mussten. Sie wechselten sich ab, trotzdem tobte Balthasar, so ginge das nicht. Dann müsse er eben anderes machen. Er schickte sie weg, Bretter und Schrauben zu besorgen für eine Brustquetsche, das sei die passende Folter für mich. Zum Glück habe er wenigstens Feuer und er wolle das Hexenmal ausbrennen. Sie gingen mürrisch hinaus und Balthasar sagte mir, Satan habe mit seinem Mal meine Scham gezeichnet, dass sie als Falle für keusche Männer diene und ihnen wie ein Raubtiermaul die edlen Organe zerfleische. Das wolle er herausbrennen und nicht auf den Prozess warten, denn ein Hexenmal müsse sofort zerstört werden, sowie man es findet. Dann endlich gäbe es auch für ihn Frieden. Ich verging vor Angst und mir schwanden die Sinne. Er schürte das Feuer mit Eisen und Zangen, als endlich mein Bruder mit dem Vikar kam. Lukas zitterte vor Wut, als er mich so sah, nackt, gefesselt. Sowie er mich losmachte, fiel ich ihm in den Arm, dass er Balthasar nicht attackierte und sich in sein Unglück stürzte. Oh, Luzia, ich fürchte mich so! Er wird mich nie vergessen! Sein Rachedurst ist erst gestillt, wenn er mich auf dem Scheiterhaufen brennen sieht.«

Luzia hielt sie ganz fest und nickte. »Das sehe ich auch so. Er wird dich bis ans Ende der Welt verfolgen. Und wenn er dich nicht kriegen kann, wird er seine Wut an anderen auslassen, zuerst an Lukas. Irgendwas wird er konstruieren, ihn zu beschuldigen. Und wenn er ihn hat, weiß er ganz schnell, wo er dich findet. Niemand hält das aus, ohne zu plaudern. Wir müssen etwas unternehmen. Kann man denn keinen Meuchelmörder auf ihn ansetzen?«

»Nicht dass ich nicht schon daran gedacht hätte. Diese Gedanken sind unrein und ich beichtete sie, ohne den Namen zu erwähnen. Ich büßte dafür. Doch selbst wenn ich Lukas dazu überreden könnte, Balthasar ist immer in Begleitung seiner beiden Henkersknechte. Sie bewachen ihn aufmerksam und halten ihn fern von jeder Gefahr. Dafür belohnt er sie reichlich. Was während der Pausen zwischen der Folter und später vor dem Richtplatz mit einer geständigen Hexe geschieht, ist ihm gerade egal, und sie tun, was immer sie gelüstet. Sie sind ihm treu ergeben. Als er dich in die Wohnung brachte, folgten sie mit Sicherheit in geringer Entfernung. Niemand kommt dicht genug an ihn heran für ein Attentat. Jedem Assassinen wäre das Risiko zu groß. Der Mord an irgendwem wird mit Enthaupten bestraft, aber der Angriff auf einen Inquisitor ist gleichzusetzen mit einem Geständnis der Hexerei. Wir sind wohlhabend, doch dieses Wagnis zu zahlen, dazu sind wir nicht reich genug. Für so was findet sich niemand. Luzia, am liebsten würde ich nie wieder aus diesem Keller herausgehen, damit er mich nicht findet.«

»Und gibt es denn überhaupt keine Kontrollinstanz?«

»Der Erzbischof. Er ist leidend, eine Herzkrankheit, und befasst sich nicht mit Laien. Unmöglich, zu ihm durchzukommen. Er hat den Inquisitor eigenhändig ermächtigt. Inquisitor wird nur eine Person mit untadeligem Leumund, ihm vertraut der Erzbischof blind. Die schrecklichsten Gerüchte und Verleumdungen treffen einen Inquisitor und der Erzbischof muss aus tiefster Seele wissen, dass alles nur Lüge ist. Jeder Schmutz perlt von der Ehre eines Inquisitors ab wie Tau von einem Rosenblatt.«

»Dann müssen wir Beweise liefern, die er nicht ignorieren kann. Magdalene, du bist klug, dein Bruder ist einflussreich und ich besitze Fähigkeiten, mit denen ich viel bewirken kann. Zusammen wird uns etwas einfallen. Dieses Ungeheuer muss beseitigt werden - wie auch immer - und genau das werden wir tun.«

KAPITEL 8

JURISPRUDENZ

Mit Macht musste Lukas sich zusammenreißen, als er die Männer beobachtete, die sein Laboratorium durchstöberten. Zwar hatte der Oberamtmann die Büttel angewiesen, äußerste Vorsicht walten zu lassen, trotzdem konnte er sie nicht davon abhalten, jede Schachtel zu öffnen, an jeder Flasche zu schnuppern, als ob Magdalene darin verborgen sei. Es waren nicht die beiden Handlanger des Inquisitors, sondern ganz gewöhnliche Gerichtsdiener, denen durchaus bewusst war, wie stolz die Stadt auf einen so hervorragenden Gelehrten wie Lukas Wegener sein durfte. Anderenfalls hätten sie die Keller durchwühlt wie Wildschweine den Waldboden.

»Obacht mit den Flaschen!«, rief Lukas händeringend.

»Herr, wir müssen alles begutachten«, sagte einer der Büttel mit überheblichem Grinsen. Lukas stellte Branntwein her, das Gerücht hielt sich hartnäckig. Darum öffneten sie wohl jeden Verschlusskorken und brachten seine Sammlung von Essenzen durcheinander. Der Grobian drehte sich zu dem Regal mit öligen Extrakten und riss mit dem Ärmel eine Flasche vom Arbeitstisch. Peng! Die Flasche zerschellte in tausend Scherben und eine dampfende Pfütze.

»Um Gottes Willen, nein!«, schrie Lukas dem Mann zu, der sich bückte und die Scherben aufheben wollte.

Völlig unverständig hob er das Gesicht und stierte Lukas an.

»Wie?«

»Nicht anfassen! Das ist Säure. Starkes Gift. Die Berührung allein schadet. Benetze damit deine Hand oder lasse sie dir vom Henker abschlagen - einerlei. Ich zöge den Henker vor.«

Zaudernd zog er seine Hand zurück, machte weiterhin allerdings einen großen Bogen um die Pfütze, die jetzt deutlich die Sägespäne auf dem Boden verkohlte. Rauch stieg ätzend auf und reizte die beiden Männer zum Niesen. Lukas stand wohlweislich in der offenen Tür. Nur

156

selten genehmigte er sich einen Blick auf die Pfütze, die genau auf der Luke nach unten entstanden war.

Fast eine Stunde dauerte es, bis die Büttel sich achselzuckend ansahen und aufgaben. Mit einem Seufzen schüttete Lukas weitere Sägespäne und Natron in die Säurepfütze, dann fegte er die nun feuchte Streu zur Seite und wischte noch mehrmals mit frischem Wasser nach. Leise fluchte er, als es schon wieder an der Tür klopfte.

Eines der Mädchen knickste in der Tür und bemühte sich, ihr Naserümpfen nicht deutlich werden zu lassen. Es stank nach verfaulten Eiern in dem Keller, beißender Rauch lag in der Luft. Plötzlich nieste sie, dann erst hob sie die Hand vor die Nase. Mit niedergeschlagenen Augen und roten Wangen knickste sie erneut. »Herr, der Zentgraf aus Fulda wartet im Speisezimmer.«

Diesmal war es an Lukas, rote Wangen zu bekommen. Er fühlte, wie die Wut in ihm hochstieg. Seine Fäuste ballten sich, bis die Fingernägel blutige Furchen in die Handflächen ritzten, dann zwang er sich zu einem Lächeln. »Gut, ich werde den hohen Herrn empfangen. Serviere ihm … ein Bier. Das mag er.«

Das Mädchen verschwand eilig und wedelte mit der Hand vor der Nase. Lukas verschloss sorgfältig die Tür hinter sich und schnupperte an seinen Kleidern, ein Gemisch aus faulen Eiern und totem Fisch. Nun, er hatte nicht um den Besuch gebeten, einen frisch gebadeten Gastgeber konnte Noß nicht erwarten.

Nichtsdestotrotz zauberte Lukas in der Wohnung eine freundliche Miene in sein Gesicht. »Zentgraf Noß, welch unerwartete Ehre. Was führt Euch zu mir?«

Noß erwiderte nicht die Freundlichkeit, seine Haltung blieb unerbittlich streng. »Was soll das Schauspiel, Wegener? Das wisst Ihr ganz genau. Wo ist Magdalene?«

»Zentgraf, selbst wenn ich es wüsste, ich würde es Euch nicht sagen. Ihr seid Richter in Fulda, nicht in Amorbach. Der Erzbischof in Mainz mag Euch eine beratende Funktion zugestehen, aber keinerlei Amtsgewalt. Die Verfolgung meiner Schwester bedeutet reine Willkür. Sie hat sich nichts zu Schulden kommen lassen.«

»Warum entzieht sie sich dann meiner Befragung?«

»Warum sollte sie sich dieser aussetzen?«, konterte Lukas. »Ihre zarte Gesundheit verträgt die Kellerluft nicht. Darum wird sie wohl eine Luftveränderung vorgezogen haben.«

»Also wisst Ihr nicht, wo sie sich befindet?«

»Ich bin nicht meiner Schwester Vormund. Sie darf selbst ihre Geschäfte führen. Solange sie die Schicklichkeit einhält, ficht mich ihr Ausflug nicht an.«

»Erklärt mir nicht, dass sie ohne Euer Wissen die Stadt verlässt!«

Lukas zog sich einen Stuhl heran und ließ sich darauf nieder. Genüsslich streckte er die Füße von sich und hoffte, dass Noß nicht auf die weichen Knie seines Gegenübers aufmerksam wurde. »Wer weiß, vielleicht sagte sie es mir? Manchmal bin ich so vertieft in meine Studien, dass ich ihr nur ein Knurren als Antwort widme, wenn überhaupt, und nicht zuhöre. Also will ich ihr keinen Vorwurf machen, ohne meine Erlaubnis verreist zu sein. Es mag durchaus seine Bewandtnis haben.«

»Und welch wichtige Studien sind es, die Euch von den Worten Eurer Schwester abhalten?«

»Ach, Zentgraf, mal diese, mal solche. Momentan bin ich beschäftigt mit einem Horoskop für den Erzbischof von Mainz, Herrn Johann Schweikhard von Kronberg, Ihr kennt Seine Exzellenz? Er bat mich, für seine Schatzkammer nach dem Stein der Weisen zu suchen, wobei ich allerdings seine Geduld strapaziere. Bestimmte optische Instrumente zur Beobachtung des Firmaments ließen sich vielleicht für die Kriegsführung verwenden, was ein weiteres meiner Interessengebiete darstellt. Zentgraf, der Tag besitzt zu wenige Stunden für mich. Von allen Seiten werden Wünsche an mich herangetragen. Wie vielen Würdenträgern müsste ich wider den Kopf stoßen, wenn ich den Ruf nach Prag annähme ...«

Noß ballte die Faust und ließ sie auf den Tisch niedersausen, beherrschte sich jedoch sogleich, dass sie nur fest auf der Platte zu liegen kam. »Wegener, reden wir doch nicht drumherum. Ihr wollt mir klarmachen, dass einem Mann wie Euch nichts geschehen kann. Dabei solltet Ihr genau wissen, dass auch die Familien großer Männer nicht

158

vor dem Verderben gefeit sind, auch in Prag. Die Naturwissenschaft bildet doch den Boden der Ketzerei! Nein, Wegener, ich meine nicht die Horoskope für Seine Exzellenz. Ein Horoskop zeigt uns die Wege des Herrn, wie am Himmel so auf Erden, da muss man sich nicht sorgen um sein Seelenheil. Ihr, Wegener, versteht das. Jemand, der nur am Becher der Wissenschaft nippt, kommt jedoch zu dem Schluss, alle Wege Gottes seien nur Illusion, der Mensch könne mit Hilfe der Wissenschaft seine Wunder erklären und schließlich, Gott gleich, Wunder selbst verursachen. Genau dieses Gedankengut ist Dünger auf die Felder des Satans. Ketzerisches Unkraut wächst und gedeiht, er muss es nur ernten. Eure Schwester, Wegener, schoss auf diesem Felde in die Höhe und trug reiche Blüte.«

»Himmelschreiender Blödsinn!« Lukas konnte nicht mehr an sich halten und lachte. »Wissenschaft muss erlernt werden. Schon lange ist es nicht mehr möglich, das gesamte Wissen der Menschheit in einem Band zusammenzufassen, wie man es im letzten Jahrhundert noch versuchte. Jeder muss beginnen, langsam das Wissen in sich aufzunehmen, es fällt nicht wie ein Verhängnis über den Gelehrten herein und verdirbt ihn auch nicht. Die Wissenschaft macht die Wunder Gottes nicht kleiner, nur noch größer. Wenn wir erst begreifen: Wir mögen erforschen, was immer uns beliebt, das Wissen Gottes bleibt unerreicht, dann erst wird uns der Himmel so wunderbar, dass unser Glaube das einzige bleibt, was noch zählt.«

»Eure Schwester sieht das nicht so. Sie vermeint durch diese Beeinflussung, Gottes Werk sei unbedeutend. Warum diesem huldigen, wenn Satan höheren Lohn verspricht? Fragtet Ihr Euch nie, warum sie nie den Wunsch äußerte, einem Manne anzugehören? Mir verriet sie es. Satan wohne ihr bei, wodurch die Bemühungen eines Menschenmannes ihr lächerlich erschienen.«

»Lüge!«, unterbrach Lukas ihn und sprang auf. »Ich verpfände meine Seele darauf, dass meine Schwester niemals so was gesagt hat! Ihr kommt in mein Haus und untersteht Euch nicht, solche Unwahrheiten zu verbreiten? Zentgraf, bitte verlasst mich und gewährt mir die Güte, nicht wiederzukommen.«

Einen Moment lang machte Noß Anstalten, Lukas mit geballten Fäusten über den Tisch hinweg anzugreifen, doch dann ließ er die Arme am Körper entlang fallen, verbeugte sich andeutungsweise und stand auf. Ohne ein weiteres Wort verließ er den Raum.

Lukas ließ sich auf seinen Stuhl sinken und legte eine Hand vor die Stirn. Erst jetzt merkte er, dass seine Haut sich schweißnass und kalt anfühlte. Das Herz raste und kleine Sternchen standen ihm vor Augen. Als es an der Tür klopfte, zuckte er so zusammen, dass er fast vom Stuhl fiel. Gleich ging die Tür auf und er musste sein Gesicht mit Gewalt wegdrehen, um das Mädchen nicht mit seiner angststarren Fratze zu erschrecken.

»Herr«, flüsterte sie schüchtern, »der Herr Zentgraf ist gegangen. Soll ich das Bier …«

»Stell es gleich hierher. Nein, keine Gläser.«

Als die Dienstmagd gegangen war, packte Lukas den Krug mit beiden Händen, um ihn vor Zittern nicht fallenzulassen, und setzte ihn an. Mit zwei großen Zügen schüttete er das Bier in sich hinein und spielte das erste Mal seit Jahren mit dem Gedanken, einige Flaschen seines besten Weins im Laboratorium zu destillieren, um ein Nervenberuhigungstonikum für sich selbst herzustellen. Nein, das tat nicht gut. Er brauchte seine klaren Sinne, um diesem Monstrum zu widerstehen. Wahrscheinlich hatte noch nie jemand dem Zentgrafen die Tür gewiesen, nicht einmal die Ritter um Fulda, die schon alle Wege begangen hatten, ihn loszuwerden. Sein einziger Vorteil war, dass Noß keine offizielle Bestallung hatte und einem Mann von Lukas' Reputation nicht am Zeug flicken konnte.

Lukas kam immer mal wieder zu ihnen, und wenn es auch nur für wenige Minuten war. Was er zu berichten wusste, ließ Luzia Gott um ihr Versteck danken. Mehrfach war die Wohnung durchsucht worden, auch das Laboratorium, aber die Drohung von giftigen Schwaden bewirkte oberflächliche Durchsuchung. Lukas ließ verlauten, seine

Schwester habe mit einer Kutsche und ausreichend Reisegeld die Stadt verlassen, und nur sie wisse, wohin der Kutscher die Pferde gelenkt habe. Da Lukas' Leumund der allerbeste war, hatte Noß keine Handhabe, ihn energisch zu befragen. Magdalene interessierte somit außer Noß niemanden mehr in der Stadt. Für Luzia sah es weniger gut aus. Jeder Einzelne suchte wütend nach dem flüchtigen Dieb, der Stadtrat kündigte fürchterlichste Strafen an. Gerne hätte Luzia Lukas zur Böttcherin geschickt, um nachzufragen, was so gesprochen wurde, aber das stand ihm als Edelmann nicht zu und Luzia äußerte nicht einmal diesen Wunsch. Manchmal überwältigte sie die Panik in dem abgeschlossenen Gelass, dann kauerte sie sich in einer Ecke zusammen, nagte an ihren Fingerknöcheln und stierte vor sich hin.

Magdalene ging es schnell besser und sie erzählte Luzia zur Ablenkung von ihren Sorgen alles, was sie wissen wollte. Immer wieder gingen sie zusammen durch, was Magdalene über Zentgraf Noß erfahren hatte, bis Luzia genauso viel über ihn wusste wie sie. Dabei wurden sie immer vertraulicher, bis Magdalene Luzia verbot, sie Herrin zu nennen.

Nach drei Tagen sagte Lukas durch die Tür: »Ich habe einen Advokaten, der uns helfen will. Herr Doktor Patrizius, Prokurator und Advokat aus Mainz. Er wartet oben.«

Magdalenes Gesicht verlor im Licht der Öllampe jegliche Farbe, womit sie furchterregender aussah als die geschminkten Toten von Luzias Mutter. »Ich kann nicht. Ich will niemanden sehen. Es darf mich niemand anrühren. Lukas, vergib mir, solange dieses Ungeheuer auf Erden wandelt, werde ich den Keller nicht verlassen.«

Fassungslos schüttelte Lukas den Kopf. »Aber Magdalene! Du weißt selbst, welches Risiko der Mann eingeht, wenn er uns hilft! Wir können ihn doch nicht einfach da sitzen lassen! Nur du kannst ihm sagen, was vorgefallen ist. Ohne dich werden wir niemals Erfolg haben.«

Luzia legte ihren Arm um Magdalene und spürte, wie sie zitterte und hechelte. Ihre Augen wurden ganz groß und jeder Muskel in ihrem Körper verspannte sich. Verdenken konnte man es ihr nicht. Wenn Balthasar sie in die Finger bekam, würde er ihr das Schlimmste antun, was er sich nur ausdenken konnte. »Ganz ruhig, Magdalene, dir wird nichts geschehen. Hier bist du in Sicherheit. Lukas, er weiß doch hoffentlich nichts von diesem Raum?«

»Nein. Ich sagte, ein Versteck im Keller. Der eigentliche Keller ist unter dem Haus, ein schmutziges Loch mit Gerümpel. Da sollen sie ruhig suchen.«

»Gut. Magdalene ist wirklich nicht in der Lage zu kommen. Lasst mich mit ihm reden, Herr. Wir haben hier unten ja nichts weiter zu tun als Geschwätz. Ich kenne die ganze Geschichte und da werde auch ich ihm sagen können, was er wissen muss.«

Er zögerte einen Moment, dann reichte er ihr die Hand. »Wenn es anders nicht geht ... aber ... na gut.«

Als sie seine Hand berührte, durchzuckte es sie wie ein Blitz. Nur mit Anstrengung gelang es ihr, eine gleichmütige Miene zu behalten. Seine Hand war stark und warm, besaß nicht die Schwielen eines Gemeinen. Die Hand eines Edelmanns. Nur wie kam es zu diesem Kribbeln in ihrem Bauch? Sie benahm sich ja wie eine verliebte Magd. Ein Blick streifte sein besorgtes Gesicht, seine leicht geöffneten Lippen, die nicht rissig waren von Kälte oder der Arbeit am Feuer. Wie es wohl schmeckte, wenn sie ihn küsste? Nach Kaffee oder dem süßen Wein, von dem er manchmal eine Flasche mitbrachte?

Fest packte sie zu und ließ sich von ihm aus dem Loch ziehen. Luzia trug eines der feinen Kleider von Magdalene und die hatte ihr auch mit den Haaren geholfen. Im Theater hatte Luzia Perücken getragen, aber um ihre eigenen Haare hatte sich noch nie jemand so intensiv gekümmert. Lukas hatte unsortiert den Inhalt von Magdalenes Waschtisch gebracht und sie vertrieb sich die Zeit damit, die Fläschchen und Tinkturen an Luzia auszuprobieren. Auf dem Weg durch das Laboratorium warf Lukas ihr einen Seitenblick zu. »Du ähnelst meiner Schwester. Die Lippen, die Haare ... Für einen Moment dachte ich, ob es sinnvoll wäre, dich als meine Schwester auszugeben. Nein, das geht nicht. Wir brauchen dich als Zeugin. Es freut mich, dass du dich so gut mit Magdalene verstehst.«

162

»Und wie mich das freut! Es wäre unerträglich dort unten - zwei zankende Weiber! Nein, ich mag sie und habe vollstes Verständnis für ihre Angst und sie versteht meine Ängste. Wir sind Freundinnen. Mittlerweile habe ich das Gefühl, wir wären miteinander aufgewachsen. Wenn wir gegenseitig so das Leid klagen, die intimsten, geheimsten Dinge sagen, sind wir wie Schwestern. Mir ist ja lange nicht so Schreckliches passiert wie ihr. Ich verstehe, dass sie sich dort unten am liebsten eingraben will. Irgendwann müssen wir sie herausholen. Das geht aber nur ganz behutsam und liebevoll. Sie wird Jahre brauchen, bis ihre Seele wieder gesund ist.«

Lukas biss die Lippen zusammen und sah geradeaus. Luzia wusste in diesem Moment genau, dass er alles für seine Schwester tun würde. Sein Hass auf Noß brannte tief, aber er loderte nicht so, dass er seinen kühlen Kopf verlor. Aus seinen Erzählungen entnahm sie, dass er sich bisher immer zu beherrschen wusste. Wollte sie etwas unternehmen, war Lukas der beste Partner dafür.

Wenn doch nur ein Teil seiner Fürsorge auch ihr gelten würde! Bei diesem Gedanken schämte Luzia sich. Welchen Grund hätte er denn dafür?

An der Laboratoriumstür zögerte sie. »Wollt Ihr keinen Dampf auslassen?«

»Nicht mehr nötig. Trines Brüder besuchten … zufällig die Nachbarin und entdeckten den Spitzel des Zentgrafen. Solche Prügel hat er wohl noch nie bezogen! Seitdem kümmert sich eine Freundin von Trine um die alte Dame und passt auf. Niemand beobachtet uns mehr.« Das beruhigte sie ungemein.

Der Advokat war genauso, wie sie ihn sich vorgestellt hatte, nur, anders als Bichler, ein langer Schlackel. Sein korrekter Anzug und die wirre Frisur machten einen widersprüchlichen Eindruck, in seinen Augen blitzte aber hinter dicken Augengläsern ein erfreulicher Scharfsinn. Sie machte artig einen Knicks, der Anwalt kam auf sie zustolziert und gab ihr einen Handkuss. »Ah, Jungfer Magdalene, da seid Ihr ja! Ihr gestattet, dass ich zunächst …«

Es fiel Lukas schwer, seinen Redefluss zu unterbrechen. »Herr Advokat, bitte, es handelt sich nicht um meine Schwester! Leider ist sie noch nicht so wohl auf, dass sie sich Euch vorstellen kann. Dies ist Jungfer Luzia Heußer, die Zeugin.«

»Ah!« Er betrachtete sie eingehend, wobei er durch seine Augengläser schaute und auch darüber hinweg. Schließlich setzte er sich und kruschelte in seiner Aktenmappe, bis er ein frisches Papier gefunden hatte. Umständlich schraubte er ein Tintenfass auf und tauchte eine zerrupfte Feder hinein. »Dann bräuchte ich als erstes deine Personalien, Jungfer ... Luzia Heußer. Wie schreibt man das? Woher bist du gebürtig?«

Sie warf Lukas einen hilflosen Blick zu. »Das ist nicht ganz so einfach. Ich komme aus Frankfurt am Main.«

»Eine Freie Reichsstadt! In der Tat, nicht ganz so einfach. Dort gibt es ganz andere Gesetze. Nun, das meistern wir. Eine Meldebescheinigung bekomme ich ja wohl.«

»Dessen bin ich mir nicht sicher.«

Überrascht hob er den Kopf und sah von seinen schon zahlreichen Notizen hoch. »Wie?«

Lukas legte seine Hand auf Luzias Unterarm. »Lasst mich erklären, Herr Doktor Patrizius.« Lukas warf Luzia einen warnenden Blick zu, dann entspann er eine rührselige Geschichte, in der Luzia die verarmte Tochter eines Schlossmachers war und ihren Lebensunterhalt als Krämerin verdiente. Natürlich kam auch der Verlobte auf Wallfahrt vor. Die Maskerade als Zigeunerin erklärte er mit der Flucht vor den Nachstellungen frecher Burschen. Luzia musste zugeben, dass er nichts vergessen hatte und alles passte. Sie war eine ehrbare Jungfer, die ihre Tugend verteidigte. Vor allem stand sie nicht als Hexe da, wenn es auch vor einem Mann war, der Hexen vor Gericht verteidigte.

»So also kam sie in den Keller der Kapelle«, überlegte der Advokat. »Eine außerordentliche Geschichte. Wenn nicht Ihr es mir erzähltet, Herr Doktor Wegener, es wäre doch zu phantastisch. Nun, ich liebe phantastische Geschichten und habe in meinem Leben schon so viele davon gehört, die sich dann als wahr herausstellten, dass mein Geist

164

sich aufnahmefähig zeigt. So können wir das aber nicht vor Gericht verwerten, dem stimmt Ihr mir zu? Du, Jungfer Luzia, flohst also wegen eines Mannes aus dieser Stadt Amorbach. Glaubhaft. In deinem Alter musst du dich sputen, unter die Haube zu kommen. Nur für den Fall, dass jemand fragt, solltest du die Augen niederschlagen und von Schicksalsschlägen reden, dass du noch nicht verheiratet bist. Wunderbar mit der Wallfahrt, ganz wunderbar. Nun, dann denke ich, die Ursache deiner Verkleidung, die ja ganz erhebliche Wellen schlug, wäre vielleicht am besten das Ergebnis eines üblen Studentenscherzes. Mag sein, die frommen Studenten im Kloster, die du empörtest, als du ihnen, äh, Spitzen, Bänder und Litzen verkaufen wolltest, worauf deren Missgunst dich dann schließlich zu dem albernen Versteckspiel mit der Perücke veranlasste.«

Neidlos musste Luzia anerkennen, dass die Phantasie des Rechtsanwaltes noch über die von Lukas hinausging. Er fabulierte die Geschichte so hin, dass sie logisch war, alles erklärte und niemand sie unkeusch schelten konnte. Namen erfragte er von Luzia, die sie ihm nennen konnte, denn tatsächlich waren einige der Burschen im Kloster ihre Kunden. Niemand durfte wissen, dass sie Jungfern der Stadt schöne Augen machten und ihnen nach Luzias Rat Litzen, Bänder und Spitzen schenkten. Daher war es nicht unglaubwürdig, dass einige sie neckten und sogar bedrohten, um ihr Schweigen darüber zu erzwingen. Luzia schnitt nicht so besonders geistreich dabei ab, aber sie sollte schließlich keine Heldin sein. »Herr Doktor Wegener, Ihr bekommt das schriftlich. Jungfer Luzia, von dir erwarte ich, dass du das so und nicht anders auswendig lernst. Es darf kein Wort unrecht sein und alles muss stimmen. Wahrscheinlich wird nie ein Mensch auch nur ein Komma dieser Geschichte wissen wollen, aber wir müssen für jeden Fall gewappnet sein. So also, Jungfer, wurdest du gefangen gesetzt und der Hexerei angeklagt nur aus dem Grunde, dass du verkleidet aufgefunden wurdest. Man ließ dich foltern?«

»Der Zentgraf jagte mir eine Heidenangst ein, zeigte mir die Foltergeräte, fesselte mich grausam und ließ mich peitschen. Sie zwickten und stießen mich. Ich wurde bewusstlos geschlagen.«

»Augenscheinlich lebst du noch. Gestandest du Zauberei?«

»Bei der Liebe des Herrn Jesu Christ, ich bin keine Hexe und gestand es auch nie.«

»Man ließ dich trotzdessen nicht frei. Hm. Und wie kam der Zentgraf auf die Idee, dich den Schrank öffnen zu lassen?«

»Ich sagte ihm alles, was ich je im Leben an Sünden beging, und auch, dass ich dieses Handwerk beherrsche. Wenn man so furchterfüllt ist, sucht man jede Erinnerung heraus, um sich nützlich zu erweisen.«

»So, so, der Vater ein Truhenmacher, bekannt für seine raffinierten Schlösser, der jemanden mit geschickten Fingern braucht, um seine Produkte zu testen. Frauen verrichten manchmal die erstaunlichsten Handarbeiten. Nun, das passt. Du halfst deinem halbblinden Vater, einem Schlossmechaniker, in einer Manufaktur Schlösser für Tresore zu montieren. Darum erkennst du sofort die Funktionsweise eines jeden Schlosses und kannst es öffnen. Geht das so?«

Luzia sah seinem Gesicht genau an, dass er ihr kein Wort glaubte, aber das Spiel mitmachte. Sie nickte. »Wenn mich jemand auf die Probe stellt, das kann ich.«

»Also bekam Zentgraf Noß heraus, dass du blitzschnell ein Schloss knacken kannst. Er brachte dich hierher, in dieses Zimmer, und schickte Jungfer Magdalene Wegener hinaus, um mit dir allein zu sein. Er befahl, dass sie persönlich Bier holte. Das gibt es in der Wirtschaft am Markt. Für seine Besorgung brauchte sie gewisslich eine Viertelstunde. Du öffnetest den Tresor, nahmst den Taufschein heraus, richtetest alles wie vorher und verstecktest den Taufschein. Warum nahm er ihn nicht an sich?«

»Ich reichte ihm die Mappe, aber er wollte sie nicht anfassen. Ich sollte sie einstecken. Gleich darauf kam Magdalene mit dem Bier.«

»So. Er wollte also seine Hände in Unschuld waschen, berührte die Papiere nicht einmal. Was passierte damit?«

»Ich hatte Gelegenheit, sie mir während des Gesprächs mit Jungfer Magdalene unter dem Tisch anzusehen und in zwei Teile zu teilen. Auf der Treppe stolperte ich, wodurch er abgelenkt war. Mir gelang es, die

166

eine Hälfte des Stapels, nämlich den Taufschein, hinter die Holzverkleidung zu stecken.«

»Dann brachte er dich zur Kapelle zurück.«

Luzia schloss die Augen und konnte fast noch den feinen Sprühnebel des schnellen Gewässers zu ihren Füßen fühlen, das laute Rauschen. Und die barsche Stimme, die sie bedrohte. Schnell sah sie wieder den Advokaten an.

»Auf dem Weg dorthin, auf einer Brücke, befahl er mir, die Papiere zu zerreißen und in den Bach zu werfen. Das tat ich mit dem Pappendeckel und einigen Möbelrechnungen.«

»Also reichte ihm das. Er schrieb eine Anklage und behauptete, Jungfer Magdalene hätte die Urkunde dem Teufel verkauft, um Hexenkräfte zu erlangen. Sehr schön. Daraus kann ich etwas machen. Wie gelang dir die Flucht, Jungfer Luzia?«

»Er versprach mir die Freiheit, wenn ich die Aufgabe erledigte. Als wir zurück waren, eröffnete er mir allerdings, dass gerade dieses der Beweis für meine Hexerei sei und ich unbedingt auf dem Scheiterhaufen verbrannt werden muss. Er gab mir eine Stunde Bedenkzeit, bevor er mit der Folter das Geständnis erpressen wollte. Die beiden Knechte, die er bei sich hatte, erklärten mir, dass auch nach einem Geständnis die grässlichste Folter auf mich wartet. Nun, ich kenne mich mit Schlössern aus. Ich öffnete die Handschellen, zog die Kleider an, die Zentgraf Noß mir für den Diebstahl gegeben hatte, und spazierte einfach hinaus.«

»Einfach. So, so. Ich hörte, es gab deshalb einige Verwirrung. Nun, niemand kann die Anklage aufrecht erhalten, da du unter Folter nicht gestanden hast. Es gibt keine Beweise außer der Verkleidung. Das ist nicht strafbar. Also ist deine Aussage gültig. Du bist doch bereit, die Probe im Bedarfsfalle zu wiederholen? Allerdings solltest du dich, meiner Meinung nach, nicht vor deiner Aussage sehen lassen. Und … unter Umständen … je nach Ausgang auch hinterher nicht. Wie auch immer, ich werde dich nicht erwähnen, bevor es notwendig wird. So. Nun. Also er ließ das Dokument höchstselbst stehlen und basierte die Anklage darauf. Nur - warum Jungfer Magdalene? Sie war vor einem

Jahr angeklagt und die Anklage wurde zurückgezogen. Das passiert häufig. Wenn jeder Inquisitor so penetrant wäre, gäb's keine Probleme mehr mit Weibern, weil's keine Weiber mehr gäbe. Es passiert durchaus, dass eine Angeklagte den Prozess als unschuldig verlässt oder mit einer geringen Strafe. Was macht Eure Schwester so auffallend, Herr Doktor Wegener?«

Darauf wusste Luzia die Antwort. Sie erzählte die Episode, die mit der Auspeitschung des Jungen Balthasar endete. Lukas kannte sie, das sah sie seinem Gesicht an, und sie hatte anscheinend auch den rechten Ton getroffen, weil der Advokat verstehend nickte. »So also. Und die Dominikaner lehrten ihn, dass nicht er Schuld trägt, sondern die Frau, von der er sich wohl schon damals verraten fühlte. Nun, könnte es sein, dass er Eurer Schwester gegenüber noch … andere … Gefühle hegt?«

Luzia kam Lukas zuvor. »Allerdings kann man das sagen. Wenn Ihr mich fragt, sieht es folgendermaßen aus: Er ist verrückt vor Liebe. Das war er schon als pickeliger Junge und das änderte sich nicht als Zentgraf.«

»Verliebt. Ein Inquisitor. Jungfer Luzia …«

»Sie trafen sich wieder. Er war Lehrmeister bei einem Seminar, kurz bevor er die Gelübde ablegen wollte. Zuerst, vor den versammelten Schülerinnen konnte er sich beherrschen, aber dann sprach Jungfer Magdalene ihn an und teilte ihm ihr Bedauern über die Vorfälle ihrer Kindheit mit. Aus einer Laune gab sie ihm das Medaillon seiner Mutter zurück. Er verabredete heimlich ein Stelldichein. Sie vertraute gutgläubig seinem geistlichen Gewand. Er ging davon aus, dass sie das Medaillon die ganze Zeit über aus Liebe zu ihm getragen hatte, und legte ihr sein Herz zu Füßen, wollte alles für sie aufgeben. Als sie nicht jubilierte, wurde die Szene … schmutzig. Lukas, verzeiht mir. Magdalene würde das keinesfalls erzählen und ich erfuhr es nur unter dem Siegel der Verschwiegenheit. Herr Doktor Patrizius ist ihr Rechtsbeistand und muss die Wahrheit kennen. Er muss alles über die Verkommenheit dieses Mannes wissen, dem die Obrigkeit vertraut und dem sie das Leben unschuldiger Frauen in die Hand gibt. An diesem Abend fiel er über Magdalene her und er verging sich viehisch an ihr. Das ist der

Grund, warum sie niemals heiraten wollte, denn solche Tortur nochmals zu erleben, den Gedanken konnte sie nicht ertragen.«

Lukas riss die Hände vor die Augen. »Das Seminar! Die Tante schickte sie dorthin und wollte sie anschließend einem Freier vorstellen, dem Sohn einer Freundin. Magdalene kam völlig verstört aus dem Kloster und verweigerte ab da jede Männerbekanntschaft. Ich belauschte Gespräche ihrer Freundinnen über den Inhalt des Unterrichts. Sie schwatzten lang über die Vorlesung eines Dominikaners und besonders über das von ihm empfohlene Dornenband. Ich fand in ihren Unterrichtsheften die Abbildung und weil ich selbst es so widerlich finde, führte ich Magdalenes Abscheu darauf zurück. Wenn öffentlich so was propagiert wird, was mag er den Mädchen im Geheimen erzählt haben! Das muss ja jeder Frau Angst vor der Ehe machen! Aber so was! Gütiger Heiland, warum hat sie das nie erzählt!«

»Na warum wohl.« Doktor Patrizius machte sich fleißig Notizen. »Erstens hätte niemand ihr geglaubt, zweitens wäre ihr Leumund dahin, drittens ist ein Dominikaner stets von jeder Schuld frei. Nur warum war er nicht froh, seine Untat so verschleiert zu sehen? Warum riss er alte Wunden auf? Es gab, sehe ich in meinen Unterlagen, nur eine Mitteilung über Jungfer Magdalene. In der Regel, so es sich nicht um schwerwiegende Indizien handelt, geht die Inquisition frühestens dem dritten Hinweis nach. Mir scheint, er wartete nur darauf.«

»Er bestrafte sich für seine Untat. In seinen Augen ist es nicht fehlgeleitete Liebe, die ihn zu ihr trieb, sondern durch teuflische Machenschaften hervorgerufene Wollust. Er tut alles, sie aus seinem Körper zu treiben, aber es gelingt ihm nicht. Darum muss er die Quelle dieser Wollust vernichten. Das ist Magdalene Wegener.«

»Wie, Jungfer Luzia, begründest du deine Meinung?«

»Durch das, was er Magdalene nach ihrer ersten Festnahme sagte: Er müsse sie bestrafen. Während er das tat, überfiel ihn erneut die Wollust und er gab ihr nach. Er tat seiner Gefangenen, seiner Schutzbefohlenen erneut Gewalt an. Und dann bestrafte er sich selbst grausam vor ihren Augen dafür. Er bestraft sich jeden Tag durch Selbstgeißelung, aber dieses Mal war es extrem. Er verstümmelte seine Männlichkeit!

169

Herr Professor, diese Mann ist aberwitzig, hochgradig irre. Wer so was mit sich selbst macht, den muss man zu seiner eigenen Sicherheit und der Sicherheit der Welt wegsperren und in Ketten legen! Es darf nicht sein, dass ein solcher Mann frei herumläuft und über das Schicksal von Frauen und Kindern bestimmt.«

»Wunderbar. Das werde ich mir für mein Plädoyer merken. Das gefällt mir. Er will sie bestrafen dafür, dass sie ihn erregt und er seine Gelübde bricht. Er will sie vernichten, damit sie ihn nicht mehr in Versuchung führen kann. So konstruierte er Beweise für eine erneute Anklage, um seine finsteren Pläne zu vollenden. Was geschah dieses Mal mit ihr?«

»Dasselbe. Wieder gab er seiner Wollust nach, wieder bestrafte er sie und sich selbst dafür. Und wieder rettete sie die Courage ihres Bruders vor noch schlimmerer Folter und Verstümmelung. Er sagte ganz genau, was er vorhat: Er will ihre Weiblichkeit zerstören und gab seinen Knechten genaue Anweisungen dafür. Wäre die Folterkammer schon fertig eingerichtet, hätte Herr Doktor Wegener nur noch einen sterbenden Krüppel vorgefunden. Auch so trieb dieses Ungeheuer sie halb in den Wahnsinn und sie wird Monate brauchen, sich zu erholen.«

Der Anwalt legte die Feder beiseite und starrte auf seine Notizen. »Ich sah mutmaßliche Hexen, die nicht gestehen wollten. Die Prozedur ist mir bekannt, Jungfer. Ein Anwalt darf beantragen, einem peinlichen Verhör beizuwohnen. Das ist alles genau geregelt von Dauer und Intensität, genaue Richtlinien. Die gelten nicht für Ausnahmeverbrechen wie die Hexerei. Da ist dem Inquisitor nahezu alles erlaubt. In einem Hexenprozess hat schon so manchen jungen Anwalt die Courage verlassen, sodass er nie wieder ein Gericht von innen sehen wollte. Die Inquisition rechtfertigt es damit, dass eine Frau durch ihre minderwertige körperliche Ausstattung weniger schmerzempfindlich sei als ein Mann und daher härtere Folter brauche, die auch ihre minderen geistigen Fähigkeiten überwindet. Wenn man mich fragt« - sein Blick zuckte zu Luzia hoch - »auch ein Schwein würde Hexerei gestehen bei dem, was man dort treibt.«

170

Niemand erwiderte etwas darauf, bis Trine und ein anderes Mädchen mit Wein und Gläsern kamen. Nachdem sie serviert hatten und wieder verschwanden, räusperte Doktor Patrizius sich. »Am besten sage ich gleich frei heraus, dass die Aussichten auf Erfolg bei einer Verfahrensbeschwerde gleich null sind. Es ist unmöglich, einem Inquisitor am Zeug zu flicken.«

Lukas starrte ihn mit offenem Mund an. »Aber …«

»Herr Doktor Wegener, ich rate Euch, Eure Schwester ins Ausland zu schaffen. Wenn Ihr die Kosten nicht scheut, dann auch Jungfer Luzia. Wir haben ein ausgeklügeltes Rechtssystem, in dem Instanzen objektiv Schuld und Unschuld voneinander unterscheiden und mehrere Grade dazwischen zulassen. Strafen sind solcherlei gestaltet, dass ehrliche Individuen von unehrlichen unmissverständlich getrennt werden und die Ordnung aufrecht erhalten ist. Dafür sind Obrigkeit und Kirche in der Verantwortung. Soweit stehe ich voll hinter unserem Rechtssystem. Das Inquisitionsverfahren für Ketzerei fußt außerhalb dieses Rechtssystems. Bei Hexerei handelt es sich um ein sogenanntes Ausnahmeverbrechen. Mit Hexerei ist alles möglich. Darum wird zur Beurteilung dieses Verbrechens ein Mann gewählt, der Ermittler, Ankläger und Richter in einer Person ist und sogar einen Teil der Bestrafung übernimmt. Diese Person muss von absolut einwandfreiem Leumund sein und gegen jede Art der Anfechtung immun. Man nimmt einen Kirchenmann, weil man diesem Gottes Beistand zugesteht. Außer Gott ist niemand gegen Hexerei gefeit, selbst Päpste fielen ihr zum Opfer. Auch ein Inquisitor, der die Blüte des Menschengeschlechts darstellen soll, kann durch sie geschädigt werden. Damit die Gerechtigkeit seiner Urteile nicht dadurch in Frage gestellt wird, muss jederzeit davon ausgegangen werden, dass er Recht spricht. Seine Menschenkenntnis ist untrüglich. Niemand ist den Angriffen des Teufels so exponiert wie er, doch selbst wenn er unter diesem Einfluss etwas Unrechtes tut, so darf das nicht seine Position gefährden, sowie er die Hexe als solche und die Urheberin entlarvte. Jeder Trick oder Betrug, jede Unehrlichkeit und sogar ein Verbrechen sind gerechtfertigt, eine Hexe zu überführen. Jeden anderen kann der Teufel betrügen, einen Inquisitor nicht. Ihn nicht und den Papst nicht, sonst jeden. Er irrt nicht, der Papst irrt nicht und Gott irrt nicht. Wie soll ich, Eurer Meinung nach, also vorgehen?«

Doktor Wegener schwieg. Luzia bemerkte in seinen dunklen Augen Verbitterung hochsteigen. Doktor Patrizius blätterte in seinen Notizen. Luzia sah von einem zum anderen, dann ließ sie ihre Faust auf den Tisch donnern, dass beide hochschreckten und sie anstarrten. »Dann hängen wir ihm was an!« Sie starrte aggressiv zurück und sah jedem in die Augen. »Es wird doch irgendwen geben, der ihn zu Fall bringt - und wenn es der Papst persönlich ist!«

KAPITEL 9

DER PLAN

Lukas war mit Doktor Patrizius unterwegs zum Oberamtmann und Luzia hatte ihn gebeten, noch etwas an der frischen Luft bleiben zu dürfen. Da er keine Gefahr darin sah, ließ er sie gewähren. Es gefiel Luzia schon gut in der großzügigen Wohnung, aber am liebsten hätte sie die Schuhe ausgezogen und wäre durch die Gassen gerannt, um barfuß im Bach zu plantschen. Durch die Fenster sah sie schönes Wetter, die Sonne schien heiß durch die Scheiben und wärmte Luzias Gesicht.

Nein, niemand sollte sie sehen. Schon die Mädchen galten Lukas als Risiko, weshalb Trine Luzia als entfernte Verwandte aus Mainz ausgab, die zur Amorquelle pilgerte. Nur mit Trine sprach sie, die anderen Mädchen verrichteten irgendwelche Hausarbeiten im anderen Flügel oder bei der greisen Nachbarin, um die Lukas sich zu kümmern versprochen hatte. So überkam Luzia, nachdem sie das Haus in Augenschein genommen hatte, doch die Langeweile und sie half Trine beim Silberputzen.

»Du warst in Mainz?«, fragte sie das Dienstmädchen.

»Bei meiner ältesten Schwester. Deren Mann betreibt dort eine Bäckerei. Der Älteste ist soweit, der wird bald das Geschäft übernehmen.«

Wenn Luzia sie so von nahem betrachtete, so jung war Trine gar nicht mehr. Bestimmt hatte sie die Dreißig schon überschritten. Kurz rechnete sie nach. Dann war sie vor elf Jahren, als die letzten Hexenprozesse das Leben ihrer Mutter gekostet hatten, wohl schon längst verheiratet gewesen. Trine beugte sich vor, um eine Stelle an einem Leuchter besonders in Augenschein zu nehmen. Flinke Bewegungen putzten drüber und ein Krümel der Salzpaste spritzte ihr ins Gesicht. Mit dem Ärmel wischte sie ihn fort und verrückte dabei ihre weiße Haube. Unwillkürlich sog Luzia zischend den Atem ein. Dort, wo die Schläfenhaare sitzen sollten, schlug nackte Haut Falten über einem

174

tiefen Krater. Rotes und weißes Fleisch bildeten ein entsetzlich verzerrtes Streifenmuster.

»Trine, wie schrecklich, was ist dir da passiert?«

Die Magd sah hoch, legte das Putztuch zur Seite und zog mit einem Finger die Haube zurecht. Jetzt lag sie wieder auf der tiefen Brandnarbe und verdeckte sie fast vollständig. »Mein Andenken an den Amtmann, weil ich nicht gegen meine Mutter aussagen wollte. Die Nachbarn hatten sich was ausgedacht und bestätigt, was der Amtmann ihnen in den Mund legte, aber ich wollte nicht. Fehlte nicht viel, er hätte mich auch verbrannt. Hexenmilch nannte er es, als meine Brüste die Milch für meine Tochter nicht mehr halten konnten. Mein Mann konnte es nicht ertragen, verschwand mit ihr auf Nimmerwiedersehen. Er habe keine Hoffnung mehr, dass ich jemals freikäme, hat er mir gesagt. Als der Amtmann mich dann endlich herausließ, war er fort. Weiß nicht, was ihm und meinem Kind geschehen ist.«

Luzia hielt inne mit Putzen und sah Trine ins Gesicht. Nein, vielleicht war sie doch noch nicht so alt, nur der Kummer hatte Furchen in ihr Gesicht getrieben. Kein Gefühl regte sich in ihrer Miene, aber Luzia spürte es hinter dieser Maske brodeln. »Wie konnte er nur so grausam sein?«

Trine nahm ihr Tuch wieder auf und rubbelte Wachs von dem teuren Metall. »Die Büttel standen ja mit der Rechnung für meinen Gefängnisaufenthalt vor seiner Tür. All das teure Essen der Ankläger, die Nachtwache der Büttel, sogar die verbrannten Kohlen für die glühenden Eisen. Auch den Henker sollte er bezahlen und das Bier, das alle während meiner Folterung tranken. Woher hätte er das nehmen sollen? Wer kauft Röcke vom Mann einer Hexe? 's war das einzige, was er tun konnte. Die Büttel klopften an der Vordertür und er floh mit dem Kind zur Hintertür hinaus.« Sorgfältig polierte sie die Paste von dem jetzt strahlenden Leuchter und auf einmal merkte Luzia, dass Trine keineswegs so gefühlskalt war, wie sie tat. Tränen traten in ihre Augen und sie schluckte heftig. Ihre Stimme klang kratzig, als sie weitererzählte. »Angela nannten wir sie.« Nach einigen tiefen Atemzügen sprach sie fast wieder normal. »Man ließ mich frei am Tag, als meine Mutter verbrannt wurde. Sie sah mich noch und dankte Gott, dass ich lebte. So schwach war ich auf den Beinen, dass ich nicht einmal ein letztes Mal ihre Hand halten konnte. Sie erkannte es und weinte um mich. Nicht um ihr Schicksal, nur um mich.«

Auf eine silberne Schale konzentriert wagte Luzia nicht, zu Trine hochzusehen. Welches Glück hatte Luzia gehabt, so schnell aus der Klaue der Inquisition zu fliehen. »Das muss enden«, murmelte sie und erschrak, dass sie die Worte aussprach.

»Die Herrin soll das nicht durchmachen müssen«, biss Trine zwischen den Zähnen hervor und wienerte so schnell über die Fläche, dass kaum mehr ihre Finger zu sehen waren.

Luzia wog sorgfältig ab, was sie der Magd sagen sollte. »Dann, Trine, müssen wir beide unternehmen, was der Jurisprudenz unmöglich ist.«

Vom Balkon aus sah Lukas in den Garten der Nachbarin hinab und beobachtete, wie sie mit einer kleinen Hacke zwischen den Kräuterbüschen grubberte. Sie bewegte sich geschickt, arbeitete mit beiden Händen und schob ihren Körper vor und zurück, bückte sich teils, teils hockte sie sich hin. Jedes Mal, wenn sie die weiter weg gelegenen Büsche erreichen wollte, hob sie ihr Hinterteil Lukas entgegen und er betrachtete die Rundung mit Wohlgefallen. Sie hatte ihren Rockzipfel hinter das Schürzenband gesteckt, man sah ihre Unterröcke hervorblitzen und ihre bloßen Füße glänzten darunter weiß im Sonnenlicht, manchmal sogar ein zarter Knöchel. Vor seinem inneren Auge verwandelte sich der Melissenstrauch in den Vorhang seines Bettes, unter dem dieser zierliche Fuß ihn herbeiwinkte. Er folgte dem Hinweis, hob die dünne Gaze der Gardine, schob sie über die sanfte Rundung des Knöchels, folgte mit dem Finger, entblößte die stramme Kontur der Wade, ertastete unter der weichen Haut den festen Widerstand des Knies, spürte das Fleisch weicher werden, je höher …

Laut krächzend flog eine Krähe dicht an seinem Kopf vorbei und stürzte sich auf einen Artgenossen, der arglos in der Regenrinne pickte.

176

Mit Gezeter stritten sich die Viecher um ein Blatt, bis Lukas mit den Händen wedelte und sie eilends in die gleiche Richtung davonflogen. Unten sah die Nachbarin hoch, hob eine Hand als Sonnenschutz vor die Augen und winkte mit der anderen. Ein Lächeln zog bis in ihre Augen und ließ sie strahlen. Lukas winkte zurück und sie drehte sich wieder zu ihrer Arbeit. Ein kurzer Blick überzeugte ihn, dass ihm das Geländer bis über die Hüfte reichte. Selbst wenn es niedriger wäre, sie hätte unmöglich sehen können, was sich da unterhalb seiner Gürtellinie tat. Die Hose saß straff und seine Männlichkeit bereitete ihm Verdruss in ihrer harten Prallheit. Tief atmete er die klare Luft ein und verbot sich, mit der Hand dafür eine bequemere Position zu finden. Nein, das tat man nicht.

Trotzdem konnte er nicht verhindern, dass sein Blick wieder auf die wohlgerundete Kehrseite der Nachbarin fiel - was natürlich nicht den Zustand seines Schritts änderte. Und dann stellte er sich dieses Hinterteil auch noch unter den blonden Locken dieser Gaunerin vor. Oh ja, die hatte auch etwas. Eine Beutelschneiderin war sie, ohne Frage, auch wenn sie das nie so zugab und die Berichte der Stadtwache heillos übertrieben. Ihre Geschicklichkeit der Finger übte einen ganz besonderen Reiz auf ihn aus. Ein paar Mal hatte er sie aus dem Keller herausgelassen in sein Laboratorium, immer darauf bedacht, dass niemand sie zu Gesicht bekam. Magdalene weigerte sich vehement, auch nur die Nase aus dem sicheren Versteck zu strecken, aber Luzia besaß Bewegungsdrang, der sie auf die Straße getrieben hätte, wäre sie nicht so vernünftig. In der Tat, vernunftbegabt war sie. Hatte er von ihr gedacht, sie sei kaum des Lesens mächtig, so verschlang sie jetzt seine Fachbücher und stellte verständigere Fragen dazu als die meisten seiner Studenten.

Oft gab er ihr kleine Aufgaben, nur um ihre Fingerfertigkeit zu beobachten und wie sie konzentriert die Zungenspitze zwischen die leicht geöffneten Lippen streckte. Magdalenes Kleider saßen ein wenig zu eng an ihrer schlanken Gestalt und betonten die Weiblichkeit dieses erblühenden Körpers. Wie gerne hätte er diese Formen mit einem Gemälde eingefangen, jedoch wusste er, dass ihm dazu das Talent fehlte. Nur eine Skizze mit Kohle auf einem der Papiere, die für Horoskope gedacht waren, hatte er gefertigt. Der Zettel steckte zwischen seinen Sternenbeobachtungen und er konnte nicht anders, als immer wieder darauf zu starren - mit dem Effekt, den er jetzt nur mühevoll verbarg. Luzia. Musik in seinen Ohren. Leise sprach er die drei Silben vor sich hin, bis er sich bewusst wurde, dass er hier vor aller Augen sichtbar stand. Venus trat in sein Leben, das bekam jetzt eine Bedeutung. Doch wem gehörte Luzia an? Venus oder Mars? Ihr begehrenswertes Äußeres - war sie sich dessen überhaupt bewusst? Oder sprachen nur seine überreizten Sinne auf sie an? Sein Leben war aus den Fugen geraten. Da tat sein Körper, was er wollte. Und er wollte Leidenschaft!

Wie konnte er nur an so etwas denken, wenn seine Schwester mit dem grässlichsten Tod bedroht wurde? Und doch entstand vor ihm erneut das Bild von Luzias Gesicht, wie sie über ihre vollen Lippen leckte, die zarten Spitzen des geborgten Kleides herunterstreifte und ihre sahneweißen Brüste entblößte.

Energisch drehte er sich um und kehrte in das Zimmer zurück.

Wo hatte er nur seine Gedanken? Die Mappe mit seinen Notizen lag noch immer auf der Brüstung. Kopfschüttelnd drehte er sich wieder herum und kehrte zurück. Sein Blick fiel wieder in den Garten der Witwe. In der gleichen Sekunde fuhr er zurück hinter die Zarge der Balkontür. Dort unten neben der Nachbarin stand Noß. Die beiden unterhielten sich angeregt, wie es aussah. Lukas bückte sich hinter die Balkonbrüstung und spähte durch die Latten. Er verstand zwar kein Wort, aber die Körper der beiden erzählten ihre eigene Geschichte. Frau Cäcilie knickste mit ausladendem Hüftschwung und sah den Zentgrafen mit einem Lächeln an, das Grübchen auf ihren Wangen entstehen ließ. Noß beugte sich über ihre Hand herab und drückte einen Kuss darauf, der einiges länger dauerte, als schicklich war. Das Lächeln auf dem Gesicht der jungen Frau vertiefte sich, jetzt erdreistete sie sich sogar, ihm die Hand auf die Schulter zu legen. Wie ein Vater senkte der Hexenjäger seine Hand auf ihren Rücken und schob sie auf das Haus zu. Davor lüpfte die Schamlose ihre Röcke, um am Brunnen ihre Füße zu waschen. Hätte Lukas es nicht mit eigenen Augen beobachtet, er hätte nie geglaubt, dass Noß ihr dazu Wasser mit dem Eimer überlaufen ließ. Dabei entblößte sie nicht nur ihre Knöchel, nein, das Bein war bis zur Hälfte der Waden feilgeboten. Lukas schnappte nach Luft. Was geschah dort unten? Die zwei trafen sich keinesfalls das erste Mal. Jetzt gingen sie zusammen ins Haus und Lukas erkannte nur noch Schemen hinter dem Fenster. Schemen, die sich sehr nahe kamen. Und dann fiel der Vorhang herunter. Lukas sah nichts mehr.

Schwer atmend drehte er sich mit dem Rücken an die Balustrade und umschlang die Knie mit den Armen. Frau Cäcilie und Zentgraf Noß. Was versprachen die beiden sich davon? Nun, was sich Frau Cäcilie davon versprach, das konnte er sich denken. Die Krankheit ihres Gatten hatte sein Vermögen aufgezehrt. Als einziges war ihr noch das Haus geblieben, in das sie für ihren Lebensunterhalt Gäste würde aufnehmen müssen, sobald das Ende der Trauerzeit es ihr erlaubte. Lukrativ gestaltete dieses Geschäft sich nicht. Da kam ihr eine so gute Partie wie der Zentgraf gerade recht. Oberflächlich betrachtet sah er sogar sehr gut aus, kein Vergleich zu dem gichtigen Pferdehändler. Wie sie sich betrug, schien sie in Liebe entbrannt.

Dass der Zentgraf zu dieser Art von Gefühlen überhaupt nicht fähig war, wusste Lukas. Frauen ekelten Noß an, weil sie ihn an seine Sünden erinnerten. Freundlich sein konnte er zum weiblichen Geschlecht nur aus Berechnung. Vielleicht befriedigte er seine Wollust tatsächlich durch Lügen und Betrug, um hinterher sich selbst und vor allem die benutzten Frauen aufs Grausamste zu bestrafen. Wollte er Cäcilie anklagen?

Bei diesem Gedanken krampfte sich Lukas' Herz zusammen. Nein, er würde es nicht ertragen, noch jemanden in den Klauen dieses Monstrums zu wissen! Was sollte er nur tun? Wen konnte er um Rat fragen?

Eigentlich hätte das schlechte Gewissen Luzia plagen müssen, aber dafür war sie viel zu froh, endlich diese Stadt zu verlassen.

»Was wohl die Jungfer jetzt macht?«, fragte Trine leise. Sie bekam keine Antwort.

179

So richtig konnte Luzia im Moment kein Mitleid mit dem Edelfräulein empfinden. Auch Magdalene hätte mitkommen können, aber sie hatte sich standhaft geweigert. Im Keller ginge es ihr gut. Sie wolle ausharren, bis der Zentgraf die Stadt verlassen habe und alles wieder seinen ruhigen Gang ging. So lange wollte Luzia nicht warten. Wie es aussah, richtete sich Noß heimisch ein in Amorbach. Drei weitere Frauen hatte er eingekerkert und drängte die Oberen, endlich den Termin für die Verbrennung der nächsten festzusetzen. Als sie das zugetragen bekam, hielt Luzia nichts mehr in dem Städtchen. Sicher war die Flucht riskant, aber Bleiben genauso. Und vielleicht konnte sie ja etwas erreichen.

Luzia steckte zusammengekauert unter der Bank der Kutsche, Lukas hatte Polster und Kissen auf den Boden des engen Stauraums gelegt, damit sie bequem lag. Im Nachhinein wäre es ihr wohl lieber gewesen, ein wenig mehr Raum zum Atmen zu bekommen. Jede Umdrehung des Rades ließ Luzia schmerzhaft mit dem Rücken gegen die Sitzfläche stoßen, auf der Trine wie eine Königin thronte. Ihr gegenüber saß der kleine Jurist Bichler und schwieg vor sich hin. Jetzt hielten die Räder an. Die schweren Schritte der sich nähernden Stadtwache trieben Luzias Herz zum Galopp. Die Stimme des Mannes drang dumpf in ihr Gelass. Das musste der Bärenartige sein, der sonst nur nachmittags Wache schob. Herrisch raunte er den Kutscher an, der etwas zurückgrummelte. Es gab einen Ruck, als die Tür aufgerissen wurde, und Luzias Herz tat einen Sprung. Hell klang Trines Stimme durch die dünne Bretterwand, vermochte aber nicht, Luzia zu beruhigen. Sie merkte, wie ihr der Schweiß ausbrach. Hoffentlich konnte die Wache das nicht riechen! Allerdings - der Bär dunstete selbst so heftig Gase aus, dass seine Nase dafür wohl abgestumpft sein dürfte.

»Nimm er seine Pfoten davon!«, zeterte Trine. Da sie mit Papier raschelte, zeigte sie ihm wohl das dicke Aktenpaket, das die Berechnungen für das neue Horoskop des Erzbischofs enthielt. »Für Herrn Schweikhard von Kronberg ist das. Das sagt dir Rüpel wohl nichts, so heißt Seine Exzellenz, der Erzbischof von Mainz. Und lasse dir ja nicht einfallen, deinen Prankenabdruck auf dem feinen Papier zu hinterlassen!«

Das Gebrumme des Mannes verstand Luzia nicht, aber auf einmal keifte Bichler lautstark auf. »Unverschämtheit! Unterstellt er mir doch, ich wolle schmuggeln! Jetzt sage er mir, was aus diesem Provinznest zu schmuggeln sei. Schmuggle er sich selbst, wenn er das Bedürfnis verspürt!«

Gleich nahm der Bär seine Stimme zurück. Luzia konnte sich bildlich vorstellen, wie er vor dem Juristen buckelte, bevor sie das Zuschlagen der Kutschentür hörte. So tief der begrenzte Luftvorrat in der Kiste es zuließ, atmete Luzia auf, als die Räder wieder anruckten.

Nicht weit ließ der Kutscher die Pferde traben, nur bis zur nächsten Wegbiegung, dann hielt er erneut.

»Nun, Trine, so wünsche ich noch eine angenehme Fahrt«, sagte Bichler, während über Luzia die Streben knarrten und die Tür wieder aufging.

»Angenehm? Ein Scherz, Herr Advokat. Nicht mehr eine Meile, bis die Straße zu einer Aneinanderreihung von Schlaglöchern wird. Die schweren Geschütze der Schweden gaben dem sowieso schon schlechten Weg den Rest. Je schneller der Kutscher die Pferde antreibt, desto mehr Zeit werde ich auf dem Boden der Kutsche kauern, weil es mich immer wieder vom Sitz reißt.«

Das Kichern des Anwalts und seine gemurmelten Abschiedsworte bekam sie nur noch von Weitem mit, dann schlug die Tür der Kutsche wieder zu. Trine rief dem Kutscher zu, dass es weiterginge. Als die Räder rollten, hob sich ihr Gewicht von dem Deckel und sie öffnete die Kiste.

Zerzaust, aber glücklich richtete Luzia sich daraus auf. »Gelobt sei der Herr, es ist überstanden!«

Trine schmunzelte. »Und Dank gebührt auch Herrn Lukas, der den Namen des Erzbischofs so groß und deutlich auf den Umschlag geschrieben hat, dass selbst dieses Tier von Stadtwache ihn lesen konnte.«

»Konnte er das?«, fragte Luzia, während sie mit einem Knacken ihren Rücken entfaltete. »Wahrscheinlich imponierte ihm schon, dass jemand so viel Papier geschickt bekommt. Das kann ja nur ein hochwichtiger Mann sein.«

Kichernd stimmte Trine ihr zu. »Und dazu noch mit gewichtigem Geleittross! Ob unser Beschützer den Weg nach Hause findet?«

Luzia klappte den gepolsterten Deckel herunter und setzte sich jetzt selbst darauf. Eigentlich hatte sie das Bedürfnis, eine Strecke neben der Kutsche herzurennen, doch es musste genügen, dass sie ihre Glieder streckte, so weit es die niedrige Decke ihres Gefährts zuließ. »Welche Wette, dass er in Eberstadt herauskommt?«

Kopfschüttelnd hielt Trine sich die Hand vor den Mund. »Da müsste er sich so sehr verlaufen, dass er blinden Auges durch die Stadt marschiert, ohne zu bemerken, wo seine Füßlein trippeln.«

»Nun, wäre das undenkbar?«

Trine schüttelte den Kopf und lachte. »Keineswegs.«

Sie behielt recht, schon bald wurde die Straße schlechter und sie konnten sich nicht unterhalten ohne Gefahr, sich dabei auf die Zunge zu beißen. Dennoch stellte Trine mit gerunzelter Stirn die Frage, mit der sie ihre Reise begonnen hatte. »Was wohl die Herrin jetzt macht?«

Kurz spielte Luzia den Gedanken durch, wenn sie Mainz erreicht hätten, einfach aus der Kutsche auszusteigen und so schnell und so weit wie möglich wegzurennen. Allerdings besaß sie im Moment nur das, was sie am Leibe trug, ein geborgtes Kleid von Magdalene.

»Beten wird sie«, antwortete sie der Magd. »Damit verbringt sie den Großteil des Tages. Wenn sie die Bibel fortgelegt hat, nimmt sie ein anderes Buch hervor und liest. Die Unterhaltungen mit mir hat sie ja jetzt nicht mehr.«

Trine grinste. »Dann unterscheidet sich ihr Tagesablauf da unten nicht viel von dem, den sie vorher hatte.«

»Sie ist völlig verängstigt«, stellte Luzia fest, und jetzt regte sich doch das Mitleid. »Solange dieses Monstrum existiert, wird sie sich vor jedem Menschen fürchten.«

»Jeder Mensch muss sich vor diesem Ungeheuer fürchten«, setzte Trine hinzu. »Ich bin froh, dass du die Sache in die Hand nimmst.

182

Dein Plan ist gut. Meine Verwandten in Mainz werden dir helfen. Sicher.«

So oft Trine ihr das auch versicherte, Luzia blieb skeptisch. Es war riskant. Und einen Großteil des Risikos trug sie. Andererseits ging sie tagtäglich große Risiken ein, wenn sie irgendwo einbrach, und auch dort konnte jemand die Hunde auf sie hetzen, die sie zerfleischten. Lukas hatte ihr versprochen, dass es nicht ihr Schaden sein würde, selbst wenn sie versagte. Über genaue Summen hatten sie nicht gesprochen, aber er behandelte sie in jeder Hinsicht großzügig, da würde er nicht dabei zum Geizhals werden. Das traute sie ihm nicht zu. Ein Blick in seine Augen und er könnte alles von ihr verlangen. Und selbst wenn er nicht in der Nähe war, seinen Zauber auf Luzia auszuüben, genügte doch die Erinnerung an ihn, dass sie ihr Wort gerne halten wollte. Um nichts in der Welt hätte sie Enttäuschung in diesen Augen sehen wollen. Außerdem gehörte Mainz zu den Städten, die auf ihrer Liste standen. Zwar hatte sie zuerst Abstand gewinnen wollen, die Hansestädte an der See oder die Wallfahrerstätten vor den Alpen besuchen, doch eine schlechte Wahl stellte Mainz nicht dar. Warum also nicht?

Die Kutsche fiel in ein tiefes Schlagloch, das Trine und sie fast von den Sitzen riss. Beim Versuch sich aufzurichten, stießen sie beide mit den Köpfen zusammen. Der Kutscher ließ die Pferde langsamer laufen, weil wohl die nächste Strecke der Weg so schlecht blieb. So konnten die beiden Passagiere wenigstens aufrechte Sitzposition behalten. Nur an Unterhaltung war nicht mehr zu denken. Luzia grinste zu Trine herüber. »Immer noch besser als gehen!«

Trine konnte nicht einmal nicken, weil ein Schlagloch sie die Zähne zusammenschlagen ließ.

Nachdem die Sonne untergegangen war, hielt Lukas es nicht mehr aus. Er hatte Magdalene besucht und sie zusammengekauert in einer Ecke gefunden. Auf seine Frage hatte sie geantwortet, es gehe ihr gut, er solle sich keine Sorgen machen. Luzia sei fort, da habe sie nichts zu tun, als in den Tag hinein zu träumen. Sie zeigte sich abwesend und an Unterhaltung nicht interessiert, so dass er sie alsbald verließ. Nicht einmal sein Laboratorium bot ihm Zerstreuung. Einige Experimente liefen über mehrere Tage, der Pferdemist erwärmte sanft angesetzte Reagenzien und arbeitete nur langsam. Sogar der Blick auf die Sterne konnte ihn nicht beruhigen. Der Abend zeigte sich bewölkt und nicht einmal Venus funkelte am Himmel.

Weil Trine nicht da war und achtgab, verschwanden die Mädchen vor Sonnenuntergang und nicht eine blieb, die Wünsche des Herrn zu erfüllen, falls er welche in der Nacht anmelden würde. Obwohl ihn das ärgerte, begrüßte er, dass so niemand beobachtete, was er tat. Er stieg die Treppe aus seinem Laboratorium empor und sah sich im Hof um. Da, hinter dem Wäschepfahl, stand das Unkraut, auf das er schon seit Tagen ein Auge geworfen hatte. Mit einem Ruck riss er die ganze Pflanze mitsamt Wurzel heraus. Die Haustür fand er nicht verschlossen, was ihn ärgerte. Konnten denn diese dummen Dinger nicht denken? Sie meinten, solange er unten im Laboratorium werkelte, dass er gar nicht mitbekam, wenn sie sich heimlich zu ihrem Liebsten schlichen und erst im Morgengrauen wieder erschienen. Gleichzeitig wurde ihm bewusst, wie wertvoll ihm Trine war - und natürlich auch Magdalene. Ohne Magdalene hätte er niemals Trine eingestellt, die sich als größte Stütze des Haushalts erwies.

In der Küche fand er schließlich den Haustürschlüssel an einem Haken. Schwer wie Blei zog er in der Hosentasche und drückte auf seine edelsten Teile. Ihn in die Rocktasche zu stecken, traute er sich nicht, seit er wusste, wie geschickt ein Taschendieb wirklich sein konnte. So schnell verschwand ein Gegenstand in der Menschenmenge. Und wer den Schlüssel besaß, konnte ungehindert im Haus ein- und ausgehen, wie es ihm passte. Erst nach diesem Gedankengang fiel ihm ein, dass er um diese Zeit wohl kaum mit Gedränge auf der Gasse rechnen musste. Egal.

Hinter sich zog er sorgfältig die Tür zu und schloss ab. Auf den Stufen vor dem Eingang zögerte er. Nein, es musste sein. Das war seine Pflicht als Edelmann. Mit weitausgreifenden Schritten ging er das kurze Stück zur Tür der Nachbarin. Gleich erhob er die Hand zum Klopfen, dann hielt er inne. Wenn sie ihn nun erkannte und nicht öffnete? Was sollte sie von ihm denken, dass er so spät am Abend vor ihrer Tür stand? Auf einmal kam ihm das Unkraut in seiner Hand lächerlich vor. Er klopfte.

Zuerst geschah gar nichts. Eine nahezu unendliche Zeit lauschte er, bis er die Faust zu einem zweiten Klopfen hob. Da hörte er das leise Klappen einer Tür. Ungeduldig wartete er, bis sich die Haustür einen Spalt öffnete. Die hellen Augen der Nachbarin spähten heraus. »Herr Lukas! Was treibt dich hierher?«

Er macht eine artige Verbeugung, dann trat er einen Schritt näher, um leiser sprechen zu können. »Es ist mir peinlich, dich um diese Zeit zu belästigen, Frau Nachbarin, aber ich arbeite an einem Experiment mit wässrigen Pflanzenauszügen und da muss ich mich auf dein Wissen über Gartenkräuter berufen. Verzeih mir die Aufdringlichkeit, würdest du mir mit einem Kraut helfen?«

Sie öffnete die Tür etwas weiter und schob den Kopf heraus, dass sie einmal zu jeder Seite auf die Gasse schauen konnte, dann ging sie hinein und öffnete weit. »Tritt ein, Nachbar. Nur verzeih, dass ich schon bereit bin für die Nacht.«

Das war sie. Die Haare trug sie offen und lang über den Rücken herabfallend. Sie glänzten genauso schwarz, wie Lukas es sich vorgestellt hatte. In weichen Locken reichten sie bis zur Hüfte. Sie trug ein weites, weißes Hemd, mit Spitzen und Bändern an Hals und Handgelenken abgeschlossen, jedoch erahnte Lukas im Licht hinter ihr die Konturen ihres Körpers. Und die waren vielversprechend. Er konnte nicht vermeiden, dass sein Blick auf die üppigen Brüste fiel, und kaum hatte er sie gemustert, sah er, wie sich die Spitzen unter dem dünnen Stoff hoben und wie kleine Finger auf ihn deuteten. Mit einem verlegenen Räuspern riss er seinen Blick davon.

Cäcilie hob ein Tuch, das über ihren Rücken herabgerutscht war und nur noch an ihren Ellenbogen hing, auf ihre Schultern hoch und faltete es über ihrer Brust. Dabei sah sie zu Lukas und ihre Lippen deuteten ein Lächeln an. Sie zeigte auf den Raum hinter sich, aus dem das Licht einer Talgkerze flackernd Helligkeit verbreitete.

Lukas räusperte sich und ging an ihr vorbei. Der Flur war eng, er streifte ihren Körper und ihre Hand glitt wie unbeabsichtigt über die Beule in seiner Hosentasche. Er beeilte sich, vorbeizukommen.

In diesem Haus war er noch nie gewesen, hatte es sich auch ganz anders vorgestellt. Selbst am hellen Tage musste es düster sein, weil die Mauern dick und die Fenster klein waren. Die Nebengebäude schmiegten sich eng an das Haupthaus, sodass sie Schatten auf die Fenster warfen. Allein der Kräutergarten der Hausfrau blieb als freies Fleckchen, das die Sonne durchfluten konnte. Die Ställe und Koppeln hatte Frau Cäcilie verpachtet an eine nahegelegene Brauerei, die dort Fässer und Getreide zum Mälzen lagerte - ein Glück, wie die Nachbarin immer wieder betonte, denn andere Einkünfte besaß sie wenige.

Irgendwie hatte Lukas sich ausgemalt, dass die Wohnung blitzsauber sein müsse, wahrscheinlich, weil die Nachbarin immer so adrett daherkam. Nie fand man einen Riss oder Schmutzfleck an ihren Röcken, nie einen dunklen Rand unter ihren Fingernägeln, wo sie doch so oft im Garten arbeitete. Die Wohnung passte so gar nicht zu dem Bild, das Lukas sich gemacht hatte. Schon beim Eintritt schlug ihm ein muffiger Geruch entgegen, der ihn entfernt an Pferdemist erinnerte. Nun, was erwartete er im Haus eines Pferdehändlers? Die anderen Nuancen wiesen aber eher auf Schimmel und Verwesung, sogar etwas Fischiges lag in der Luft. Anscheinend kaschierte die Witwe die Ausdünstungen mit Parfüm und Räucherwerk, jedoch nur ungenügend.

Nun, für das alte Haus konnte sie nichts, aber die Spinnweben, die sich bewohnt an der Decke spannten, und die Staubmäuse in den Ecken sah Lukas selbst im düsteren Schein der blakenden Lampe. Da erschien es ihm auf einmal gar nicht so schlimm, dass sein Mitbringsel auf dem Weg in die Stube Bröckchen von Erde auf dem Boden hinterließ.

Der Raum, in den sie ihn führte, war wohl früher mal das Kontor ihres Mannes gewesen, doch mittlerweile lagen nur noch wenige Bücher in den Regalen, dafür standen Kisten mit Unterlagen auf dem

186

Boden. Davor breitete sich ein Federbett aus, zu welchem Zweck auch immer. Es gab noch eine zweite Tür auf der Gegenseite, die einen Spalt offen stand, durch den man die Glut eines Herdes erahnen konnte, vielleicht die Küche. Das würde auch gut zum Grundriss passen, denn dort hindurch kam man in den Garten, auf den Lukas von seinem Fenster aus sehen konnte.

Frau Cäcilie lief mit der Lampe hinterher, wies auf einen Stuhl mitten im Zimmer und setzte sich auf einen anderen. Einen Tisch gab es nicht und das Pult, auf das sie die Lampe stellte, war in eine Ecke gerückt, so dass Lukas ihr gegenüber saß und beobachten konnte, wie das Hemd sich über ihren Knien spannte und an den Füßen hochschob, um die Knöchel zu zeigen. Ihre Füße standen sittsam dicht nebeneinander auf dem Boden, barfuß. »Nun?«, fragte sie mit Berechtigung, denn Lukas starrte unschicklich auf ihre Beine.

»Diese Pflanze«, er hob den Blick und reichte ihr das Unkraut, »handelt es sich dabei um die Urform der Petersilie?«

Die Witwe rückte mit ihrem Stuhl näher und nahm ihm das Kraut aus der Hand, wobei sie sich einen Augenblick berührten. Von allen Seiten sah sie darauf, befühlte die Blätter, drehte sie und fuhr mit dem Finger den Stängel entlang. »Nein, im Gegenteil. Das ist die Pflanze, wegen der die Petersilienblätter so kraus gezüchtet wurden. Eindeutig sehen wir hier die Hundspetersilie. Die Blüten sind weiß, die Blätter glänzend und feinfiedrig. Nimm ein Blättchen auf die Zunge, es schmeckt scharf. Keine Angst, so wenig macht dir keine Beschwerden.«

Argwöhnisch schnupperte Lukas an dem Kraut, das sie ihm vor die Nase hielt. »Unangenehmer Geruch. Du hast recht, das ist kein Gewürz. Ich bewundere deine Kenntnis von Kräutern.«

»Nichts Bedeutendes, ich übernahm es von meiner Mutter. Das spart dem guten Haushalt viele Ausgaben und erhöht die Gesundheit der Familie. Gutes Essen bringt Farbe ins Gesicht und stabilisiert das Gleichgewicht der Säfte im Körper. Damit wird der Medicus kein oft gesehener Gast im Hause.«

Lukas beobachtete das Spiel ihrer Finger mit der Pflanze. Sie tupfte auf die Blätter, streichelte sie, nahm den Stängel zwischen die Finger und fuhr immer wieder hoch und runter daran entlang. Dabei sah sie ihn unentwegt an und leckte sich über die Lippen. Dazu der betörende Klang ihrer Stimme ... das machte ihn nervös. Am liebsten wäre er aufgesprungen und weggelaufen. Fordernd streckte er die Hand aus und sie legte die Pflanze hinein. Wie sollte er es ihr nur sagen? »Nachbarin, deine Kenntnis von Kräutern ist hervorragend, aber die Kenntnis von Menschen ...«

Sie ließ ihr Tuch auf die Ellenbogen rutschen und beugte sich vor. »Meine Menschenkenntnis?« Die kleine rosa Zungenspitze kam kurz hervor und hinterließ eine glänzende Spur auf den vollen Lippen.

Energisch nahm Lukas sich zusammen und blickte sie eindringlich an. »Frau Cäcilie, denke nicht, dass ich dich beobachte, aber durch Zufall bemerkte ich, wie du besucht wurdest von jemandem ...«

Selbst im düsteren Kerzenlicht sah er, wie sie erbleichte. »Besuch?«, flüsterte sie. »Nachbar, glaube doch nicht den Gerüchten! Ich bin eine ehrbare Frau, die ...«

Er ließ sie nicht ausreden. Schrecklich, in welche Peinlichkeit er sie stürzte! »Jemand, der dir nicht gut sein kann. Nachbarin, du bist allein und hast niemanden, der für dein Wohl einsteht, da will ich ein guter Nachbar sein und dir eine Warnung zukommen lassen. Du gibst dich ab mit gefährlicher Gesellschaft.«

Sie senkte den Kopf, ohne ihn aus den Augen zu lassen. Der schöne Mund verzog sich zu einem spitzbübischen Lächeln. »Herr Lukas, hast du da eine ganz bestimmte Gesellschaft im Sinn?«

Aufmerksam rutschte sie auf ihrem Stuhl an die Vorderkante, so dass sie mit einer kleinen Bewegung herunterfallen konnte, wie er befürchtete. Dabei schob sie die Füße nach hinten und der Saum des Nachthemdes spannte an der Stuhlkante, dass die halbe Wade entblößt wurde und die Zehen sich in den Dielenboden drückten. Mit den Fingern umfasste sie die Sitzfläche des Stuhls seitlich und Lukas sah unverkennbar ihre aufgerichteten Brustspitzen. Als ob diese Situation nicht schon peinlich genug wäre, spürte er jetzt auch noch seine Männlichkeit reagieren. Heiße und kalte Schauer liefen seinen Rücken

188

herunter und er musste schlucken. »Frau Cäcilie, du missverstehst meine Beweggründe …«

Ihr Lächeln vertiefte sich. Sie fuhr mit der rosafarbenen Zunge über ihre Lippen, die verführerisch schimmerten. »Aber Herr Nachbar, was ist denn da zu missverstehen? Wir pflegen gute Nachbarschaft und du sorgst dich um mein Wohlergehen. Es wird mir schon manchmal Bange in diesem großen Haus, nachts, so ganz allein …«

Ein betörendes Gurren trat in ihre Stimme und die heißen Schauer konzentrierten sich auf Lukas' untere Körperhälfte. Sein Mund wurde trocken, die Finger begannen zu zittern.

»Herr Lukas, viel anders geht es dir doch auch nicht. Auch du so allein im großen Haus, nur umgeben von tumben Dienstboten, niemand, der dir beisteht in deiner Enttäuschung über deine Schwester. Die stillen Tage, endlose Nächte …«

»Nun …« Wie brachte sie es fertig, dass sie auf einmal nur noch auf halbe Armeslänge von ihm entfernt war? Wie Zimt und Rosen duftete ihr Körper, unterlegt mit etwas Wildem, wie ein Raubtier. Heißer Atem streifte sein Gesicht, gut konnte er sich vorstellen, genau so von ihren Fingern berührt zu werden. Sie griff nach seiner Hand, streichelte mit dem Daumen über die zarte Innenseite seines Handgelenks und ließ ihre Finger vibrieren. Die Pflanze zerknitterte in Lukas' festem Griff, gleich darauf fiel das Kraut aus seinen Fingern. Dicht vor ihn kniete sie sich, zwischen seine Beine. Seine Hand tastete sich auf ihren Rücken und Cäcilie folgte gleich dem unmerklichen Druck, kam noch näher. Mit einer Hand führte sie seine Handfläche auf ihre Brust und schob ihre Lippen dicht an sein Gesicht heran. Er spürte die harte Spitze ihres Busens und rieb mit ihrer Hilfe darüber, bis sie leise seufzte. Nur Haaresbreite entfernte ihren Mund von seinem. Er überbrückte diese Distanz mit einem Neigen des Kopfes. Honig auf Seide, so fühlten sich ihre weichen Lippen an und teilten sich bereitwillig für ihn. Die Finger ihrer anderen Hand durchpflügten sein Haar, strichen über sein Wams und nestelten an den Knöpfen des Rocks. Wohlige Schauer durchfuhren seinen Körper und seine Beine gaben unter ihm nach, dass sie nun beide ineinander verschlungen auf dem Boden knieten.

Ihre Hände streichelten seinen Rücken, fuhren nach vorn, knöpften den Rock auf und schoben ihn über seinen Rücken. Wie im Fieber glühte sein Körper, er ließ die Ärmel herunterfallen auf das Federbett, zog Cäcilie auf den ausgebreiteten Stoff. Ihre Finger wanderten unter sein Wams, streiften es von seinem Körper, während er ungeschickt an den Bändern ihres Hemdes nestelte. Lächelnd half sie ihm, hob es über den Kopf und schleuderte es von sich. Mit vor Staunen weit aufgerissenen Augen beobachtete er, wie diese sahneweißen Brüste sich dicht vor seinem Gesicht bei jedem Atemzug hoben, die rosig angehauchten Spitzen sich zu Runzeln zusammenzogen. Er konnte nicht anders, mit dem Mund schnappte er nach einer von beiden und saugte sanft daran. Ein wohliges Schnurren wie das einer Katze antwortete ihm. Weiter streichelten ihre Hände über seinen Körper. Sie packte seine Hand und legte sie auf ihr Gesäß, das er sofort fest zu kneten begann. Ihre Brust schmeckte süß und salzig, er konnte gar nicht genug davon bekommen. Auf einmal spürte er fassungslos ihre Hand direkt zwischen seinen Beinen, dass er zusammenzuckte und nach Luft schnappte. Dabei verlor er ihre Brust aus dem Mund. Sie beugte sich zu ihm und verschloss ihn mit ihren Lippen. Weich und fest schob sich ihre Zunge zwischen seine Zähne, schickte wollüstige Schauer durch seinen Körper, während sie über seine knochenharte Männlichkeit rieb, die den Schlüssel in der Tasche zur Seite drückte. Hilflos wand er sich auf dem Boden, ließ zu, dass sie seine Hose herab schob und dem Glied die Freiheit gab. Prall schnellte es ihr in die Hand und sie packte zu. Lukas öffnete den Mund zu einem Schrei, aber sie erstickte den mit einem erneuten Zungenkuss.

»Gefällt dir das?« Ohne auf Antwort zu warten, stieß sie ihm wieder die Zunge in den Mund.

»Ja, ja!« war alles, was er ihr in den kurzen Pausen zum Luftholen erwidern konnte. Seine Hände berührten sie, streichelten ihren Rücken, packten die Brüste und ihr Gesäß, wussten nicht, wohin sie zuerst fassen sollten. Zärtlich knabberte sie an seinem Ohrläppchen.

»Soll ich weitermachen?«, gurrte sie in sein Ohr.

»Oh ja, bitte, bitte weitermachen«, seufzte er.

190

Ihre Finger schlossen sich um den Schaft seines Gliedes und drückten es leicht herunter. »Was bekomme ich denn dafür?«

Diese Stimme ließ alles in ihm vibrieren und ein Feuerstoß schoss durch seine edelsten Teile. »Alles«, stöhnte er, »alles, was du nur willst!«

Ihre Hand bewegte sich quälend langsam herab, dass sich die Spitze hochwölbte. »Alles?«, fragte sie und hielt inne.

Lukas wand sich, fasste nach ihren Schultern, aber sie wich zurück. »Alles, was du willst«, bestätigte er darauf.

Sanft bewegte sie ihre Hand weiter. »Das können wir öfter mal tun.«

»Ja«, seufzte er, schloss die Augen und legte den Kopf in den Nacken. »Ich bin allein, du bist allein … niemand bemerkt es.«

»Wie schön …« Er hörte nur den Klang ihrer Stimme, versuchte nicht einmal zu begreifen, was sie sagte. Solche Wonnen hatte er noch nie erlebt. Wenn sie doch nur ein wenig schneller machte!

»Mir würde nur nicht gefallen, wenn uns jemand beobachtet.«

»Oh nein, niemand soll uns beobachten.«

»Da gibt es auch niemanden.«

»Nein, nein«, flüsterte Lukas und strich über ihre nackten Schenkel, mit denen sie auf seinen Beinen saß. Wie weich das Fleisch sich anfühlte. Er tastete mit geschlossenen Augen über die Außenseite bis zum Gesäß, dann wanderten seine Finger zurück bis zu den Knien, um langsam an der Innenseite nach oben zu kriechen.

»Da wäre nur deine Schwester.«

Er schlug die Augen auf und betrachtete, was zwischen seinen Händen lag. Im düsteren Schein der Lampe schimmerte es feucht und er sehnte sich danach, es zu berühren, den Duft einzuatmen.

Cäcilie hörte auf, ihre Hand zu bewegen. »Da wäre nur deine Schwester«, wiederholte sie.

Sein Atem stockte, er stöhnte auf. »Mach weiter, bitte.«

Sanft fuhr sie erneut auf und ab. »Wo ist sie eigentlich, deine Schwester?«

»In Sicherheit.«

»Du hast sie fortgeschafft? Wohin?«

Wie süß ihre Stimme trällerte. Lukas lag schon das »Nein« auf den Lippen, als es im Nebenzimmer ein Geräusch gab. Sein Kopf ruckte in die Richtung.

»Nichts, nur die Katze«, gurrte sie, aber da sah er schon einen Schatten, wesentlich größer als der einer Katze.

Alarmiert schoss er hoch, ihre Hand an seinem Geschlecht auf einmal nur noch als lästig empfindend. Spitz schrie Cäcilie auf und rutschte von seinem Schoß, klatschte mit dem nackten Hintern auf den Dielenboden, hinterließ mit ihren Fingernägeln einen langen Kratzer an seinem edelsten Körperteil. Hastig stopfte Lukas seine Zier zurück in die Hose und zerrte am Verschluss, während er schon in die Küche stolperte. Vor ihm schlug gerade die Hintertür zu. Es dauerte einen Moment, bis er den primitiven Löffelgriff fand. Als er die Tür aufriss, sah er eine lange Männergestalt über den Gartenzaun flanken.

KAPITEL 10

SATANSANBETER

So herzlich war sie in ihrem Leben noch nie empfangen worden. Selbst ihre Mutter sparte mit Umarmungen, aber der weiche Busen der Bäckerin empfing Luzia warm und weich wie das teure Daunenkissen einer Edelfrau. Mit Sicherheit zählte sie so viele Jahre, dass Trine ihre Tochter hätte sein können, dennoch sah man ihr das Alter nicht an. Nur die unzähligen Lachfältchen in den Augenwinkeln stachen aus der gut gepolsterten Glätte des geröteten Gesichts heraus. Theresa hieß die Matrone und beherrschte mit ihrer Massigkeit die gesamte Backstube. Ein Duft, der sämtliche Übelkeit von der Fahrt vergessen sein ließ, strömte aus dem Backofen, aus der anderen Ecke roch Luzia köstliche Erdbeeren, die zu Mus zerquetscht Pasteten füllten. Der Honiggeruch ausströmende Zeidler, der gerade sein wohlriechendes Gold abgefüllt in Fässern geliefert hatte, kaute auf beiden Backen eine davon. Gleich nach dem seelenvollen Empfang kam Luzia zu dem Schluss, dass sie es durchaus hier aushalten konnte.

Erstaunlich, welcher Unterschied zwischen den beiden Schwestern bestand. Trine schlank, zurückhaltend und schweigsam, Theresa üppig und überschwänglich, sowohl in ihren Gefühlen als auch in dem Wortstrom, der sich aus ihrem Mund über alle Anwesenden ergoss. Kaum hatte sie Luzia willkommen geheißen, fuhr sie schon zu dem Lehrjungen herum, rügte ihn, weil er Teig hatte fallenlassen, und lobte ihn im gleichen Atemzug für seine hübschen Pasteten. Zwischendurch gab sie dem Zeidler den neuen Auftrag, für die nächste Woche auch Wachs für die Möbel mitzubringen. Eine Kundin wurde mit Brot und Klatsch versorgt und drei kleine Kinder, die teils halfen, teils nur Rotz abgewischt bekamen, wurden an ihre Plätze verwiesen. Obwohl um sie herum das reinste Chaos herrschte, fühlte Luzia sich doch nicht als Außenseiterin, weil Theresa sie immer wieder am Arm nahm und ihr

194

versicherte, wie froh sie über ihre Anwesenheit sei. Auch Trine erntete ihren Teil der Gastfreundschaft.

Nachdem jeder im Betrieb seine Aufgabe zugewiesen bekommen hatte, führte Theresa sie beide in ein Hinterzimmer, in dem ein alter Mann am Ofen saß und einen Holzlöffel schnitzte, während ein runzeliges Weiblein neben ihm Gemüse putzte. Anscheinend gab es in der gesamten Bäckerei niemanden, der sich um die Arbeit drückte. Für jeden hatte Theresa eine Aufgabe, jeder machte sich nützlich. Nur die beiden Besucherinnen drückte sie auf eine Bank und schob ihnen Becher mit Buttermilch hin.

»Trinkt nur, trinkt, die Buttermilch fällt reichlich an, weil wir die Butter selbst bereiten, die wir zum Backen benötigen. Eine Kuh habe ich, aber an den meisten Tagen läuft das Geschäft so gut, dass wir noch dazukaufen müssen. Da lasse ich dann auch Butter und Sahne holen, weil wir nicht genügend Hände haben, alles selbst herzustellen. Gerhard meint schon, wir sollten die Kuh ganz sein lassen, weil ich genug auch ohne zu tun hätte, aber als die Schweden um die Stadt lagerten, waren wir doch froh, die gute Mommel zu haben, dass sie uns wenigstens genug gab, die Familie zu ernähren, wenn es auch nicht reichte, das Geschäft zu betreiben.«

»Gerhard ist ihr Mann«, erklärte Trine mitten in das Geplapper hinein, »und Mommel nennen sie die Kuh.«

Soweit hatte Luzia sich das schon gedacht. Die Buttermilch schmeckte süß und frisch. Mit jedem Schluck wich die Erschöpfung der Reise von ihr. Theresa plapperte unentwegt, sprach von der Familie, der Nachbarschaft, den Kunden. Irgendwann erwähnte sie, dass die Bäckerei unweit des Doms lag und die zahlreichen Mitarbeiter des Erzbischofs gerne hier einkauften, weil Gerhard sich angewöhnt hatte, kleine Brote zu backen, die schnell aufgebraucht waren. Diese kauften sich die Schreiber, um ihr Mittag an der Arbeitsstätte genießen zu können, ohne sich um die Reste zu kümmern.

»Den Gewinn für uns darf man nicht unterschätzen. Die kleinen Brote werden schneller fertig und wir verlangen natürlich, wenn man es mit einem großen Brot vergleicht, mehr Geld dafür, zwar nur wenige Kreuzer, aber die Menge macht's. Jeden Tag wenige Kreuzer mehr machen den Unterschied zwischen Hungerlohn und Wohlstand. Wir können es uns leisten, all unsere Kinder zur Schule zu schicken!«

»Sind immerhin zwölf«, ergänzte Trine in einer Atempause.

»Zwölf wohlgeratene Engel. Selbst das Kleinste knetet schon Teig und formt Brote, seht ihr?« Dabei deutete Theresa auf das halbnackte Mädchen, dem sie vorhin die Nase geputzt hatte. Nach produktiver Arbeit sah es nicht aus, denn sie formte Püppchen aus dem Teig, aber jeder lobte sie dafür und der Lehrjunge steckte ihr wohlwollend eine Erdbeere in den Mund.

Ganz das Gegenteil seines Eheweibes kam Gerhard herein, groß, hager, mit säuerlichem Gesicht. Ohne Worte wies er auf den Laden, in dem sich die Kundschaft drängte und ein dralles Mädchen Brote herausgab. Sofort sprang Theresa ihr zur Seite und zählte die erhaltenen Münzen in eine Schatulle. Als Luzia sich umdrehte, war Gerhard schon verschwunden. Aus dem Hintergrund hörte man das Schaben des Brotschiebers. Der Duft aus dem Ofen ließ Luzias Magen knurren. Wie auf das Stichwort brachte ein Knabe, der gerade über den Tischrand schauen konnte, in ein Tuch eingehülltes, dampfendes Brot. Trine strich ihm über den Kopf und brach den kleinen Laib mit Hilfe des Tuchs in zwei Hälften. Dampfschwaden und köstliches Aroma quollen daraus hervor. Luzia lief das Wasser im Mund zusammen. Theresa hatte recht, das war genau die Portion, die ein Mann für eine Mahlzeit essen würde. Und das Brot schmeckte so gut, dass sicher niemand, der sich daran gewöhnt hatte, noch einen anderen Bäcker suchte.

Völlig gesättigt von Brot und Buttermilch machte sich jetzt eine angenehme Müdigkeit in Luzia breit. Ihr Blick fiel auf den alten Mann, den Vater Gerhards, wie sie jetzt wusste, der auf seiner Ofenbank eingeschlafen war und mit zahnlosem Mund schnarchte. Das wünschte sie sich auch.

Dass ihr für einen Augenblick die Augen zugefallen waren, merkte sie erst, als Theresa plappernd eine Frau mittleren Alters hereinschob. Deutlich sah man ihr an, dass sie anderes vorhatte, weil ihr Blick ständig nach hinten schweifte. »Da sitzt sie, mit der musst du sprechen,

196

Frieda. Niemand mag hören, was du erlebt hast, nur Luzia will es unbedingt wissen. Erzähle ihr jede Einzelheit. Weiß der liebe Jesus, was sie mit den alten Kamellen will, aber wenn meine kleine Schwester Trine mich darum bittet, werde ich ihr diesen Wunsch erfüllen und euch beide zusammenführen. Da, nimm, Buttermilch und Brot. Gerhard ist nicht immer so großzügig.«

»Du hast mir nichts gesagt …,«, begann Luzia an Trine gewandt, aber die winkte ab.

»Ich wusste ja nicht, ob Frieda überhaupt noch hier wohnt. Hätte ja sein können, dass sie Hals über Kopf die Flucht ergreift.«

Die Frau hatte sich nicht lange bitten lassen und bei Theresas Angebot zugefasst. Sie trank mit großen Schlucken aus dem hölzernen Becher, wischte den Mund mit ihrer Schürze und stopfte sich das frische Brot zwischen die Zähne. »Warum sollte ich das?«, fragte sie mit vollem Mund.

»Weil's um den Zentgraf Noß geht«, meinte Trine mit breitem Grinsen und freute sich augenscheinlich, dass der anderen der Brocken im Halse steckenbleiben wollte. Die Frau wurde totenblass und ihre Kaubewegungen hielten an. Nach einem Blick, bei dem ihr schier die Augen aus dem Kopf quollen, bewegte sie langsam wieder ihre Kiefer und schluckte dann hörbar.

»Zentgraf Noß?«, flüsterte sie, als das Brot endlich unten war.

»Ja, hast denn nicht gewusst, dass er nach Mainz kam?«, fragte Trine mit einem bösartigen Zug um den Mund.

Frieda schüttelte nur stumm den Kopf.

»Er ist ja schon wieder weg«, beruhigte Luzia sie und registrierte das deutliche Aufatmen der Frau. »Du kennst ihn also?«

Das angebissene Brot legte Frieda zur Seite, aber aus dem Becher nahm sie noch einen kräftigen Schluck. »Wenn ich den nicht kenne! Besser wohl als andere.«

»Frieda lebte früher in Fulda«, warf Theresa ein, bevor sie sich wieder um Kundschaft im Laden kümmerte.

Das war gut möglich, wie Luzia aus dem breitflächigen Gesicht der Frau herauslas. Ja, genau so hatte sie Bauersfrauen dort kennengelernt.

Frieda besaß keine Anmut, aber ihre reine Haut und die schwarzen Locken, die unter ihrem Tuch hervorschauten, machten sie nicht unattraktiv. Wenn man den Bauersfrauen dort etwas nachsagen konnte, dann, dass sie nach vorne zu freundlich waren und hintenherum nachredeten. Innerlich wappnete sie sich, nicht alles zu glauben, was ihr jetzt aufgetischt wurde. Aber es mussten nicht alle so sein.

»Sprich, woher kennst du ihn?«, fragte sie.

Frieda schnaubte. »Woher wohl? Ins Dorf kam er, um Hexen zu jagen. Nie hätte jemand auch nur an eine Hexe gedacht, bis er herankutschierte und überall Teufelsübel sah. Als erste verdächtigte er die Witwe des Schmieds, die Eigentümerin der Schmiede, die gute Pacht dafür vom Gesellen verlangte. Ein prächtiges Geschäft für den Gesellen, denn Noß bewirkte, dass die Schmiede fortan ihm gehörte, wenn er nur gegen seine Herrin aussagte. Und was er sich alles ausdachte! Zu Lebzeiten seines Meisters schon habe sie Pferde besprochen, dass sie ihre Eisen verloren und neu vom Meister beschlagen werden mussten. Dann hexte sie ihnen den Rotz herbei, wenn der Besitzer nicht gleich bezahlte. Und ihren Mann habe sie vergiftet mit Auswurf des Satans. Ha! Dabei war er ein halbes Jahr vorher an der Pest eingegangen. Wenn jemand die Pest hatte, dann der: Beulen groß wie Hundeköpfe am ganzen Körper, eitrig aufgeplatzt, und die Finger schwarz wie Kohlen. Geizig war sie, jeder wusste es, aber wenn jemand nicht gleich zahlen konnte, nahm sie auch eine Anzahlung und wartete bis zur nächsten Ernte. Niemand wäre ihr den Preis schuldig geblieben, weil wir ja nur einen Schmied hatten. Und einen guten noch dazu.«

»Niemand glaubte also die Anschuldigungen?«

»Nur Noß glaubte es. Im Rathauskeller ließ er sie aufziehen, bis sie alles gestand. Doch damit nicht genug, sie musste gestehen, mit dem Teufel Unzucht getrieben zu haben. Nackt ausziehen ließ er sie und auf dem Marktplatz in allen Einzelheiten schildern, wie das geschah. Unmögliche Dinge berichtete sie. Wenn sie schwieg, bekam sie die Peitsche, bis ihr noch was einfiel. Vor allen fragte er sie schließlich, wer bei den wilden Orgien mit dem Teufel im Wald dabei gewesen sei. Die Peitsche hielt erst still, als sie zwanzig genannt hatte.«

198

Fassungslos schüttelte Luzia den Kopf. »Aber wer kann denn so was für bare Münze nehmen?«

»Niemand von denen, auf die sie gezeigt hatte. Nach der Rede von Noß aber alle anderen. Er redete so vom Bösen und den minderwertigen Frauen, dass manche ins Grübeln kamen, besonders die Kerle, die sich sowieso himmelhoch überlegen fühlten. Nur wenige lachten und gingen fort. Einen Tag später saßen sie zusammen mit den Beschuldigten im Rathauskeller im Loch. Andere wurden nachdenklich und suchten das Weite.«

»Zu denen gehörtest du?«

»Mich rief sie nicht auf. Mein Mann hatte einen Hof ein Stück weiter draußen beackert, Gott hab ihn selig. Auch ihn hatte die Pest geholt, genau wie meine drei Kinder und den Knecht. Weil ich so allein dort draußen nicht zurechtkam, war ich zu meiner Schwester ins Dorf gezogen und kannte noch gar nicht alle. Nur dass es sich bei den Angeklagten um reiche Frauen handelte, das wusste ich. Bettelarmer Flüchtling wie ich war, hielt ich mich raus. Weil der Gastwirt zu wenige Betten für den Tross des Zentgrafen besaß, schliefen seine Knechte in Bürgerhäusern, so auch einer bei meiner Schwester im Haus. Sie behandelte ihn ehrerbietig, viel besser, als er es verdient hätte, also dachte sie, nicht in Gefahr zu sein.«

»Und die Witwe des Schmieds?«, wollte Trine wissen.

»Verbrannt wurde sie. Gleich die nächste Woche, als alle, die sie genannt hatte, schon eingekerkert waren. Wie die Heringe im Fass steckten sie in den Verschlägen. Hundekäfige ließ der feine Herr vom Jäger herbeitragen, um die Frauen hineinzupferchen. Im Keller gab's nur eine einzige Zelle, und auch in der steckte an normalen Tagen nie jemand, höchstens mal ein Halbwüchsiger, der betrunken über die Stränge schlug. Nach ein paar Stockhieben ließ man den immer laufen. Der Schultheiß flehte den Richter an, doch die Menschen aus dem Loch herauszulassen. Er tat es. Jede Woche verbrannte er einen.«

»Oh mein Gott! Alle zwanzig?«

»Acht. Acht ehrbare Frauen. Sie alle standen nackt auf dem Marktplatz und fabulierten die größten Lügengeschichten. Die anderen ließ er frei. Vormals stolze Damen kamen heraus wie die alten Weiber, ohne Haare, ohne Zähne, strotzend vor Dreck, hinkend, manche wurden herausgetragen. Viele hatten zerbrochene Glieder, schwärende Brandwunden. Das Grauen erfasste uns alle, als wir sahen, was da passierte.« Sie schwieg eine Weile und drehte dabei ihren Becher in der Hand. Sogar die kleinen Kinder schienen mit dem Plappern aufgehört zu haben. Nicht einmal das Schlagen des Teiges auf die Backbretter war mehr zu hören. Als dem Bäcker der Brotschieber auf den Boden fiel, schraken die drei Frauen zusammen wie bei einem Blitzschlag.

»Tags darauf kam er zu mir«, fuhr Frieda fort.

»Du wurdest auch eingekerkert?« Trine riss erschrocken die Hand vor den Mund.

»Nicht so. Noß besuchte seinen Knecht im Haus meiner Schwester und ließ sich von mir einen Krug Bier bringen. Der Knecht war nicht da. Angeblich wollte er auf ihn warten, doch ich glaube eher, dass sie sich abgesprochen hatten. Als ich mit dem Bier kam, hieß er mich am Tisch niedersitzen. Meine Schwester und ihr Mann arbeiteten auf dem Feld und ich kümmerte mich um Kinder, Garten und den Haushalt. Vor Angst tat ich ihm den Gefallen. Von seinen Predigten über die Verderbtheit der Weiber hatte ich schon zur Genüge gehört, also überraschte mich nicht, was er von sich ließ. Nur dass er mich als tugendhaft und gottestreu darstellte, erstaunte mich schon. Sicher tue ich, was Christenpflicht ist, gehe zum Gottesdienst und zur Beichte, gebe auch mal einem Bettler, wenn ich über habe, aber mich wie eine Heilige darzustellen, dazu fehlt doch einiges. Nur genau das tat er. Wie ich die Familie meiner Schwester aufrecht hielte mit meinem starken Glauben, wie ich mein eigenes Leid trüge wie eine Märtyrerin. Und dann kam die Frage, was ich für meinen Glauben bereit sei einzugestehen. Ob tatsächlich eine Märtyrerin in mir steckte. Wenn ich Leid verhindern könne und müsse dafür selbst leiden, ob ich das täte. Ich solle mir vorstellen, ein Landsknecht käme und erschlüge den Schwager und die Schwester. Dann ginge er daran, sich die Kinder vorzunehmen. Jetzt käme ich dazu, was würde ich tun. Würde ich fortlaufen oder ihn überreden, statt der Kinder mit mir Vorlieb zu nehmen.«

200

»Welche Wahl! Was wollte er denn nur von dir?« Großzügig schenkte Trine von der Buttermilch nach und Frieda trank noch einen Schluck.

»Natürlich sagte ich, um die Kinder zu beschützen, würde ich ihm alles anbieten, was ich nur könne. Ja, brav, so lobe er es sich. Und jetzt solle ich mir vorstellen, es sei ein Hexer, der die Kinder bedrohe. Auch ihm wäre ich gefällig, soweit es geht, um das Seelenheil der Kinder. Und ob ich mich auch anstrengen würde, eine Hexe vor Gericht zu bringen. Da wurde mir schummerig, was er wohl von mir verlangen würde. Weil ich aber um seine Unduldsamkeit wusste, nickte ich auch da. Dann kam wieder ein Vortrag, wie schädlich uns allen doch die Hexen seien, dass wir um Leib und Leben und gar um unsere Seele fürchten müssten. Über lang und breit kam er zum Punkt: Morgen würde die Nachbarin, die Frau des Müllers, eingesperrt und ich solle dem Müller beistehen. Dabei sei es meine Pflicht, so viel wie nötig zu tun, um sein Vertrauen zu erlangen. Alles solle ich tun. Als erfahrene Ehefrau sei mir doch bewusst, wessen es bedarf, einen Mann zum Reden zu bringen. Was seine Frau triebe, mit wem sie verkehre und welche Dinge sie im Verborgenen anstelle, die nach Hexerei aussähen. Es sei ja nur zu seinem Wohle, denn welcher Mann wolle schon offenen Auges mit einer Hexe buhlen? Und es sei vor allem nicht mein Schaden, denn er werde mir alles ablassen, meine Seele reinwaschen wie die einer Heiligen, die, von den Heiden geschändet, doch selig werde. Außerdem werde er persönlich dafür Sorge tragen, dass nach dem Tod der Hexe der Müller mich zur Frau nähme.«

Sprachlos schüttelte Trine den Kopf. Nur Luzia nickte. »Spitzeldienste. Die Fürsten bedienen sich ihrer und besonders die Fürstinnen haben gar manche holde Jungfrau in ihren Diensten, die darin hervorragend ist. Bisher kam mir das immer verwerflich vor. Dass auch die Kirche diese Methoden benutzt, ist mir neu.«

»Und was er mir alles sagte, was ich tun solle! Er bringe mir die Geheimnisse bei, wie eine Maitresse dem König zu Gefallen sei. Und ich solle ihn fragen, ob nicht seine Frau irgendwo heimlich täte, damit er nicht sähe, welches Zeichen Satan auf ihrem Körper hinterlassen habe.«

Genau beschrieb sie die Praktiken, mit denen sie den Müller habe verführen sollen, so schamlos, dass Luzia die Röte ins Gesicht stieg. Ihre Familie hatte sich immer von Prüderie ferngehalten und Luzia wusste schon, wie sie Spaß erleben konnte, doch bei diesen Schilderungen fühlte sie ihre Ohren glühen.

»Sag nur, Frieda, tatest du ihm den Gefallen?«, fragte Trine atemlos.

»Geh weg, Trine. Zum Müller ging ich zwar, jedoch ließ ich mir von ihm fünfzig Gulden schenken für meine Warnung. Zusammen mit seiner Frau und seinen beiden Töchtern fuhr er mich über die Grenze. Er wanderte zurück, um die Mühle nicht allein zu lassen, seine Frau fand Unterschlupf bei Verwandten in Marburg. Und ich bin jetzt hier und schleppe heißes Wasser.«

»Badefrau ist sie, und die beste in ganz Mainz«, lobte Trine sie mit einem Lächeln. »Hätte auch nicht gedacht, dass du dich für ein Paternoster verkaufst. Da gäbe es hier viel bessere Gelegenheiten.«

Allerdings. Kurz dachte Luzia an die vielen unbekleideten Gestalten, die Frieda zu sehen bekam. So mancher war dabei, der sich seinen Spaß mit der Badefrau machen wollte und sie dabei nicht ganz schicklich anpackte. Und so manche Badefrau erwarb sich den einen oder anderen Nebenverdienst, der mit Baden nicht so viel zu tun hatte. Nur waren diese Damen bekannt und wurden lediglich in bestimmten Stuben geduldet. Und eine solche hätte Theresa nicht so herzlich aufgenommen.

Nun hatten Trine und Frieda noch von alten Zeiten zu schwatzen, bis Frieda sich verabschiedete und die Reste ihres Brotes mitnahm.

»Das war es, warum ich nach Mainz kommen sollte?«, fragte Luzia.

Trine schüttelte den Kopf. »Nicht deswegen.«

Die Hintertür ging auf und ein Mädchen, nur wenig jünger als Luzia, kam herein. Sie trug einen Eimer bei sich, den sie scheppernd in eine Ecke stellte. Trine stand auf. »Das ist Gerlinde. Ihretwegen sind wir hier.«

Als sie die Besucher sah, hellte sich das Gesicht des Mädchens auf. Sie kam strahlend näher und umarmte Trine, dann gab sie Luzia die Hand. Gerlinde besaß nicht die massige Statur ihrer Mutter, aber auch nicht die Sehnigkeit ihres Vaters, sondern bildete eine attraktive

Mischung aus beiden: schlank, aber an den richtigen Stellen herrlich ausgepolstert. Es wunderte Luzia, dass sie noch im Haus ihrer Eltern wohnte.

»Gerlinde, erzähle bitte meiner Bekannten, womit du deinen Unterhalt verdienst.«

Das Mädchen knickste, als ob sie aus einem vornehmen Haushalt käme, dabei trug sie doch Sachen, die schon bald nur noch als Lumpen zu bezeichnen wären. Allerdings sah alles gut geflickt aus, wenn auch ziemlich schmutzig.

»Ich stehe in Diensten Seiner Exzellenz, des Herrn Erzbischofs. Der Frühjahrsputz wird bald vorüber sein. Heute schickte mich der Haushofmeister auf den Dachboden. Dort liegen in großen Stapeln Pergamente, ich sollte sie sortieren nach dem Adressaten und in verschiedenen Kisten verstauen. Er beauftragte mich damit, weil ich lesen kann. Das ganze Durcheinander soll fortgeschafft werden in ein Kloster ein Stück rheinauf, damit Seine Exzellenz Platz genug bekommt für seine eigenen Papiere.« Sie sah an ihrem Kleid herab. »Normalerweise trage ich andere Kleider. Aber auf dem Dachboden ist es so staubig ...«

Trine legte ihr einen Arm um die Schultern. »Gerlinde genießt das Vertrauen des Haushofmeisters. Sie wird mit den wichtigsten Tätigkeiten betraut. Ihre Aufgabe ist es, dafür zu sorgen, dass genügend Kräfte da sind, um den Palast so rein zu halten, wie es Seine Exzellenz verlangt.«

Jetzt verstand Luzia. Wenn es Arbeit im Palast des Erzbischofs gab, brachte Gerlinde Arbeitskräfte in die Residenz hinein.

Das kam ihr sehr gelegen. Sie lächelte Gerlinde an. »Ich glaube, wir werden gute Freundinnen werden.«

Die Stadtwachen schlossen die Tore unmittelbar nachdem ihre Kalesche Amorbach erreicht hatte und Luzia fühlte sich genauso durchgeschüttelt wie auf dem Weg nach Mainz. Diesmal fürchtete sie keine Erkennung durch die Büttel, denn sie trug die Tracht einer Bäuerin mit fest um das Gesicht geschlungenem Gebinde. Dadurch wirkten ihre Wangen voll und die Stirn niedrig. Niemand würde so die Diebin erkennen, nach der noch immer gesucht wurde. Zum Glück nicht mehr so dringend, denn anderes beschäftigte die Gemüter, man munkelte, die Schweden kämen zurück. Als die Kalesche vor dem Herrenhaus hielt, stieg Luzia ganz offen mit Trine aus, obwohl noch Zuschauer auf der Straße gingen. Vorsichtshalber versteckte sie ihr Gesicht doch halb hinter dem Bündel, das sie auf ihre Schulter hievte. Darin befanden sich ihre Kleider und einige Brote, die Theresa ihnen unbedingt auf die Fahrt mitgeben musste.

Als sie die Tür unverschlossen fand, machte Trine ein misstrauisches Gesicht.

Der Kutscher lärmte gehörig beim Öffnen des Tores zu den Stallungen und auch sie bemühten sich nicht um Heimlichkeit. Trotzdem kam ihnen niemand entgegen. Befremdet öffnete Luzia die Tür zur Wohnung. Sie erstarrte vor Schreck, als dicht vor ihren Augen eine scharfe Schneide aufblitzte. Das Bündel fiel aus ihren Händen. Es landete mit einem dumpfen Plumps auf dem Boden. Doch gleich hörte sie die Klinge mit einem Klirren daneben auf den Dielen aufschlagen. Noch hatte sie sich nicht von ihrer Starre erholt, da stob Lukas auf sie zu und umarmte sie so heftig, dass sie beinahe das Gleichgewicht verlor. Sie roch Wein in seinem Atem.

So schnell, wie er auf sie zugesprungen war, trat Lukas auch zurück. Er schlug den Blick auf den Boden. »Verzeih mir, Luzia. Ich bin so froh, eine vertraute Seele zu Gesicht zu bekommen.«

Trine schüttelte fassungslos den Kopf und zwängte sich an Luzia vorbei durch die Tür. Sie ging den Gang entlang bis zur Küchentür und sah hindurch. »Wo sind die Mädchen alle?«, fragte sie erstaunt.

»Fort. Ich habe sie weggeschickt.« Lukas bückte sich, um sein Rapier aufzuheben, dann drehte er sich herum und ging mit müden Schritten in den Salon. Auf dem Tisch stand eine halbleere Flasche mit Wein, daneben ein Glas, das unbenutzt aussah. Er ließ sich auf einen Stuhl fallen, griff nach der Flasche, setzte sie an und nahm einen tiefen Zug.

204

»Bei der Liebe des Herrn, Lukas, was ist geschehen?«, rief Luzia und ließ sich neben ihm auf den Stuhl fallen. »Ist etwas mit Magdalene? Man wird doch nicht etwa ...«

Er schüttelte den Kopf. »Nein, es geht ihr gut. Das nicht. Ich bin es selbst, der mir Verdruss bereitet.«

Trine kam mit hinein, blieb aber an der Tür stehen. Lukas machte einen so elenden Eindruck, dass Luzia ihm ihre Hand auf den Arm legte. Bestimmt hatte er die Nacht nicht geschlafen und sicherlich außer dem Wein nichts zu sich genommen. »Erzähl, Herr. Was ist geschehen?«

Seine Augen blickten wild, als er sie ansah. »Vertrauensselig bin ich. Ein Narr, der seine Mitmenschen nicht durchschaut. Wie ein Idiot gehe ich zur Nachbarin, weil ich fürchte, sie ginge dem Zentgraf in die Schlinge. Dabei steht sie schon längst unter seinem Befehl!« Er fixierte die Flasche, legte jedoch die Hand, die gerade danach greifen wollte, daneben auf den Tisch. »Meiner Menschenkenntnis bin ich nicht mehr sicher. Darum habe ich alle Mädchen fort geschickt, aus Angst, sie könnten mich auch verraten. Trine, sag, war die Nachbarin nicht immer eine treue Ehefrau, eine keusche Witwe? Ehrte sie nicht das Andenken ihres Gemahls?«

Trines Miene verriet, dass sie keineswegs der Meinung ihres Herrn war, aber er sah sie nicht an, um das zu erkennen. »Mit Sorge bemerke ich, wie sie besucht wird vom Zentgrafen und allzu vertraut mit ihm tut. Warnen will ich sie, dass er für seinen Vorteil und zum Nachteil seiner Angeklagten lügt und betrügt und vor keiner Schandtat zurückschreckt. Da verführt sie mich wie eine Straßenhure, während er im Nebenzimmer ihr zusieht, sie anleitet und ihr anbefiehlt, mein Geheimnis auszuforschen! Beinahe, beinahe hätte ich es ausgeplaudert. Gottes Wille hielt mich auf. Nur der Bruchteil eines Augenzwinkerns und Magdalene wäre verloren gewesen.«

Einen Moment war Luzia perplex, dann tätschelte sie tröstend seine Hand. »Du hast nichts gesagt, und damit ist alles gut. Mach dir keine Vorwürfe. Er hat dir eine Falle gestellt und du bist nicht hineingetappt. Das bedeutet doch einen Erfolg! Jetzt sind wir alle gewarnt, dass er vor nichts zurückschreckt.«

Hilflosigkeit lag in seinen Augen. »Aber die Nachbarin! Eine so junge, hübsche Witwe mit dem besten Leumund ...«

»Pfft ...«, meinte Trine.

Lukas reagierte gar nicht darauf. »Sie benahm sich wie die edle Metze eines Fürsten. Das kann sie sich nicht selbst beigebracht haben. Dazu gehört Anleitung. Ich hätte gleich wissen müssen, dass ihre Begierde nicht aus Liebe geboren war. Meine Beherrschung schmolz dahin wie Schnee in der Sonne.«

»Genau, was wir in Mainz erfuhren«, sagte Luzia. Als Lukas sie unverständig anstarrte, nickte sie bestätigend. »Noß machte einer Frau aus Fulda das Angebot, den Ehemann einer Eingekerkerten zu verführen, um deren ketzerische Geheimnisse herauszufinden.«

»Aber welche Geheimnisse sollte denn der Ehemann besitzen?«, wunderte Lukas sich.

»Genau das fragte die Frau auch. Da machte der Zentgraf ihr klar, dass der Verkehr mit einem Teufel Zeichen auf dem Körper einer Frau hinterlässt, die sie nur mit Hinterlist vor ihrem Gatten verbergen kann. Genau diese Hinterlist vermute er bei der Angeklagten, der er weiter nichts nachweisen konnte. Jetzt sollte ihr Ehemann als sein Zeuge auftreten und diese besonderen Praktiken als Beweis der Schuld liefern. Dafür solle die Witwe den Mann verführen und ihm so zeigen, wie ein Verkehr ohne Heimtücke geschehe, um ihm die Schuld seiner Gattin aufzuzeigen.«

»Er forderte also eine ehrbare Frau zur Unzucht und zum Ehebruch auf?«

»Genau das tat er. Alles, um ein gottgefälliges Werk zu verrichten. Er als Inquisitor sei befugt, ihr diese Sünde völlig zu vergeben. Und Angst bräuchte sie auch nicht haben, da er ständig dabei sei, lauschen und zusehen würde.«

»Ha!«, rief Lukas aus. »Dann war er es doch! Ich sah nur einen Schemen davoneilen. Er hätte es sein können, aber sicher war ich mir nicht.«

»Nun, er wird es schon gewesen sein. Herr Lukas, glaube mir, diese Bestie ist zu jeder Niedertracht fähig. Das größte Verbrechen begeht er ohne Reue, um seine Vermutungen Wahrheit werden zu lassen. Sein

206

wahres Gesicht zeigt er nur denen, die bald tot sein werden, tot durch seine Hand.«

Nachdenklich nickte Lukas. »Wenn ich bisher auch nur die geringsten Zweifel hegte, die sind vorbei. Was er vollbringt, ist keinesfalls Gottes Werk. Statt Hexen zu suchen, produziert er welche. Anständige Frauen führt er zur Unzucht, treue Ehemänner werden durch seine Hand Verräter am eigenen Fleisch und Blut. Luzia, was auch immer du vor hast, meiner Unterstützung kannst du sicher sein.«

Es war extrem eng. Einen Moment wurde Luzia an die Eiserne Jungfrau erinnert und unterdrückte die Panik. Tief atmete sie durch, wobei sie an die spitzen Innendornen dachte und daran, wie sie sich langsam in ihre Haut bohrten, ein Rinnsal von Blut hinterließen. Machtvoll verdrängte sie dieses Bild und beruhigte sich. Noch vor einem halben Jahr hatte sie gelacht, wenn man solche Ausdrücke benutzte: spann mich nicht auf die Folter, du willst mich wohl aufziehen, ich fühl mich wie gerädert - das waren alles geflügelte Worte. Bisher hatte sie nie daran gedacht, dass all das einmal wie das Schwert der Verdammnis über ihr hängen könnte. Man lachte nicht über so was. In der Welt, in die sie sich mit ihren Plänen begab, wurden Leute auf die Folter gespannt und gerädert. So verlangte es das Rechtssystem.

Es musste ja nicht gleich so schlimm kommen. Allerdings - Gefängnisstrafen gab es nur selten. Wenn Luzia recht überlegte, war einer schnellen Hinrichtung vor der Kerkerhaft vielleicht doch der Vorzug zu geben. Die Kerker schilderte ihr Vater kalt, feucht, lichtlos, die Verpflegung gesundheitsschädlich. Man lebte nicht lange im Gefängnis und der Tod war qualvoll. Meistens verordnete der Richter Geldstrafen oder Ehrenstrafen, bei denen der Delinquent der Lächerlichkeit preisgegeben wurde und den Respekt seiner Nachbarn und Freunde verlor. Wer an den Pranger gestellt wurde und einen faulen Apfel ins Gesicht bekam, den lachte man aus, wenn er sich das nächste Mal über zu lautes Kindergeschrei beschwerte. Das Gesicht eines Trickbetrügers am Schandpfahl merkte man sich in der Regel und fiel nicht auf ihn rein. Im Wiederholungsfall wurden die Strafen schmerzhaft. Prügel und Auspeitschung waren an der Tagesordnung.

Unverbesserliche verstümmelte man: Betrüger wurden gebrandmarkt; Pfuschern schlitzte ihre Handwerksgilde das Ohr auf; man blendete Spione; ein Vergewaltiger wurde öffentlich kastriert. Das alles stand in der Reichsgerichtsordnung. Dieben schlug der Henker die Hand ab. Allein der Gedanke daran ließ Luzia den kalten Schweiß ausbrechen. Was auch immer sie in ihrem späteren Leben vorhatte, auf eine Hand konnte sie dabei nicht verzichten. Helfen würde ihr nur ein milder Richter, der ihren Tränen glaubte und gelten ließ, dass sie nur ein einziges Mal aus Not die Tat begangen hatte, für die man sie verurteilen wollte, der Gnade vor Recht ergehen ließ. Und dann bestand noch immer die Möglichkeit, sich mit ihrem Körper freizukaufen. Wenn sie nur glaubwürdig genug log, nahm sie vielleicht einer der Henkersknechte zur Frau. Sicher würde er schnell seinen Lohn einfordern wollen - immer noch besser, als verstümmelt zu werden. Und Weglaufen konnte sie schneller, als irgendjemand guckte.

Auf Kapitalverbrechen stand die Todesstrafe. Um die Opfer und ihre Hinterbliebenen zu befriedigen, spielte sich die Hinrichtung unterschiedlich grausam ab. Gnädig nannte man Enthauptung für die höheren Stände und Hängen für die Niederen. Je nach Anzahl und Stand der Opfer wurden dann die Hinrichtungen zunehmend bestialischer. Einen lange gesuchten Raubmörder vierteilte man. Einen Königsmörder weidete man aus und kochte den Rest, während er noch bei Bewusstsein war. Die verwesenden Einzelteile stellte man an Kreuzungen der Hauptwege aus. Das vertrocknete Gerippe vergrub man in möglichst vielen Einzelteilen an mehreren Straßen.

Und dann gab es noch die Hexenprozesse. Wenn eine öffentliche Hinrichtung immer eine unangenehme Sache war, die man nur aus Pflichtgefühl besuchte, waren die Hinrichtungen einer Hexe ein Volksfest. Endlich eines der undurchschaubaren, grausamen Wesen weniger, die Unglück bescherten und für alles verantwortlich waren, was

Schlimmes passierte. Hexen riefen Unwetter herbei, die Ernten vernichteten, verseuchten Trinkwasser, ließen Säuglinge in der Wiege sterben, bewirkten Kindbettfieber und trugen an Seuchen Schuld. Wenn ein Edelmann eine falsche Entscheidung traf, steckte eine Hexe dahinter. Sprach ein Richter ein Fehlurteil, flüsterte es ihm eine Hexe ein. Niemand erkannte Hexen, weil sie so heimtückisch am Untergang der Tugend arbeiteten. Nur selten verrieten sie sich. Wenn viele Unglücke auf einmal passierten, konnte man ihren bösen Odem gewahren. Darum war jeder Verdacht zu melden. Der Denunziant ging kein Risiko ein, denn außer dem Ankläger erfuhr niemand davon. Die Inquisition arbeitete im Geheimen. Kam man zu der Überzeugung, dass es sich tatsächlich um das Verbrechen der Hexerei handelte, wurde der Inquisitor gerufen. Er suchte die Wahrheit und verurteilte. Seinem Urteil war zu vertrauen. Das Volk jubelte, wenn er es von einer der grässlichen Unholdinnen befreite. Keine Strafe wog zu schwer für diese Satansdienerinnen.

Ob jemand an einer Seuche starb oder sogar wieder genas, um weiterhin im Jammertal zu leiden, war die Willkür des Bösen. Hexen untergruben die Moral, verursachten Schicksalsschläge, reduzierten die Bevölkerung und gruben der Kirche ihre Macht ab. Wer an des Kaisers Stuhl sägte, war ein Verräter, wer an dem Stuhl des Papstes sägte, eine Hexe.

So war das. Dafür, dass jeder ehrbar und glücklich leben konnte, standen der Kaiser und die Heilige Mutter Kirche.

Aber waren wirklich alle Hexen?

Gab es nicht auch genügend andere Gründe für Verfehlungen der Staatsoberhäupter, für Unwetter und Krankheiten? Konnte es nicht sogar umgekehrt sein, dass Gott die Menschen für ihre Grausamkeit anderen gegenüber strafte mit Kriegsnot und Pest? Luzia war drastisch vor Augen geführt worden, wie schnell man als Hexe angeklagt werden konnte. Sie als wandernde Diebin hatte da ein besonders hohes Risiko. Nicht allein, dass ihr immer die Strafe des Handabhackens vor Augen stand, wenn sie einmal zu unvorsichtig war, als Fremde wurde sie womöglich zuerst beschuldigt, wenn etwas Ungewöhnliches passierte.

Vielleicht sollte sie doch sehen, dass sie sesshaft und ehrbar wurde. Ein Handwerksbursche war eine Möglichkeit, der sie wegen ihrer Gulden nahm, die von dem letzten Raubzug übrigblieben. Aber es gab auch Besseres.

Da gab es Lukas. Immer häufiger verbrachten sie ihre Stunden miteinander, sei es im Laboratorium oder in der Wohnung. Seine Arbeit faszinierte sie und die Unterhaltungen führte er amüsant. Niemals würde Lukas ihr Angebote machen oder sogar zudringlich werden, obwohl ihm das als Edelmann durchaus zustand. Er genoss nur ihre Anwesenheit. Allerdings wusste Luzia nicht, wie sie ihn dazu bringen sollte, sich ihr doch anzunähern. Auf keinen Fall wollte sie kokett oder unkeusch wirken. Jede Initiative musste von ihm ausgehen. Die würde aber nicht kommen, bis sie diese Angelegenheit beendet hatten.

Bevor sie Noß nicht los waren, hatten sie allesamt keine Ruhe. Er würde sie verfolgen, wohin immer sie flohen. Das musste also getan werden. Und jetzt stand Luzia hier eingequetscht in einem muffigen Uhrenkasten und wartete darauf, diesem Scheusal einen peinlichen Schlag zu versetzen.

Noch vor Morgengrauen hatte Theresas Tochter Gerlinde sie als Putzfrau hier eingeschleust. Trines und Theresas Mutter war als Hexe verbrannt worden, weil sie nicht das Trauerjahr nach dem Tode ihres trunksüchtigen Mannes eingehalten hatte. Gegen einen Mann, der solcherlei verursachte, arbeitete Trines große Familie gerne zusammen.

Luzia befand sich im Palast des Erzbischofs und sie hatte die spiegelnden Marmorböden gewischt bis zu dieser Standuhr. Es gab ein einfaches Schloss - kein Problem für Luzia, natürlich nicht. Das Läutewerk hatte sie erstaunlich einfach ausbauen können und es Trines Verwandter auf den Handkarren geladen, mit dem diese Tücher und Eimer fuhr. Gut versteckt unter Putzlumpen fiel es niemandem auf. Mittlerweile freute sich wohl schon ein Lumpenjude über das feine Messing der Zahnräder. Nun kam der schwierige Teil. Luzia passte knapp in den Kasten und präparierte das Gehäuse sorgfältig von innen, hielt immer angstvoll still, wenn jemand den Korridor entlang kam.

Die Uhr funktionierte schon seit Jahren nicht mehr, diente nur als Ausstellungsstück mit diesem dicken Korpus aus geschnitztem Holz, der nicht einmal zitterte, wenn Luzia sich darinnen bewegte.

So langsam tat ihr vom verkrümmt Stehen jeder Muskel weh. Wie sie es ersehnte, die Schultern zu strecken! Ihre Knie mussten schon ganz rund sein, wie beim gichtigen Kräuterweib. Sie brauchte aber nur daran denken, was Zentgraf Noß mit ihr machte, wenn er sie in die Finger bekam, dann vergaß sie jeden Gedanken an Aufgeben. Durch ein Astloch in der Schnitzerei sah sie den Gang vor sich und jeden, der sich darauf bewegte. Mit Sicherheit war dieses Loch kein Zufall und der Uhrenkasten schon öfter für Ähnliches benutzt worden. Nur machte es wenig Sinn, auf einem Gang zu lauschen. Niemand führte ausgerechnet vor dieser Uhr ein wichtiges Gespräch. Dazu hätte man sich ein ruhigeres Plätzchen gesucht. Nun, vielleicht stand diese Uhr noch nicht immer auf diesem Fleck.

Gedränge hätte sie es nie genannt, aber es war hier schon einiges los. Der Korridor lief an einer Säulenreihe entlang und auf der anderen Seite befanden sich die Amtsräume. Am Ende des Ganges lag das Büro des Mainzer Erzbischofs Johann Schweikhard von Kronberg.

Wie er es geschafft hatte, blieb Luzia ein Rätsel, auf jeden Fall hatte Doktor Patrizius es fertiggebracht, sich eine Audienz zu besorgen. Lukas stand jetzt mit dem Advokaten gerade außer Sichtweite ihres Guckloches und wartete auf Zentgraf Noß, der dazukommen sollte. Luzia bekam lediglich einen Blick auf die samtbekleideten Schultern des Edelmannes. Um sich abzulenken, stellte sie sich vor, was wohl unter dem festen Stoff steckte. Seine Arme besaßen starke Muskeln, das hatte sie zu den wenigen Gelegenheiten bemerkt, wenn er ihr die Hand reichte. Ein sanfter Hauch seiner Seife zog zu ihr herein, Sandelholz. Dicht drückte sie ihre Nase an den Uhrenkasten, um mehr davon zu erhaschen. Ein köstlicher Duft. Sie schloss die Lider und sah seine entblößte Brust vor sich, wie sie sich darüber beugte und den Duft seiner Haut einatmete, wie ihre Fingerspitzen über die gewölbten Muskeln wanderten. Weich musste sie sein, die Haut eines Mannes, der täglich mit kostbarer Seife badete. Oh ja, er erregte sie mit seinem vornehmen

Betragen, wie er so exakt ihren Namen aussprach, auf seine ganz besondere Art betonte, als ob er etwas besonders Kostbares benannte.

»Da ist er!«, riss sie die scharfe Stimme des Rechtsanwaltes aus ihrer Träumerei. Schritte kamen näher, laut hallend über den Marmor, feste Tritte mehrerer Männer. Einer von denen musste Zentgraf Noß sein. Lukas hielt den Zentgrafen genau in ihrem Sichtbereich auf. Perfekt! Hoffentlich hörte niemand ihr aufgeregt klopfendes Herz.

»Zentgraf Noß, bitte lasst mich einen Moment mit Euch über meine Schwester sprechen.«

Lukas' Stimme klang beherrscht und einen Moment verkrampfte Luzias Herz sich vor Sorge. Wenn Noß jetzt auch noch Lukas verfolgte?

Noß blieb stehen und seine beiden Wachen hielten sich dicht hinter ihm. »Da gibt es nicht viel zu sprechen. Eure Schwester ist eine Hexe und Ihr verheimlicht ihre Zuflucht. Leider hatte ich keine Gelegenheit, ihr Geständnis zu hören. Der weltliche Arm kann Euch nicht beweisen, dass Ihr sie versteckt. Weil es sich bei Amtsbehinderung und Verbergen eines Verdächtigen nicht um Ausnahmeverbrechen handelt, ist es mir nicht gestattet, gegen Euch zu ermitteln. Sonst hätte ich die Antwort von Euch, dessen könnt Ihr gewiss sein. Jetzt geht aus dem Weg.«

Luzias Finger begannen zu zittern, als diese Stimme an ihr Ohr drang. Oh nein, das konnte sie jetzt nicht gebrauchen, auf gar keinen Fall. Fest schlang sie die Finger beider Hände ineinander und hauchte darauf, um sie warm und geschmeidig zu machen.

»Nein, Zentgraf Noß, ich werde nicht aus dem Weg gehen, bis Ihr mir meine Frage beantwortet. Warum lasst Ihr meine Schwester nicht in Ruhe?«

»Doktor Wegener, das ist doch wohl offensichtlich. Eure Schwester ist eine Hexe. Es ist meine Berufung, solche Frauen zu erkennen und die Gefahr zu beseitigen, die von ihnen ausgeht. Mit juristischen Haarspaltereien gelang es Euch zweimal, sie der Wahrheitsfindung zu entziehen. Das ändert aber nichts an den Tatsachen. Beide Anklagen konnten nicht aufrecht erhalten werden, aber meine Befragung hat Aspekte enthüllt, die ich jetzt meinerseits für eine Anklage benutze. Nehmen wir einmal an: Ein Dieb wird auf dem Markt erwischt, wie

212

er etwas einsteckt. Bei der Festnahme verrät er sich den Stadtwachen, ein lange gesuchter Mörder zu sein. Soll die Wache jetzt sagen: Nein, das geht mich nichts an, ich bearbeite nur diesen Diebstahl? Genauso geht es mir mit Eurer Schwester. Zweimal wurde sie verdächtigt und es erwies sich als blinder Alarm. Aber während des Verhörs verriet sie sich, viel schlimmerer Verbrechen schuldig zu sein. Nur durch Euer überstürztes Handeln wurde verhindert, dass ich die Anklage rechtzeitig formulieren konnte. Das ist jetzt vorbei. Man sucht und verfolgt sie unbarmherzig, bis ich sie ihrer gerechten Strafe zuführe.«

»Das ist doch völlig aus der Luft gegriffen! Was auch immer sie Euch gesagt haben soll, das war nur ein Produkt der Folter! Niemals würde sie das vor Zeugen wiederholen!«

»Ach, lieber Herr Doktor Wegener, Ihr verkennt da eine ganz entscheidende Tatsache: Sie ist nicht mehr das kleine Schwesterlein, das Ihr beschützen müsst. Ohne Euer Wissen hat sie sich Fähigkeiten angeeignet, die auch Euch gefährlich sind. Seht Ihr denn nicht, dass auch Ihr mitten in ihren teuflischen Fängen steckt? Sie heuchelt mit der Hilfe Satans so überzeugend Unschuld, dass jeder darauf hereinfällt!«

Urplötzlich ließ Lukas all seine Wut aus sich heraus und sprang auf den Zentgrafen zu, packte ihn an seinem Wams, schleuderte ihn herum, stieß ihn über den Flur. Mit Wucht drückte er ihn gegen den Uhrenkasten. »Der einzige Teufel hier seid Ihr! Geißelt Euch, wie Ihr nur wollt, Ihr werdet den Satan nie aus Euch herausbrennen können!«, brüllte er.

Sofort sprangen die beiden Knechte heran. Sie zogen Lukas von dem Zentgrafen weg. Der strich über die Aufschläge seines Rocks. Als einer der Knechte mit der Faust ausholte, hob Noß die Hand. »Lasst ihn, ich zürne ihm nicht. Er ist ein Opfer dieser Hexe und für seine Handlungen nicht verantwortlich. Halten wir uns nicht auf. Der Erzbischof erwartet mich.«

Im letzten Moment gelang es Luzia. Es machte keine große Mühe, den Gegenstand auszutauschen, erforderte aber Präzision und ein Mindestmaß an Zeit. Das war genau der Punkt. Lukas hatte ihr diese Zeit gegeben. Es hatte ausgereicht. Heilfroh stieß sie den Atem aus und hielt gleich darauf die Hand vor den Mund. Nein, draußen schnaubte Lukas im Griff der Knechte, da hörte niemand ihren Hauch. Jetzt durfte ihr Herz sich wieder beruhigen. Sie schob lautlos das ausgesägte Stück Holz zurück an seinen Platz im Uhrenkasten. Niemand hatte etwas gemerkt. Vor Erleichterung sank sie in die Knie.

Zentgraf Noß strich sich noch einmal über den Rock, straffte die Schultern und ging auf das Arbeitszimmer des Erzbischofs Johann Schweikhard zu. Ohne anzuklopfen betrat er das Vorzimmer, während die beiden Knechte davor stehen blieben. Lukas lehnte sich gegen den Uhrenkasten. »Luzia?«, fragte er leise.

»Erledigt!«, raunte sie ihm zu.

Er atmete tief durch, dann straffte er seine Gestalt und ging festen Schrittes Richtung Ausgang, während Doktor Patrizius dem Zentgrafen hinterher eilte.

Das Klacken, als die Tür des Uhrenkastens sich öffnete, war so leise, dass die beiden Männer vor dem Vorzimmer es nicht hören konnten, zumal sie sich lebhaft über den Angriff von Lukas amüsierten. In ihrem schmutzigbraunen Kleid mit dem Putzeimer und dem Lappen in der Hand schlurfte Luzia langsam über den Flur. Sie hielt den mit einem grauen Tuch verhüllten Kopf gesenkt und ging an ihnen vorbei durch die Tür neben dem Vorzimmer. Der Raum wurde als Aktenarchiv genutzt. Gerlinde kannte sich genau hier aus und wusste von der Durchreiche, die auf der anderen Seite mit einem Bücherschrank des Erzbischofs verstellt war. Luzia schob die Klappe lautlos einen Spalt auf und spähte hindurch. Das bedeutete ein Risiko, aber sie konnte es sich einfach nicht verkneifen. Wochenlang hatte sie geplant und gebastelt und genaue Recherchen eingeholt, da konnte sie einfach nicht widerstehen, die Ausführung ihres Planes mitzuerleben.

Begrüßung und Vorreden waren schon vorüber. Wahrscheinlich hatte der Erzbischof geklagt, dass sein Herzleiden, eine trotz vielerlei Kuren immer schlimmer werdende Brustenge, eine Angina pectoris, sein Arbeitspensum einschränkte. Deshalb befasse er sich nur noch mit Kirchenangelegenheiten und habe keine Zeit an Laien zu verschwen-

214

den. Aber es handele sich um eine Kirchenangelegenheit, sogar um eine sehr schwerwiegende, insistierte Doktor Patrizius, weshalb er seinen Klienten nach Hause geschickt habe. »Es ist mir völlig bewusst, dass ein Inquisitor ständig den schlimmsten Angriffen ausgeliefert wird und daher Euer vollstes Vertrauen genießen muss, Exzellenz. Gerade aus diesem Grund ging ich besonders sorgfältig den Hinweisen nach, die mich erreichten. Und genau deshalb bat ich um die Anwesenheit des Mannes, den ich vor Euch nun beschuldigen muss. Exzellenz, die Ungeheuerlichkeit dessen, was ich hörte, entsetzt mich so sehr, dass ich kein Wort glaubte. Als ich es allerdings unabhängig voneinander dreimal zu Ohren bekam, begriff ich. Lasst mich zunächst die Zusammenhänge erklären.«

Er fasste in kurzen Worten die Kindheitserlebnisse Magdalenes zusammen und schilderte jeweils ausführlich die Vergewaltigungen. »Ja, Exzellenz, Ihr braucht mich nicht zu ermahnen, ich weiß, dass derlei zu den üblichen Anschuldigungen gehört, die ein Mann mit dieser Verantwortung zu hören bekommt, haltlose Verleumdungen. Aber lasst mich weiter berichten. Es gab eine zweite Frau, die festgenommen war und - ich fasse mich kurz - folgendes berichtete:« - Papier raschelte - »›Er‹ - sie meint also Herrn Zentgraf Balthasar Noß - ›hörte auf, mich zu schlagen, als ich sagte, ich könne jedes Schloss in Sekunden öffnen. Er fragte, ob ich das auch mit einem Schrank könne, was ich bejahte. Ob ich denn eine Probe bestünde, was ich auch bejahte. Darauf machte er mich los, gab mir Kleidung und ließ mich ihn begleiten in ein Bürgerhaus wenige Straßen vom Kloster entfernt. Eine Dame öffnete und führte uns demütig in ein Esszimmer, aus dem er sie hinausschickte, eigenhändig Bier von der entfernten Wirtschaft zu holen. Dann zeigte er mir den Schrank. Das Schloss öffnete ich und nahm Papiere heraus, die er mir bezeichnete. Ich richtete alles so her, dass niemand den Diebstahl bemerkte. Bevor ich ihm die Papiere in die ausgestreckte Hand gab, hörte ich die vornehme Dame wiederkommen, worauf ich die Papiere unter einem Pult versteckte und tief darunterschob.‹ Soweit, Exzellenz, die Aussage dieser Frau, die bald darauf dem Zentgrafen entfloh. Sie wurde nicht weiter verfolgt, weil die Anklage der

Hexerei sich als haltlos erwies. Sie fand sich nur als Opfer eines rüden Studentenscherzes.«

Von Kronberg stöhnte. »Patrizius, was geht mich das an? Wenn es sich nicht um Wegener handelte, der mir das beste Horoskop von allen herzustellen vermag ...«

Der Advokat unterbrach ihn hastig. »Sofort, Exzellenz, nur eine Sekunde. Jetzt der Zusammenhang: Magdalene Wegener wurde von Zentgraf Noß persönlich angeklagt, weil sie ihren Taufschein nicht auffinden konnte, den er nur einen halben Tag im Anschluss an den Diebstahl von ihr verlangte. Herr Doktor Wegener fand die Papiere noch am gleichen Abend unter seinem Pult, weshalb der Zentgraf sie freilassen musste. Ja, Exzellenz, denkwürdig, aber nicht der Grund, weshalb ich Eure kostbare Zeit in Anspruch nehme. Das ist nämlich die weitere Aussage dieser Diebin, die stattfand - cave! - bevor Jungfer Magdalene freigesetzt wurde. Denn statt der Diebin die versprochene Freiheit zu geben, führte der Zentgraf sie erneut zum Verhör und ver- lautbarte ihr, dass sie mit ihren Fähigkeiten bewiesen habe, eine Hexe zu sein, und deshalb den Tod verdiene. Exzellenz, Ihr kennt die Proze- dur, sie war entkleidet und fixiert, da muss ich nicht viel sagen. Lasst mich bitte die Aussage dieser Frau weiterlesen: ›Er sagte mir also, ich solle gestehen, dass der Satan mir diese Fähigkeit verlieh, weil die Folter dann erst ende, und wenn ich widerriefe, sie sofort wieder losginge. Er schickte seine beiden Knechte hinaus und schalt sie, er besorge es lieber selbst, weil sie zu gnädig seien. Kaum waren sie aus dem Raum, da tat es einen heftigen Knall hinter mir, so dass ich zusammenzuck- te und mich umschaute. Da stand in grässlich lodernder Gestalt ein Teufel und grinste furchterregend. Der Zentgraf sah ihn und sank auf die Knie und senkte das Haupt bis auf den Boden. Er murmelte La- teinisch. Der Teufel lachte und seine Stimme war abscheulich. Mein Diener, nannte er den Zentgrafen. Dann fragte er, ob der Zentgraf denn zufrieden sei mit dem Dienst, der ihm erwiesen wurde durch die Studenten. Der Zentgraf antwortete, es sei nicht so gut gelaufen wie geplant, aber er mache das Beste daraus. Er habe die Papiere nicht in der Hand, doch sie sei schon festgesetzt und er ließe sie nicht mehr los.

216

Ich wusste nicht, sprachen sie von mir, aber da ging mir auf, er redete von jemand anderem. Der Teufel lachte und fragte, ob er denn seine Wollust jetzt mit ihr befriedigen wolle. Ja, antwortete er, aber zuerst müsse die Zeugin beseitigt sein. Das freue ihn, sagte der Teufel. Er liebe die Arbeit des Zentgrafen und er sei zufrieden mit ihm. Doch er müsse seine Untertanenpflicht erfüllen und zwar jetzt und sofort. Darauf erhob sich der Zentgraf und der Teufel bückte sich. Der Zentgraf kniete sich hinter dem Teufel nieder und begann, seine grässlich lodernde Haut am Gesäß zu lecken, wobei er den Schwanz mit einer Hand zur Seite hielt. Tiefer, rief der Teufel, und der Zentgraf tat es und streckte seine Zunge weit heraus und schob sie tief hinein. Tiefer, rief der Teufel. Der Zentgraf sank zusammen und bettelte, seine Zunge sei schon so sehr verbrannt, ob das wirklich nötig sei. Da holte der Teufel mit dem Schwanz aus und schlug ihn dem Zentgrafen über den Rücken, dass tiefe Wunden aufplatzten, die jählings eitrig wurden. Er sagte, der Zentgraf müsse augenblicklich seine Pflicht erfüllen. Der entblößte daraufhin seine Männlichkeit und sie war gar gräulich zugerichtet, ganz mit Narben bedeckt und ganz krumm, und er steckte diese Männlichkeit dem Teufel in das Hinterteil und tat so, wie ein Mann mit einer Frau tut, wobei er jedoch grässlich stöhnte und schrie, bis der Teufel sagte, es sei genug. Da zog er seine Männlichkeit wieder heraus und sie war ganz verbrannt und das rohe Fleisch zu sehen und es blutete. Dann nahm er sein Gebetbuch aus dem Kleiderhaufen und hielt es hoch und der Teufel segnete es und verschwand.‹«

»Eine obszöne Darstellung!«, rief die Stimme, die Luzia als die des Erzbischofs erkannte.

Luzia konnte sich das Gesicht des Inquisitors vorstellen, wie er sich selbstgefällig zurücklehnte und offensichtlich die Schilderung belächelte, dem Erzbischof überlegen zunickte. Der würde sich noch wundern!

»Exzellenz, in der Tat«, erwiderte Patrizius. »Wir kennen ja solche Beschreibungen zur Genüge aus Hexenprozessen - noch viel detailliertere und bestialischere. Ich würde Euch nie mit so etwas Unschicklichem belästigen, wenn ich keinen Grund dafür hätte. Schon vor drei Jahren hatte ich den Fall einer jungen Frau, die mir ganz Ähnliches zu

Protokoll gab und wenig später erneut interniert wurde, um von nämlichem Zentgrafen überführt und zum Feuertod gebracht zu werden. Dann sprach ich mit Magdalene Wegener, die mir genau das Gleiche zu Protokoll gab, was ich in Anbetracht Eurer kostbaren Zeit nicht auch noch vorlesen möchte, Exzellenz. Sie benutzte natürlich weit eloquentere Worte als die beiden einfachen Frauen vor ihr. Ich fasse zusammen: Sie sagte, nachdem der Zentgraf sie auf einen Tisch gefesselt von hinten auf widernatürliche Weise genommen hatte, erschien auch dort der genauso beschriebene Teufel und verlangte nämliches von ihm als Belohnung für die Wollust, die der Zentgraf durch den Körper der Besagten auslebe. Er habe gejammert, er könne nicht zweimal so schnell hintereinander, worauf der Teufel ihn mit seinem Schwanz auspeitschte und dann ihm glühende Dornen in das entblößte Gemächt steckte. Darauf wurde unter entsetzlichem Geschrei des Zentgrafen das Glied wieder steif und der Zentgraf tat Beschriebenes dem Teufel. Auch wieder die bemerkenswerte Episode mit dem Gebetbuch, das der Teufel segnete. Hier sagte er dann - erlauben Sie mir vorzulesen - ›Preise das Amulett deiner Mutter, die mir zur Linken steht und dich mir schenkte. Das wird dir helfen, den vertrauensseligen Hannes Schweikhard in deiner Macht zu behalten. Nutze es häufig, er spürt es jedes Mal.‹ Exzellenz, als ich das zu Protokoll nahm, erschauderte ich. Auch ich muss mir den lieben langen Tag eine Menge anhören und weiß von dem Meisten, dass es Verleumdungen sind, nur um von der eigenen Schuld abzulenken. Aber als ich das vernahm, musste ich einschreiten. Die Schlussfolgerungen sind so ungeheuer, dass ich gar nicht darüber sprechen will. Dabei könnte der Zentgraf so leicht seine Unschuld beweisen, obwohl, ja, Exzellenz, obwohl ich weiß, dass er solches gar nicht nötig hat. Es wäre, nennen wir es, ein Zeichen des guten Willens, das ihn nichts kostet.«

»Exzellenz«, hörte sie die Stimme von Zentgraf Noß poltern, dem das Gespräch wohl doch unangenehm wurde, »das wird mir jetzt zu farbenprächtig. So gerne ich Eurem Ruf folgte, so was muss ich mir wirklich nicht länger anhören. Ihr wisst genau wie ich, wie viel davon zu halten ist. Darf ich jetzt an meine Arbeit zurückkehren?«

»Nun«, sagte der Erzbischof, »was wäre denn das Zeichen des guten Willens, das Zentgraf Noß geben müsste?«

»Exzellenz, er müsste ja nur Euch in die Hände sein Gebetbuch legen, damit Ihr Euch überzeugen könnt, dass alle drei gleichlautenden Anschuldigungen von drei Frauen, so verschieden sie nur sein können, völlig aus der Luft gegriffen sind. Wenn Ihr überzeugt seid, will ich nie wieder von dieser Angelegenheit sprechen und entschuldige mich aus vollstem Herzen für die kostbare Zeit, die ich Euch damit stehle.«

Jetzt kam es drauf an. Luzia biss auf den Nagel ihres Zeigefingers und schmeckte die Seife aus dem Putzeimer. Trotzdem ließ sie nicht nach. Ihr Herz klopfte bis zum Hals und sie fürchtete, vor diesem Geräusch nicht die Worte des Erzbischofs zu hören. Unendlich zog sich die Pause, in der sie die Anwesenden atmen hörte, einen Stuhl quietschen, einen Fuß scharren.

»Damit Ihr Euer Versprechen haltet, will ich das tun. Balthasar, von welchem Gebetbuch redet er denn überhaupt?«

Luzia hielt den Atem an.

»Exzellenz, es wird wohl das Brevier sein, das mein Vater mir schenkte, nachdem ich in den Orden der Dominikaner als Novize eintrat. Als Lesezeichen verwende ich ein Medaillon, ein Andenken an meine selige Frau Mutter, um mich ihrer zu erinnern. Oft lese ich mit Sünderinnen in meinem Buch und bringe sie so dem Herrn näher, daher ihre Kenntnis davon. Es ist nichts Geheimnisvolles daran, weshalb ich es gerne Euch in die Hand gebe.«

Auf diesen Augenblick wartete Luzia mit Hochspannung. Zentgraf Noß' Vater, ein Förster, hatte nicht viel Geld für seinen Sohn ausgeben können und auch nicht für seine Frau. Das Medaillon war nichts Besonderes, weshalb Magdalene es auch nie wertgeschätzt hatte. Ein jeder Goldschmied fertigte es für einen halben Gulden. Und genauso das Gebetbuch. Lukas hatte die passende Auflage des gedruckten Gebetbuches gekauft, Trine das Medaillon, beides mit Magdalenes Bestätigung, dass es sich um genau das gleiche Stück handelte. Sie konnte das beurteilen, da es sich in ihrem Besitz befunden hatte. Das Gebetbuch kannte Luzia selbst. Sie hatte Tage gebraucht, es zu präparieren, darum wusste sie ganz genau, was der Erzbischof sah, als er es in die Hand nahm. Die Buchdeckel waren unverändert. Wenn man es aber aufklappte, sah man in die Seiten hinein eine Aushöhlung geschnitten, in der eine kleine Stoffpuppe lag. Diese Puppe hatte feinsäuberlich geknüpft graue Haare und an den Fingern Schnipsel von Fingernägeln. Auf dem Gesicht lag aufgeklebt eine ausgeschnittene Miniatur des Erzbischofs. Und in dem rot markierten Herzen steckte eine Nadel.

Ein dumpfes Stöhnen kam vom Erzbischof. Es schepperte, als er etwas von seinem Schreibtisch herunterstieß, um die Klingelschnur zu erreichen.

Luzia nahm ihren Eimer und den Lappen auf, als sie die Wachen durch das Vorzimmer stürmen hörte, und verließ den Palast. Aber sie hörte noch genau die Stimme des Erzbischofs immer wieder kreischen: »Nehmt ihn fest! Nehmt diesen von Gott verdammten Satansanbeter fest!«

KAPITEL 11

SIEG!

Magdalene wartete im Laboratorium auf sie, wo sie die Notizen von Lukas ordnete und korrigierte. Seit Wochen war sie nicht mehr aus dem Schutzraum heraus gekommen, weshalb ihre Anwesenheit im Laboratorium als ein großer Fortschritt galt. Sie flog Lukas entgegen, als er hereinkam. »Oh bitte, bitte sag, dass es gelang! Wenn es ein Fehlschlag war, ich schwöre, ich morde mich selbst, weil ich es nicht mehr aushalte!«

Lukas umarmte sie fest und wirbelte sie einmal um sich herum. »Ein Fehlschlag? Mein Schwesterherz! Der volle Erfolg! Ein Knaller! Es ist eingeschlagen wie eine Kartätsche!«

Magdalene schluchzte auf und die Tränen schossen ihr aus den Augen, während Lukas sie in einem Freudentanz hin und her drehte. Luzia wusste nicht, ob sie lachen oder weinen sollte, also lächelte sie breit dem Advokaten zu, der hinter ihr hereinkam. »Das haben wir Euch zu verdanken. Welch ein überwältigendes Plädoyer!«

Doktor Patrizius winkte Magdalene mit der Begnadigungsurkunde zu, die ihr das Ende der Strafverfolgung in dieser Angelegenheit versicherte. »Mein bestes, ich gebe es zu. Aber, Jungfer Luzia, ohne deine sprühende Fantasie und deine Kenntnisse hätten wir es nie geschafft. Und natürlich deine handwerklichen Fähigkeiten. Im ersten Moment wusste ich, dass du eine Diebin bist. Und zwar eine genauso talentierte Schlossknackerin wie geschickte Taschendiebin. Eine Meisterdiebin. Oh, keine Bange, ich bin Advokat und habe noch ganz andere Geheimnisse zu bewahren! Ich will damit nur bestätigen, dass es ein genialer Coup war.«

»Und das schönste werden sie erst noch herausfinden. Vor Langeweile in dem Uhrenkasten habe ich nämlich · in die Rückseite des Medaillons geritzt: Meinem Sohn, des Teufels liebstem Beischläfer.«

222

Lukas und Magdalene hatten zugehört und Lukas schüttete sich vor Lachen aus. »Großartig! Das nenne ich mit gleicher Münze heimgezahlt!« Er legte den beiden Frauen die Arme um die Schultern und schob sie auf die Tür zu. »Kommt, ihr beiden tapfersten Damen des Erdkreises! Wir gehen ins Wohnzimmer und lassen uns eine Flasche Muskateller schmecken. Feste muss man feiern, wie sie fallen. Magdalene, wir müssen dir doch genau sagen, wie es ablief. Luzia war einfach unglaublich!«

Munter plauderte er drauf los und ging gar nicht darauf ein, dass Magdalene auf der Schwelle zögerte. Er schob sie einfach hinaus und als sie draußen waren, sah man ihr an, dass sie gerne mitging. Oben schäumte die Laune genauso wie der Muskateller und selbst Doktor Patrizius lachte fröhlich. Dann ging es daran, Magdalene alles zu erzählen, und dabei wechselten sie sich ab. Nach einer Weile nahm Lukas ihre Hand und sah ihr in die Augen. »Mein Augenstern, du weißt, dass wir alles erzählen mussten, was er dir antat.«

Sie nickte ernst. »Das weiß ich. Was nützt es mir, das alles zu verschweigen, wenn ich in diesem Kellerloch hocken muss? Mögen die Nachbarn sich die Mäuler zerreißen, ich sei keine ehrbare Frau mehr. Ich kann den Kopf hoch tragen. Wir haben einem unbesiegbaren Monstrum getrotzt. Kein Held kommt ungeschoren aus dem Kampf.«

»Das ist die rechte Einstellung!«, prostete Patrizius ihr zu. »Dieser Wahnsinn muss ein Ende haben - wie auch immer. Mag es Hexen geben oder nicht, wobei ich sage, ich lernte schon so viele kennen, die man dessen beschuldigt, aber überzeugt hat mich keine Anklage, egal. Jedenfalls wird das Instrument der Inquisition bei diesem Ausnahmeverbrechen gottlos missbraucht. Dieser unselige Krieg vergiftet die Gemüter. Protestanten beschuldigen Katholiken der Hexerei und Katholiken die Protestanten. Worum geht es denn da? Politik. Streit zwischen Fürsten und Bischöfen wird ins Volk getragen und mit den brennenden Leibern von Jungfrauen ausgefochten. Da ich alle hier jetzt so kennen gelernt habe, will ich etwas anbieten. Sei mir keiner böse, aber solange die Aussichten auf Erfolg nicht sicher waren, hielt ich mich zurück. Ich kenne die Inquisition und weiß aus so vielen

Berichten ihrer Opfer, dass man auf gar keinen Fall ein Geheimnis für sich behalten kann.« Geheimnistuerisch nahm er einen Schluck aus seinem Pokal. »Es gibt einen Widerstand. Angehörige der Opfer und diejenigen, die davongekommen sind, arbeiten im Geheimen daran, diesen Wahnsinn zu beenden. Ich kann sagen, auch höchste Kreise der Regierung, Hochadel und Kirchenobere sind dabei, selbst die empörten Juristen der berühmten Fakultät in Ingolstadt. Denkt nach: Wenn die Inquisitoren noch immer so fest im Sattel säßen, dann hätte unsere Intrige nicht den Erzbischof zum Zweifeln gebracht, wo er doch selbst einer der eifrigsten Verfechter der Hexenverfolgung ist. Jungfer Magdalene, Euch können wir brauchen, um zu zeigen, dass auch Inquisitoren Menschen mit all ihren Schwächen und Lastern sind. Herr Doktor Wegener, Ihr eröffnet uns die Wissenschaften und leitet rational her, was nicht mehr als Hexerei bezeichnet werden sollte. Und du, Jungfer Luzia, kannst uns Dinge tun, die diese Teufel in Menschengestalt zu Fall bringen. Während unserer Gespräche lernte ich deinen brillanten Verstand und deinen Einfallsreichtum schätzen und dass du immer bereit bist, an das Gute im Menschen zu glauben. So siehst du selbst ein Ungeheuer wie Zentgraf Noß nicht als abgrundtief böse an, wie wir anderen alle, sondern nennst ihn krank.«

»Das ist er auch, Herr Professor. Nur fällt mir beim besten Willen kein Heilmittel ein gegen diese Krankheit. Man muss ihn wegsperren auf ewig. Wenn wir ihn töten, sind wir auch nicht besser als er selbst.«

»Nein, nein. Soll er bestraft werden, wie es sich gehört, und dann Gott überantwortet. Ich habe da eine andere Auffassung vom Tod. Für mich ist der Tod keine Strafe, es kann einen jederzeit der Tod ereilen. Wir machen es uns doch nur unnötig schwer, wenn wir das als Strafe sehen. Darum ist es auch nicht bemerkenswert, wenn wir uns hochkrimineller Elemente endgültig entledigen.«

»Das ist Eure Auffassung. Mag schon sein, dass der Tod keine Strafe, sondern unvermeidbar und - na ja - das Ende des Lebens ist, nicht mehr. Aber muss er denn so grausam sein!«

»Das ist er doch gar nicht, Jungfer! Die Öffentlichkeit sieht doch nur, was sie sehen will. Nehmen wir zum Beispiel den Prozess des

224

Ausweidens. Daran, dass du blass wirst, sehe ich, dass du dem noch nie beigewohnt hast. Mit dem ersten Schnitt durchtrennt der Henker ein Nervengeflecht im Bauchraum, damit der Delinquent sofort in einen Zustand der tiefen Starre fällt. Alles Weitere fühlt er überhaupt nicht mehr. Das ist nur der Körper, der die Augen aufreißt, gurgelt und zuckt. Die Angehörigen der Opfer sind zufrieden, der Pöbel jubelt, dass den Bösewicht die gerechte Strafe ereilte. Vielleicht sogar, obwohl ich das persönlich nicht glaube, überlegt sich der eine oder andere Kriminelle, ob er nicht besser einen anderen Weg einschlägt.«

»Es ist und bleibt barbarisch. Genauso wie die Folter.«

»So sehr ich gegen die Folter der Inquisition bin, so muss ich doch gestehen, dass im gewöhnlichen Strafprozess durchaus sinnvoll von ihr Gebrauch gemacht wird. Da geht es nämlich nicht um ein Geständnis, sondern um den Modus operandi. Der Inquisit muss erzählen, wie er ein Verbrechen beging und warum. So hat die Folter manchmal auch ein Gutes, wenn nämlich der Ermittler feststellt, dass die Tat so wie geschildert überhaupt nicht geschehen konnte. So wurde schon mancher einer Tat Beschuldigte reingewaschen. Es gibt ja die erstaunlichsten Gründe, eine Tat einzugestehen, obwohl man unschuldig ist. Da mag sein das Gefühl der Schuld, weil man es nicht verhindert hat, oder der Wunsch, einen nahen Angehörigen zu entlasten oder zu schützen. Manches Opfer konnte gerettet werden, weil der Entführer unter der Folter gestand, wo er es verbarg. Wie soll es denn sonst sein? Geht ein Räuber für ein paar Jahre ins Gefängnis, kommt frohgemut frei und verprasst dann den Raub, der solange gut versteckt war? Nein, so was gibt es nicht. Wenn die Beute trotz Folter nicht herausgegeben wird, erwartet ihn automatisch der Tod. Niemand soll einen Vorteil aus einem Verbrechen ziehen.«

Luzia fiel nicht viel als Entgegnung ein und mit dem wenigen hätte sie nur als trotzig und besserwisserisch dagestanden, also hielt sie den Mund. Dadurch geriet aber das Gespräch ins Stocken. Nach einer Weile seufzte Magdalene. »Nennt mich närrisch, aber ich muss immer an den armen Balthasar denken.«

Lukas richtete sich auf. »Er wird seine gerechte Strafe erhalten!«

»Ja, ja«, wiegelte Magdalene ab. »Zentgraf Noß erhält seine gerechte Strafe. Wir waren nicht ehrenhaft, aber weil er sich hinter seinem Amt versteckte und im schlimmsten Grade betrog, muss niemand von uns sich ein Gewissen daraus machen, dass auch wir nicht fair waren. Das meine ich gar nicht. Ich meine den kleinen Jungen, der wegen einer Kinderei so grausam bestraft wurde, dass er darüber dem Wahnsinn verfiel. Herr Doktor Patrizius, ich glaube, das ist es, was Luzia meint. Die Strafe war einfach zu bestialisch. Damit wurde sein gesamtes Leben zerstört.«

»Magdalene, er hat dein Leben zerstört«, sagte Luzia. »Ohne seine Grausamkeit wärest du jetzt die glückliche Gattin vielleicht deines Grafensohnes, hättest drei Söhne und sähest dein Glück darin, dich um sie zu kümmern. Wie stellst du dir denn jetzt deine Zukunft vor? Willst du den Rest deines Lebens dafür sorgen, dass deinem Bruder morgens frische Hemden hingelegt werden?«

»Sag alte Jungfer zu mir, aber für mich ist der Gedanke nicht erschreckend. Wenn ich mich nur seiner wissenschaftlichen Arbeit widmen darf, will ich auch gerne auf das zweifelhafte Vergnügen einer Ehe verzichten. Herr Doktor Patrizius, diesen Widerstand will ich mir mal ansehen. Wer weiß, vielleicht finde ich Gleichgesinnte und widme diesem Ziel mein Leben. Dabei, Luzia, wäre eine Familie ein Hindernis. So pessimistisch sehe ich meine Situation nicht. Ich habe eine große Hürde überwunden. Jetzt liegt wie eine weite Ebene mein Leben vor mir. Ich kann mich in die Richtung wenden, die mir gefällt.«

»Und du, Luzia?« Lukas nahm verstohlen unter dem Tisch ihre Hand. »Du willst nach Bayern?«

»Das wird nicht so einfach werden. Man sucht noch immer den Einbrecher. Der Stadtrat erwartet ein feindliches Heer, weshalb man auch wieder auf der Stadtmauer patrouilliert. Die Tore werden jetzt nachts bewacht, niemand kann mehr unbemerkt vorbeihuschen. Nur Glück, dass wir es vor der Verschärfung der Wache schafften. Wer weiß, wenn man mich aufgreift, vielleicht beschuldigt man mich, das möchte ich

226

nicht riskieren. Noch ein paar Tage, dann steht vielleicht kein Posten mehr vor dem Tor und ich kann mich nachts hinausstehlen. Dürfte ich so lange noch hier zu Gast bleiben?«

Lukas hielt ihre Hand so fest, als ob er sie nicht mehr loslassen wollte. »Sehr gerne. Wir haben dir so viel zu verdanken, dass ein wenig Gastfreundschaft das mindeste ist, was wir dir Gutes tun können. Diese Stadt hat dir nur Qualen und Aufruhr gebracht, du wirst froh sein, sie zu verlassen.«

»Insgesamt gesehen hatte ich aber Glück. Dem Schlimmsten konnte ich entkommen und danach entwickelte sich doch alles sehr positiv. Vor allem habe ich Kameraden gefunden. Das entschädigt mich für alles.«

»Nun, ich werde mich nach diesem aufregenden Tag zur Ruhe begeben«, sagte Doktor Patrizius. »Ihr erlaubt, dass ich Eure Erlebnisse meinen Freunden weitergebe. Ich denke schon, dass sich in den nächsten Tagen jemand an Euch wendet, Herr Doktor Wegener. So wünsche ich denn eine gute Nacht.«

Artig verbeugte er sich und Magdalene sprang auf, um ihn zur Tür zu begleiten. Da erst fiel Luzia auf, dass Lukas ihre Hand noch immer fest gepackt hielt. »Du hast Kameraden gefunden? Es ehrt mich, wenn du mich damit meinst.«

»Sicher meine ich Euch damit, Herr. Ihr wart ein guter Kamerad, sogar ein Freund. Sagt ruhig, dass Ihr alles nur für Eure Schwester getan habt, aber Ihr hättet ihr auch ohne mich helfen können. Unter größten Gefahren habt Ihr mich aufgenommen und versteckt, als ich Hilfe am nötigsten brauchte. Danke, Herr Lukas.«

»Bitte, Luzia, sag nicht mehr Herr zu mir.«

Sie hob ihr Gesicht, so dass er gar nicht anders konnte, als sie zu küssen. Es war nur ein kurzer, leichter Kuss, doch sie konnte ganz genau spüren, wie sehr seine Lippen dabei zitterten. Als er sie losließ, ruhten seine Augen auf ihr. Im Flur hörten sie Magdalene die Tür schließen.

»Das müssen wir wiederholen«, flüsterte Luzia, sprang auf und trug das Glas des Rechtsanwaltes heraus. Als sie zurückkam, setzte sich Magdalene wieder zu ihnen und starrte nachdenklich in ihren Wein. »Und wenn er seine Gefolgsmänner von der Inquisition überreden kann, dass alles nur eine Intrige ist?«

Luzia ließ sich von Lukas den Rest aus der Weinflasche geben. »Das mögen sie ihm ja mit den Aussagen glauben, weil sie vom selben Advokaten kommen. Es ist sein Wort, dass sie von drei verschiedenen Frauen gemacht wurden und eine schon drei Jahre alt ist. Auch das Buch kann ihm ein geschickter Taschendieb untergeschoben haben, wenn auch seine beiden Knechte schon vor Zeugen aussagten, dass niemand ihm nahe kam. Aber die Wunden an seinem Körper, wie soll er die erklären? Und wie soll er begreiflich machen, dass du sie sahst? Zumindest um die Unzucht kommt er nicht herum. Wenn er alles darf als Inquisitor, aber gerade das nicht. Seine Arbeit ist er los - so oder so.«

»Arbeit!« Lukas lachte. »Es handelt sich um eine hochheilige Profession, keine Arbeit! Arbeit bedeutet, die Böden zu schrubben. Wenn man es nicht richtig macht, fliegt man, dann schrappt man eben Karotten oder hängt Wäsche auf die Leine. Das ist Sache der niederen Schichten. Profession bedeutet, dass man eine Verantwortung hat. Man kann eine Profession nicht so ohne weiteres hinwerfen! Wo kämen wir hin, wenn ein Lehrer etwas Falsches erzählt und gleich seines Amtes enthoben wird? Oder ein Minister trifft eine dumme Entscheidung und quittiert den Dienst? Wer hätte mehr Interesse daran, einen Fehler wiedergutzumachen, wenn nicht der, dem man diesen Fehler ankreidet? Er weiß doch auch schließlich, was genau er falsch gemacht hat und was zu tun ist, es zu ändern. Soll er sich zurückziehen und zusehen, wie andere seinen Dreck wegräumen und dabei auf ihn schimpfen? Wer stiehlt sich denn so aus der Verantwortung?«

Bevor Luzia etwas dazu sagen konnte, erhob Magdalene sich. »Entschuldigt bitte, wenn ich euch so verlasse, aber ich konnte tagelang nicht gut schlafen. Jetzt, da ich mein eigenes Bett in erreichbarer Nähe weiß, verzehre ich mich danach. Ihr habt noch viel zu besprechen, lasst euch dabei nicht stören. Wenn ihr jemanden braucht, weckt Trine. Sie hat einen leichten Schlaf und wird euch gerne zu Diensten sein.«

»Mache dir keine Gedanken, mein Augenstern. Trine hat ein Gästezimmer für Luzia gerichtet und alles Nötige bereitgelegt.«

228

Mit einem deutlichen Gähnen verschwand Magdalene und schloss die Tür hinter sich. Luzia drehte ihr Weinglas in der Hand und Lukas starrte seiner Schwester hinterher. So langsam wurde Luzia das Schweigen ungemütlich. Patrizius war gegangen, Trine im Bett und Magdalene schlief sicher so schnell und tief, dass ein Kanonenschuss sie nicht mehr wecken konnte. Wenn Lukas jetzt nicht …

»Luzia, ich … Verzeih mir, aber …«

Sie sah ihm in die Augen und konnte nicht verhindern, dass sie nicht mehr loslassen mochte. Braune Augen hatten sie schon immer fasziniert und Lukas besaß ein Paar davon, in das sie hineinfallen wollte. Jetzt war das Schweigen nicht mehr ungemütlich. Sie saßen beide auf einer Bank und ließen gehörig Platz zwischen sich. Luzia überkam das Gefühl, sich an seinem Blick hin zu ihm zu hangeln, bis sie ihm ganz nah war. Auf einmal bewegte er sich wirklich auf sie zu, schob sich an ihre Seite und dann hielt er wieder ihre Hand. »Luzia«, flüsterte er.

»Zia, sagen meine Freunde.«

»Zia. Wunderschön. Du hast unglaublich blaue Augen. Blaue Augen sehen bei jeder Frau, in jedem Licht anders aus. Jede Blauäugige hat eine andere Nuance. Ein so klares Blau, wie du es besitzt, erkannte ich noch nie vorher. Als ich das erste Mal in deine Augen sah, wusste ich sofort, dass du mir niemals etwas Böses tun würdest.«

»Du warst so zornig.«

»Nicht auf dich. Vergibst du mir, dass ich dich anfuhr? Ich war nicht bei mir selbst.«

»Ach, Lukas, du hattest doch recht. Es war meine Schuld.«

»Niemals, Zia. Du hast alles wieder gut gemacht. Und noch viel besser: Du hast die Angelegenheit ein für alle Mal beendet. Darf … darf ich es … wiederholen?«

Luzia wusste sofort, was er meinte. »Bitte«, flüsterte sie und hatte noch nicht ausgesprochen, da spürte sie schon seine Lippen auf ihren. Unversehens fiel jede Zurückhaltung von ihm ab, er umschlang sie mit den Armen und schob sie rückwärts auf die Kissen, ohne ihre Lippen loszulassen. Sowie Luzia sanft mit ihrer Zunge seine Lippen berührte, nahm er die Einladung an und erkundete heftig mit seiner Zunge ihren

Mund. Sie erwiderte seine Umarmung und schob ihre Hände unter seine Weste, tastete über das glatte Leinen des Hemdes. Als er ihre Brüste streichelte, legte sie seufzend ihren Kopf über die Lehne der Bank. Gleich fühlte sie seinen Mund auf ihrer Kehle, seine Zunge fuhr herunter zum obersten Bändchen der Bluse. Seine Hand verließ ihren Busen, um es zu öffnen. Mit hastigen Bewegungen half sie ihm und schob seine Hand unter das steife Mieder, wo sofort die Brustwarze unter seinen Fingern fest und runzlig wurde.

Luzia bog sich ihm entgegen und umschlang ihn mit ihren Schenkeln, doch unvermittelt bewegte er sich nicht mehr. »Luzia, was machen wir?«, flüsterte er heiser.

Ihr Atem ging schwer und eine Flamme brannte heiß in ihr, selbst ihre Augen versagten ihr den Dienst und zeigten nur noch Lukas, nichts sonst. »Lukas«, rief sie, »lass mich nicht im Stich!«

Betroffen starrte er sie an. »Dich im Stich lassen? Niemals.«

»Dann liebe mich! Ich gehöre dir und heute gehörst du mir. Wenn du jetzt gehst ...«

Auf einmal umschlang er sie so heftig, dass ihr die Luft wegblieb. »Nie werde ich dich verlassen, wenn du mich brauchst. Oh Luzia, wie sehr ich dich begehre!«

Wieder fanden ihre Lippen sich. Nach und nach fielen die Kleidungsstücke um sie herum, sanken wie Blütenblätter auf den Boden, während Lukas' Hände Feuerlohen auf Luzias Haut entfachten. Die Zunge sandte Schockwellen durch ihren Körper, als er die Spitzen ihrer Brüste damit berührte. Auf ihrem Leib hinterließen seine Finger Gänsehaut und doch fühlte sie Hitze darunter. Mit Küssen bedeckte er ihren Hals, die Brüste, glitt tiefer über ihre Rippen, verharrte am Nabel und erkundete ihn mit der Zunge. Luzia fühlte die starken Muskeln seiner Arme, mit denen er sich über ihr abstützte, und atmete tief seinen männlichen Geruch ein. Kein Rosenöl bewirkte eine solche Reaktion bei ihr, sie hatte das Gefühl, in heißem Eiswasser zu baden. Seine Zunge glitt tiefer. Wie tausend Nadeln stach es in ihren Körper, als er den feinen Flaum berührte. Staunend hielt er inne, betrachtete sie dort, nahm einen Finger und fuhr die Konturen nach. Ganz sanft

230

folgte er der Spitze des Dreiecks und gelangte bis zum teilenden Spalt. Luzia atmete hechelnd und wagte nicht, sich zu bewegen, damit sie den Zauber nicht zerstörte, der sie gefangen hielt. Erst als sein Finger die Grenze überschritt, seufzte sie auf und hob ihm ihr Becken entgegen. Immer tiefer wanderte er, erkundete, tastete, bis sie nicht mehr stillhalten konnte und Koseworte flüsternd ihren Hinterkopf tief in das Polster drückte. Beinahe aufgeschrien hätte sie, als seine Zunge dem Finger folgte. Bereitwillig öffnete sie die Schenkel, um ihm Platz zu verschaffen. Völlig versunken schloss er die Augen. Auf einmal fühlte Luzia einen Schock durch ihren Körper rasen, sie keuchte auf. Er hatte ihren empfindlichsten Punkt gefunden, umrundete ihn mit der Zunge und schloss dann die Lippen darum. Hilflos warf sie den Kopf hin und her, zuckte mit ihrem Unterleib und verkrallte sich im Stoff des Polsters. Ihre Fersen trommelten gegen die Lehne. Eine Explosion schien in ihrem Unterleib stattzufinden und sie erkannte im ersten Moment gar nicht, dass er mit einem Finger in sie eindrang. Noch immer wand sie sich in unbeschreiblicher Lust, als er über sie kam, ihre Brüste fasste und sein hartes Glied langsam in sie hineingleiten ließ. Statt abzuebben steigerte sich ihre Ekstase, bis sie Sterne vor den Augen sah und ihr Unterleib sich bewegte wie ein waidwundes Tier. Luzia schlang ihre Beine um ihn und zog ihn tiefer in sich hinein, bis sie ihn fühlte wie ein zweites Herz, das heftig in ihrem Leib pulsierte.

»Ich liebe dich, ich liebe dich«, flüsterte er fieberhaft in ihr Ohr und sie spürte noch immer die Schläge seines Pulses in sich. Ihre Bewegungen wurden langsamer, die Spannung fiel von ihr ab.

»So schön, unglaublich schön«, stammelte sie leise. Sein Kopf ruhte zwischen ihren Brüsten und sie strich sanft über seine schweißbedeckte Stirn. Ihre Lippen fühlten sich trocken an und sie musste mit der Zunge darüber fahren, bis sie wieder sprechen konnte. »Die Damen müssen sich um dich reißen, damit du ihnen deine Gunst zukommen lässt.«

»Welche Damen?«, murmelte er. Sein warmer Atem zog über die Spitze ihrer Brust und sie merkte, wie die sich gleich wieder zusammenzog.

»Na, die Damen der Gesellschaft reden doch miteinander. Und wenn du eine von ihnen so beglückt hast wie mich gerade eben, dann werden sie sich schlagen, damit du sie beachtest.«

Nach einem tiefen Atemzug blickte er hoch und lächelte versonnen. »Nur einmal gab es eine Frau, die ich begehrte. Doch sie wurde mit einem anderen vermählt, bevor ich mir meiner Gefühle sicher war. Mein Schmerz grub sich so tief, dass ich eine andere nie auch nur angesehen hätte.«

»Du warst doch nicht etwa noch ...« Sie suchte verzweifelt nach einem Wort. »... Jungfrau?«

Er richtete sich mit einem Arm auf und lachte. »Wenn du es so nennen willst? Die Theorie beherrsche ich. Anatomische Studien in Salerno ... Ah, vergiss es. Nicht zu vergleichen mit der Praxis.«

»Und du dachtest nie an ... mehr?«

»Meine Forschungen beschäftigten mich zu sehr. Die Welt der Damen bedeutet doch ein eigenes Studium, für das ich nicht die Zeit aufbringen konnte. Sicher hätte ich schnell ... in ... Häusern ... aber das erschien mir zu billig, nur Fleischeslust. Ich erträumte mir ... Liebe.«

»Womit du genau das Geheimnis ergründet hast.«

Auf einmal ruckte sein Kopf hoch. »Hast du auch ein Geräusch gehört? Trine wird doch hoffentlich nicht nach uns sehen wollen! Oder Magdalene!«

Hektisch sprang er auf und streifte seine Kleider über, zog ein Stück nach dem anderen vom Boden hoch. Wenn es ihm nicht passte, warf er es Luzia zu, achtete gar nicht darauf, wo er sie traf. Notgedrungen streifte auch sie ihre Sachen über. Kaum war sie soweit, zog er sie auf die Füße und schob sie aus der Tür und in das Gästezimmer hinein. Auf der Schwelle schaute er sich verstohlen um, drückte ihr einen Kuss auf die Lippen und schloss ihr die Tür vor der Nase.

Perplex schüttelte Luzia den Kopf. Edelmänner! Wer sollte daraus schlau werden? Da bereitete er ihr das leidenschaftlichste Erlebnis ihres Lebens und stellte sie dann zur Seite wie einen Besen in den Schrank.

Noch völlig verwirrt zog sie sich ihre Kleider aus, löschte die Lampe und legte sich in die weichen Kissen, die Trine mit duftendem Leinen

232

bezogen hatte. Doch bevor sie auch nur beginnen konnte, sich Gedanken zu machen, schlief sie schon ein.

KAPITEL 12

SATISFAKTION

Es war der strahlend schöne, eiskalte Morgen des dreißigsten April, ein Tag vor dem Gedenktag der Heiligen Walburga. War es tatsächlich schon ein Jahr her, dass sie den Hexenrichter kennengelernt hatte? Die Zeit verging wie im Fluge, wie der Flug einer Hexe auf dem Besen. Heute Nacht würden überall im Land die Feuer brennen und heimlich Männer und Frauen Walpurgisnacht feiern. Niemand störte sie dabei, denn wer sich nicht als Freund der Geisterwelt sah, fürchtete, von ihr behelligt zu werden. Die Obrigkeit verschloss sich in ihren Häusern und betete, dass der Herr sie vor dem nächtlichen Unwesen verschonte.

Luzia stand fröstelnd neben Lukas auf dem Balkon des obersten Stockwerks des Stadthauses der Familie Wegener. So nah und doch so fern. Ob er diese Liebesnacht bedauerte? Keine halbe Minute waren sie seitdem mehr allein gewesen. Ständig bewegte sich jemand um sie herum und er machte keine Anstalten, ihr erneut näher zu kommen. Zwar bedachte er sie mit ausgesprochener Höflichkeit, aber sie vermisste die Verliebtheit in seinem Blick, seine sanften Worte, seine Zärtlichkeit. Dafür beschäftigte er sich ausnehmend mit der schönen Nachbarswitwe. Nicht dass er mit ihr sprach, er kam nicht einmal mit ihr zusammen. Aber jeder, der das Haus betrat, wurde ausführlich über sie ausgefragt. Die Besucher äußerten sich meist sehr diplomatisch, weil sie nicht wussten, was seine Anfrage bedeutete, doch jeder, der auch nur ein wenig zwischen den Zeilen zu lesen verstand, begriff, dass es sich bei ihr um eine Hure handelte. Jeder wusste das, nur nicht Lukas. Nach den ersten Botschaften hatte Luzia Zweifel in seinen Augen erkannt, später Trauer, dann Resignation. Jeder wusste, dass sie nur auf einen Mann wartete, den sie beerben konnte, einen Besseren als den Pferdehändler, der ihr nur das Haus hinterlassen hatte, in dem sie jetzt einen anderen suchte, möglichst einen reichen Tattergreis, der ihr nicht

236

hinter das Vergnügen mit den jungen Burschen kam. Denn das hatte sie nie lassen können, schon zu Lebzeiten des Pferdehändlers. Und jetzt herrschte ein beständiges Kommen und Gehen in seinem Haus, das aber mit Pferdehandel wenig zu tun hatte.

Um diese Schlampe trauerte Lukas. Dabei hatte Luzia ihm deutlich gezeigt, dass sie ihm mehr bieten konnte. Sie hätte nie wieder hierher kommen sollen, nachdem sie einmal in Mainz gewesen war. Jetzt saß sie hier in der Falle. Seit Wochen kam niemand mehr nach Amorbach hinein oder heraus, ohne von den Stadtwachen strengstens überprüft zu werden. Das ging so weit, dass sogar am hellen Tage die Stadttore geschlossen wurden, wenn sich nicht gerade eine Schlange von Bürgern davor sammelte. Die Schweden kämpften überall und marodierende Söldner durchstreiften das Land.

In Mainz suchte sie niemand. Magdalene hatte Luzia so sehr gebeten, ihr beizustehen, dass sie schließlich eingewilligt hatte, ihr zusammen mit Lukas vom Gelingen des Plans zu berichten. Das hatte in dem einen Erlebnis mit Lukas geendet. Allein deswegen hatte sich die Rückkehr nach Amorbach gelohnt. Wenn sie nur daran dachte, sammelte sich Wärme in ihrem Schoß und ihre Finger begannen zu zittern. Leider nur hatte danach Lukas keine Anstalten mehr gemacht, das Ganze zu wiederholen. Ein verstohlener Blick, wenn das Gesinde nicht hinsah - davon konnte keine Liebe bestehen. Luzia sehnte sich nach seiner Berührung, seinen Küssen. Nein, wenn sie ihn nicht ganz haben durfte, mit diesen Bröckchen wollte sie sich nicht abspeisen lassen. Hatte er auf einmal Angst vor ihr? Was sollte diese dumme Ausrede? Warum sollte Magdalene nicht davon erfahren? Luzia wollte Lukas' Schwester heute noch zur Seite stehen, dann war es Zeit, die Stadt zu verlassen. Sicherlich blieben in der Walpurgisnacht die Stadtwachen an ihrem sicheren Feuer und achteten nicht darauf, wenn ein Schatten über die Stadtmauern glitt.

Jetzt sah Magdalene gar nicht hilfsbedürftig aus, eher entschlossen. Luzia konnte kaum etwas unten auf dem Marktplatz erkennen. Mit dem Fernrohr hätte sie mehr gesehen, aber das hielt Magdalene fest in der Hand. Das war die Kostbarkeit, die Lukas von seinen Reisen mitgebracht hatte. Es kam aus einer kleinen Stadt in Holland, wo sich mehrere Brillenmacher niedergelassen hatten. Sie bauten Instrumente, mit denen man weit Entferntes nah heran brachte, so dass man auch aus der Ferne Details erkennen konnte. Das war das Fernrohr. Ebenso bauten sie ein Ding, mit dem man unendlich Kleines so groß machte, dass man es betrachten konnte. So eines besaß Lukas in seinem Laboratorium und Luzia hatte es gegruselt, als er ihr einen Tropfen aus einer Pfütze auf diese Art gezeigt hatte.

Luzia merkte, dass sie sich mit unnützen Gedanken nur ablenken wollte. In Wirklichkeit wäre sie am liebsten gar nicht dabei gewesen. Im letzten April, als die Hexe verbrannt worden war, hatte sie das kaum berührt. Da hatte sie ja noch geglaubt, dass eine Verbrecherin gegen Gott und die Menschheit ihrer gerechten Strafe zugeführt wurde. In den vergangenen Monaten hatte sie mehr über Recht und Gesetz und auch über Gott nachgedacht als ihr ganzes Leben vorher. Wie sie die Ereignisse bewerten sollte, denen sie jetzt beiwohnte, wusste sie nicht. Einerseits empfand sie es als gerecht, andererseits missbilligte sie die Grausamkeit. Am liebsten wäre sie davongerannt, dabei wollte sie es aber auch miterleben.

Hierher nach Amorbach hatte der Erzbischof den Gefangenen bringen lassen, weil er den aufgebrachten Mob nicht vor seiner Haustür haben wollte. Noß hatte hier Verbrechen begangen, hier sollte man ihn richten. Dabei stimmte das nur teilweise. Die meisten Verbrechen hatte er in Fulda begangen, doch mit den dortigen reformierten Rittern verstand sich der Erzbischof nicht, weshalb er den Gefangenen nicht herausgeben wollte. Er traute ihnen einfach nicht. Politik!

Magdalene hielt sich an dem Fernrohr fest, als ob es ihr Halt geben könne. Dunkle Wolken zogen über den Ort und ließen das Licht der Sonne nicht das Schauspiel bescheinen. Einzelne Sonnenstrahlen blendeten mehr, als dass sie erhellten. Luzia erkannte nur Schemen zwischen der wogenden, heiteren Menge. Über die Dächer hinweg blickte sie auf den Marktplatz und auf die Bühne, die dort für den heutigen Anlass gezimmert worden war. Sie konnte zwar nicht erkennen, was dort passierte, aber allein der Gedanke daran ließ Luzia einen eisigen

238

Schauer den Rücken herunter laufen. Sie wollte es auch gar nicht sehen. Verstohlen tastete sie nach Lukas' Hand und ganz offen nahm er sie und hielt sie fest.

»Es hat viel Aufsehen erregt«, sagte Doktor Patrizius, der neben Magdalene auf der anderen Seite von Lukas stand. Viel Aufsehen, das war wohl wahr. Es war mehr als Aufsehen, es war ein Aufstand, als über Monate hinweg die näheren Umstände allgemein bekannt wurden. In den Tagen danach kam es zu Tumulten und Krawallen, die von Mainz ausgehend Kreise der Vernichtung zogen. Auch die Scheiben des Rathauses in Amorbach wurden eingeschlagen, so hoch Steine fliegen konnten. Ein Aufstöhnen ging durch das gesamte Bistum. Ein Inquisitor diente dem Teufel! Die Glaubwürdigkeit der gesamten Rechtsprechung wurde angezweifelt. Da half es auch nicht, dass es sich um einen Fuldaer Richter handelte, überall verweigerten Menschen den Respekt. Wie Brandherde loderten überall Proteste auf. Man diskutierte öffentlich über den Sinn und Zweck von Folter bei Verhören, überdachte alte Prozesse und meuchelte hier und da bekannte Denunzianten. Monate hatte es gedauert, bis wieder Ruhe eingekehrt war. Der Erzbischof verteidigte die Institution und versicherte allen, es werde personelle Konsequenzen geben. Von nun an dürfe kein Gefangener mehr allein verhört werden und auch dem Angeklagten eines Ausnahmeverbrechens solle ein Anwalt zur Seite gestellt sein. Außerdem werde die Angelegenheit gründlich untersucht und alle Verantwortlichen strengstens zur Rechenschaft gezogen.

Es fehlte nicht viel und man hätte in Amorbach das Rathaus angezündet. Das war vor zwei Wochen. Und jetzt stand Noß dort auf der Bühne und der Henker neben ihm. Doktor Patrizius beschattete die Augen und stellte sich näher an das Geländer, worauf Luzia an seiner langen Gestalt vorbei noch weniger sah. »Endlich kamen Nachrichten aus Fulda«, sagte er. »Es war kein Zufall, dass Noß sich hier aufhielt. Der Fürstabt von Dernbach aus Fulda, dessen Protegé er war, starb. Ohne dessen behütende Hand brach der Zorn der von Hessen unterstützten Ritter über ihn herein. Es gab schon früher Verwicklungen, die Ritter mussten ungerechterweise Wiedergutmachung zahlen, sie waren erbost. Jetzt fordern sie seine Auslieferung. Er hielt sich beim Erzbischof in Mainz auf, dass der ihm, genau wie vordem sein Herr, Unterstützung gewähre. So verzückt darob schien Seine Exzellenz nicht gewesen zu sein, da er ihn nach Miltenberg verwies. Von dort wurde er durch die Vermittlung seines ehemaligen Schreibers Valentin Schuster nach Amorbach gerufen. Dessen Vater hatte einen Erbstreit mit dem Schultheiß und profitierte vom Tod der Schultheißin.«

»Ich stelle mir vor, wie erfreut Noß war, mich und Magdalene hier zu finden«, sagte Lukas. »Er muss es für eine Gottesfügung gehalten haben. Das war es, denn jetzt wird ihn Gottes Strafe ereilen.«

»Man wirft ihm allerlei vor im Bistum Fulda, Habgier vor allem. Er klagte die reichsten Frauen an und zog ihre Vermögen ein. Arme Bauern mussten ihre gesamten Güter als Prozesskosten geben, wenn sie nicht auch eingetürmt werden wollten. Revision ließ er nicht zu und richtete Frauen hin, obwohl die in zweiter Instanz frei gesprochen waren. Niemand folterte grausamer als er und seine Opfer starben in Massenverbrennungen. In manchen, schon durch die Pest dezimierten Orten klagte er aus jeder dritten Familie die Hausfrau oder Tochter an. Wenn er dorthin ausgeliefert wird, sie zerreißen ihn. Ah, die Urteilsverlesung ist vorbei.«

»Was machen sie?«, fragte Luzia unbehaglich.

»Er wird entkleidet.« Magdalene sprach fest und ihre Hände umkrampften das Fernrohr. Ein Johlen ging durch die Menge. »Jetzt ist er nackt. Sie ketten ihn gestreckt an den Pfahl.«

»Wird er dabei sterben?« Wie Luzia diesen Mann hasste! Dennoch fühlte sie einen dumpfen Druck im Magen, wenn sie daran dachte, was ihm nun bevorstand.

»Nein, Jungfer Luzia«, sagte Doktor Patrizius. »Der Henker ist ausgebildet. Es liegt in seiner Verantwortung, dass nur die festgesetzte Strafe ausgeführt wird, nicht mehr. Er wird im Sinne seines Verbrechens bestraft, nicht getötet. Das muss er überleben.«

»Aber warum? Ich meine, warum tun sie ihm das an? Wenn sie ihn doch sowieso umbringen wollen, warum dann dieser Aufwand?«

240

»Die öffentliche Bestrafung? Ich nehme an, um das Volk zu beruhigen. Es wird streng nach dem Gesetzbuch der Carolinga gehandelt, so hat es unser Kaiser bestimmt. Nur wurde streng im Einklang mit dem Gesetz in zwei Prozesse aufgespalten. Ein weltlicher Richter hat dieses Urteil gefällt, er sah keinen ausreichenden Zusammenhang mit der Ketzerei. Dies hier ist nur die Strafe für Notzucht. Jungfer Magdalene, schaut gut zu, das ist Eure Vergeltung. Er wird von seinen Wunden genesen sein, bis die Ankläger aus Rom zurück sind, die ihn aburteilen sollen.« Der Papst hatte mehrere Kirchenfürsten zu sich befohlen, um diese Vorkommnisse aufzuklären. Dieser enorme Aufwand verdeutlichte, wie tief der Prozess um Noß die Gemüter aufwühlte. »Zufälligerweise bin ich bekannt mit jemandem, der nähere Kenntnisse vom Verfahren erlangen konnte. Man hat Zentgraf Noß angeboten, die Strafe auszusetzen bis nach dem Ende des Prozesses wegen Hexerei. Im Endeffekt hätte man also diese Strafe gar nicht vollzogen, denn ich glaube kaum, dass es dann noch möglich ... Also, er bat selbst darum. Er war geständig und bekannte sich schuldig der Notzucht einer schutzbefohlenen Jungfrau im Wiederholungsfall. Nun, besonders schwere Begleitumstände, Widernatürlichkeit et cetera, et cetera. Das bedeutet Strafverschärfung. Der Richter sprach das Höchstmaß aus. Zentgraf Noß dankte ihm dafür und bat um baldige Vollstreckung, da er die schlimmste Strafe verdiene. Er leide unsäglich unter seiner Wollust und ersehne deren Abklingen. Jeder körperliche Schmerz sei dem vorzuziehen und die Ablenkung dadurch zu begrüßen. Er wisse, dass es nach der Vollstreckung noch Wochen oder Monate dauere, bis die Qual beendet sei. So hoffe er, den Prozess vor den Inquisitoren von dieser Schuld befreit und wachen Geistes verfolgen zu können.«

»Strafverschärfung? Was bedeutet das, Herr Doktor?«, fragte Magdalene, der es anscheinend überhaupt nicht schleierhaft war, weshalb Noß sich so entschieden hatte.

»Ihr seht es gleich selbst, Jungfer Magdalene. Zuerst wird er geschlagen. In Anbetracht seines vernarbten, gefühllosen Rückens soll der Henker Gesäß, Bauch, Oberarme und das Innere der Oberschenkel herannehmen. Zuerst muss er mit dem Gesicht zum Pfahl stehen, dann mit dem Rücken dazu, zum Schluss werden die Gehilfen die Beine spreizen. Ausdrücklich soll der Henker mit der Peitsche nicht die Brust wählen, weil bei der erwarteten Folter der Inquisition die Haut dort belastbar bleiben muss.«

Die Menge grölte rhythmisch. Obwohl sie kein Wort verstehen konnte, erkannte Luzia, dass die Menschen dort zählten. Sie zählten laut die Peitschenhiebe mit, die Balthasar erhielt. Sechzig. Es gab keinen Grund für den Henker, barmherzig zu sein.

Lauter Jubel erschallte, als die Peitsche ihre Arbeit verrichtet hatte, der aber Patrizius' Worte nicht übertönen konnte. »Ein Band wird fest um sein Gemächt gezogen, um die Blutzufuhr zu vermindern. Dadurch wird auch der Schmerz betäubt. Jungfer Magdalene, dabei handelt es sich nicht um Gnade, sondern um die Gewähr, dass er die Prozedur überlebt. Außerdem lässt die Betäubung bald nach. Ohnedies käme es zum sofortigen Tod. Ein Chirurgus aus Salerno wurde deshalb für viel Geld gerufen. Nun, Noß zahlt es selbst, weil sein erpresstes Vermögen eingezogen ist. Das anschließende Ausbrennen der Wundhöhle wird er sehr wohl fühlen.«

Magdalene sah kurz zu ihm herüber, bevor sie sich wieder auf den Blick durch das Fernrohr konzentrierte. »Halb wünschte ich, er würde am Wundbrand eingehen. Andererseits erscheint mir das zu gnädig für ihn.«

»Man trägt Vorsorge auf Anraten des Medicus. Die nächsten drei Nächte verbringt er im Kerker in einem besonders dafür gefertigten Gestell mit gespreizten Armen und Beinen, dass er nicht in den Wunden bohren kann und somit doch noch seinen Tod hervorruft. Wie ich weiß, wird er schon seit Wochen darin gehalten, sowie die Aufsicht ihn verlässt. Er nutzt jede Gelegenheit, sich selbst zu verletzen. Sein Bedürfnis nach ständiger Strafe scheint mir auch so gestillt, denn die fortwährende Fesselung in dieser Lage ruft schmerzhafte Muskelkrämpfe hervor. Mein Spitzel im Rathaus berichtet, heute gibt er den ersten Tag Ruhe und tobt nicht gegen seine Bewacher.« Applaus brandete hoch. »Ah, es ist vollbracht.«

242

»Gott sei Dank. Er hat Strafe verdient, aber ich kann nichts gegen mein Mitleid tun.« Luzia wollte sich herumdrehen und hinein gehen, aber die anderen blieben stehen. Magdalene klebte am Fernrohr und leckte sich kurz über die Lippen.

»Strafverschärfung«, sagte Doktor Patrizius. In diesem Moment gellte ein Schrei über die Dächer, der sogar das Jauchzen der Menge übertönte. Ein Lächeln umspielte Magdalenes schöne Lippen. Luzia merkte, wie Lukas' Hand sich kurz um ihre verkrampfte. Die Stimme des Rechtsanwalts klang sachlich. »Der vordere Teil des Gliedes wurde mit einer glühenden Zange abgezwackt. Das wird verhindern, dass er trotz nachlassender Lust durch die Entmannung überhaupt körperlich in der Lage zu einer weiteren Vergewaltigung sein wird.«

»Großer Gott, ist es denn endlich vorbei?«

»Gleich, Jungfer Luzia. Eines noch. Wegen der Widernatürlichkeit. Er soll fühlen, wie sein Opfer fühlte. Ein englischer König schon musste sich diesem stellen als Strafe für sein gotteslästerliches Gelüst der Sodomie. Das ist als Schluss der Züchtigung vorgesehen, da es bei dieser Prozedur regelmäßig zur Ohnmacht kommt. Man wird sich nicht mit dem Wecken aufhalten, sondern ihn gleich in das Gestell fesseln und in den Kerker transportieren. Die wenigen Büttel sind überfordert, es mit der aufgewiegelten Menge aufzunehmen. Sie hoffen, mit seinem bewusstlosen Leib ungeschoren durch die Rotte zu kommen. Beginnt er zu toben, zerreißt ihn der Mob.«

»Sie binden ihn auf den Bock«, rief Magdalene und beugte sich vor. Rhythmisches Klatschen und Rufe feuerten den Henker an. Eigentlich wollte Luzia es überhaupt nicht wissen, aber dann fragte sie doch: »Was geschieht denn jetzt noch?«

»Sie sind mit zwei Haken in ihn eingedrungen und ziehen die Öffnung auseinander«, sagte Magdalene.

Doktor Patrizius erklärte weiter. »Ein glühendes Rohr wird tief ins Rektum geführt und belassen. So wird den Rest seines Lebens jede Entleerung zur unerträglichen Qual. Auf diese Weise soll er täglich seiner Sünden gedenken und büßen. Das, Jungfer Magdalene, sollte Euch Vergeltung genug sein.«

243

In dem Moment, als das Getöse der Menge den lautesten Punkt erreichte, gellte wieder ein Schrei empor, diesmal langgezogen und in einem Kreischen endend. Applaus und Jubelgesänge brandeten empor und wollten gar nicht enden. »Belassen?«, krächzte Luzia.

»Natürlich nur die ersten Tage. Das gewährleistet eine so tiefe Verbrennung, dass der Zweck erfüllt ist, und schützt die Wundfläche, sagt der Chirurgus. Mit einer Zange wird das Rohr entfernt, wenn er das Gestell verlassen darf. Das soll noch einmal qualvoll sein, wurde mir gesagt. Dann erst gilt die Strafe als vollzogen.«

»Luzia, Liebes, du bist totenbleich!«, rief Lukas und zog sie stützend an sich. »Gehen wir besser hinein. Es ist vorüber. Willst du dich setzen?«

Dankbar lehnte sie sich an ihn und ließ sich in die Wohnung führen. Trine und die anderen Dienstboten hatten am Fenster dem Schauspiel beigewohnt und zerstreuten sich jetzt. Eines der Mädchen servierte Glühwein und Luzia nahm dankbar den heißen Becher entgegen. Er war stark gewürzt und half gegen die Übelkeit. »Das kann er doch unmöglich überleben«, murmelte sie.

»Oh doch«, sagte der Advokat. »Die besten Ärzte werden sich um ihn kümmern. Schon vor Tagen bereiteten sie ihn auf die Strafe mit Aderlässen vor. Der Erzbischof und auch Seine Heiligkeit bestehen auf einen Inquisitionsprozess. Er wird seine volle Schuld gestehen und auch dafür noch bestraft werden.«

»Und dann wird er verbrannt«, meinte Magdalene zwischen zwei Schlucken Glühwein. »Lebendig. So wie er so viele Unschuldige verbrannt hat.«

»Bis dahin ist jeder Tag für ihn eine Tortur. Der Tod wird eine Erlösung für ihn«, sagte Lukas und legte seinen Arm um Luzia.

»Aber gibt es denn irgendetwas in der Welt, mit dem sie ihn noch bestrafen können? Hat er denn nicht schon genug gelitten?«, fragte Luzia.

»Nun, Jungfer Luzia, da wird den Inquisitoren sicherlich noch etwas einfallen. Sein Verbrechen ist so unerhört, dass seine Bestrafung wirklich spektakulär sein muss, um das Volk zu beruhigen. Jetzt feiern sie, aber sie fiebern dem Ende des Prozesses entgegen. Man gesteht dem Noß sechs Wochen Genesung zu, damit er mit vollen körperlichen Kräften dem Prozess folgen kann. Alle siebenhundert Prozesse, die er leitete, werden aufgerollt, um zu prüfen, ob das Urteil seiner Wollust oder Geldgier zuzuschreiben war. Ich weiß: Für jedes einzelne Urteil ist ein gesondertes peinliches Verhör geplant. Er sprach dreihundert Menschen schuldig. Dann steht noch die Sache der widernatürlichen Vereinigung mit dem Teufel auf der Liste und der heimtückische Angriff auf den Erzbischof. Beides verlangt maximale Strafe. Man rechnet mit Monaten Dauer für den Prozess.«

»Luzia, mein Liebling, es ist wohl besser, wenn wir uns mit diesem Thema nicht weiter befassen.« Dabei sah Lukas den Advokaten an, der nickte und seinen Glühwein leerte.

»Nun, Herr Professor, ich bedanke mich für den Logenplatz bei diesem Schauspiel. Die Anrainer des Marktplatzes verlangen auf dem Balkon zehn Gulden und ich denke, bei seiner Verbrennung werden sie auch zwanzig nehmen. Ach, Jungfer Luzia, bevor ich es vergesse, ich wollte noch sagen, dass heute Nachmittag die Handwerker beschäftigt sind, die eingeworfenen Fenster am Rathaus zu vernageln. Sie werden vor Sonnenuntergang fertig sein, erfuhr ich. Danach rechnet man damit, dass sich keine Menschenseele mehr in der Nähe aufhält. Es wird vor den Stadttoren gefeiert - dort, weil die Feier auf dem Rathausplatz verboten wurde. Was ich meine, tja, die Wache auf den Stadtmauern wird wohl mitfeiern. Nun, so, ich verabschiede mich. Jungfer Magdalene, es war mir ein Bedürfnis, Eure Satisfaktion in Eurer Gegenwart erleben zu dürfen. Und dir, Jungfer Luzia, wünsche ich eine gute Reise und alles Gute für die Zukunft. Ich verabschiede mich.«

Magdalene stellte ihren Becher ab und achtete gar nicht auf den Anwalt, der das Zimmer verließ. »Luzia, du verlässt uns? Du willst es wirklich versuchen?«

»Ja, Magdalene, eure Gastfreundschaft war überwältigend und ich bedaure sehr, euch verlassen zu müssen, aber ... ich fürchte mich zu sehr davor, dass jemand mich des Diebstahls anklagt. Mir stünde eine schwere Strafe bevor, dieser Tage sind die Richter streng. Was ich heute sah, bestärkt mich in meiner Ansicht. Ehe ich bereue, was ich diesem Mann angetan habe, will ich lieber gehen. Ja, ich weiß, ich kenne die Argumente. Er hatte genau das gleiche mit uns beiden vor und er hätte es auch vollbracht, wenn wir ihm nicht zuvor gekommen wären. Und ja, es stand uns kaum ein anderer Weg frei. Wir mussten ihn mit seinen eigenen Waffen schlagen. Trotzdem kann ich nichts gegen meine Schuldgefühle tun und wache nachts schweißgebadet auf, wenn ich daran denke, was ihm geschieht und was man vielleicht mit mir macht. Ich will fort.«

Lukas' Blick tat ihr weh, aber sie erwiderte ihn offen. »Und ich kann nichts tun, dich zu überreden? Lass mich dich beschützen.«

»Lukas, ich kann nicht bleiben. Es zerreißt mir das Herz, aber es geht nicht.«

»Ach, Luzia, so ist es doch gar nicht. Der Volkszorn kocht nicht ständig und verlangt Opfer. Es ist nicht alltäglich! Und du hast selbst erlebt, dass es große Empörung über die Praxis der Folter gab. Wer weiß, Dank deiner Heldentat wird sie vielleicht abgeschafft. Und wenn das, dann auch bald diese Art der Bestrafung. Sollte das geschehen, haben wir dir das zu verdanken.« Magdalene reichte zu ihr herüber und griff nach Luzias Hand.

»Du willst auf einmal die Abschaffung der Folter? Magdalene, ich hatte den Eindruck, dass du recht befriedigt warst.«

»Ja, sicher, aber du weißt auch warum. Mir hätte eine minder schwere Strafe für ihn genügt. Es war trotzdem gerecht, keine Frage. Er soll nie wieder einer Frau antun, was er mir tat. Das ist gewährleistet. Von mir aus dürfte er jetzt den Rest seines Lebens in seinem Kloster auf Knien rutschen und beten. Strafe genug ist es schon, ihn von seinem hohen Ross gestoßen zu sehen. Seine Demütigung war mir eine große Befriedigung. Aber jetzt ist es genug. Mehr will ich nicht. Er hat seine Strafe erhalten für das, was er mir antat. Ich denke, auch dir reicht es als Vergeltung. Doch jetzt kommt das unersättliche Ungeheuer der Inquisition, aus dessen Fängen wird er nicht mehr entkommen. Es wird ihn fressen, bis nichts mehr von ihm übrig ist. Das ist das Ungeheuer, das er selbst nährte und aufpäppelte, das ihm die Hand leckte und das er streichelte. Jeder Bissen für dieses Ungeheuer ist zu viel, doch an diesem Brocken wird es ersticken. Das ist der Grund, warum ich mit Spannung den Ausgang erwarte. Wenn sie Zentgraf Noß verbrennen, verbrennen sie ihre eigene Institution. Und darauf freue ich mich.«

»Magdalene, hast du nicht die Wäscherin zu überwachen oder Mirabellen einzulegen?« Lukas' Stimme klang ungehalten.

»Mirabellen? Lieber Bruder, wir haben noch nicht einmal Mai! Ah, euer letzter Abend. Nun, ich denke, ich sehe nach der Wäscherin.«

Lukas nahm Luzia in den Arm, als Magdalene die Tür geschlossen hatte. »Zia, es tut mir leid. Ich dachte, wir hätten mehr Zeit.«

»Es ist hoffnungslos. Du kannst unmöglich hier fort und ich möchte nicht, dass du deine Forschung vernachlässigst. Dieses Observatorium ist dein Leben. Finde nur so viel über die Sterne heraus wie möglich. Frauen gibt es fast so viele wie Sterne. Wie ich Magdalene einschätze, wird sie dir schon eine suchen.«

»Frauen wie dich gibt es nur einmal. Sterne gibt es viele, doch von dir weiß ich, es gibt dich nur hier und jetzt. Wenn du mich verlässt, bist du für immer fort.«

Sie beugte sich zu ihm herüber und küsste ihn, aber er blieb passiv. »Lukas, ich kann nicht hier bleiben. Bis jetzt hat niemand gefragt, wer dein Gast ist, und Trine ist dir viel zu treu, das herumzuerzählen. Irgendwann kommt es heraus. Ich habe die Zeit mit dir unglaublich genossen. Heute ist unser Abschied.«

Sanft berührte er ihre Wange und sah ihr dabei in die Augen. »Ich wusste nicht, dass es so bald sein muss. Ich hatte etwas arrangiert, aber weiß nicht, ob du willst. Heute, während die Handwerker an den Fenstern sind, wird der Kerkermeister eine Weile fort sein. Für ein paar Kreuzer lässt er uns zu ihm.«

Luzia presste die Lippen aufeinander und hielt einige Sekunden die Luft an, bis das plötzliche Herzrasen verging. »Ja, ich sagte, dass ich gerne noch einmal mit ihm reden würde. Aber ... ich wollte auf gleicher Ebene mit ihm reden, von Mensch zu Mensch, nicht wie Inquisitor und Hexe. Was auch immer er mich fragte, ich antwortete nur, was ich dachte, er wolle es hören. Ich will ihm die Meinung sagen, ihn aufklären, welchem Aberglauben er unterliegt und wie falsch sein Denken ist. Jetzt wäre es doch genau umgekehrt: Er wird gefoltert, hat Schmerzen und leidet, während ich dort hereinkomme wie … Er wird denken, ich wolle ihn noch mehr quälen.«

»Wenn du nicht willst, lassen wir es einfach bleiben. Ein Bekannter schlug es mir für Magdalene vor, damit sie ihren Seelenfrieden wiederfindet, aber sie hat sich so gut gefangen, dass ich es nicht als notwendig ansehe. Für dich wäre es etwas anderes, weil du dir Vorwürfe machst. Ich sage ganz offen, was ich denke: Du hast Mitleid mit ihm, ganz egal, was er dir und meiner Schwester und hunderten anderer Frauen antat und noch plante. Wenn du ihn jetzt sprichst, wirst du erkennen, dass er dein Mitleid nicht verdient. Er ist ein Ungeheuer und seine Strafe gerecht. Das sollst du sehen.«

»Ich werde heute Nacht über die Stadtmauer gehen. Willst du mich bis dahin begleiten?«

»Selbstverständlich. Ich werde mich dort von dir verabschieden.«

»Dann gehen wir vorher zum Kerker. Dein Gedanke ist gut. Ich werde mich auch von ihm verabschieden.«

248

KAPITEL 13

ABSCHIED

Luzia zitterte, als sie die Eingangshalle betraten. Lukas legte beschützend seinen Arm um sie. »Wir können jederzeit weggehen«, sagte er. Seine Stimme war zu einem Flüstern geworden, auch er spürte die unheilvolle Atmosphäre. Sie waren durch einen Seiteneingang hereingekommen. Kein Lichtstrahl drang von außen in die Halle, ohne die Laterne hätten sie im Dunkeln gestanden. Überall lagen Glasscherben und zerfetzte Wandbehänge herum, die Möbel waren verrückt oder zerschlagen, viele fehlten. Lachen aus undefinierbarem Schmutz verbreiteten unangenehmen Geruch. Sie hatte nicht geahnt, dass der Mob so fürchterlich wüten konnte. Beileibe nicht wegen ihr hatte sich das Volk empört, nicht einmal wegen Magdalene, aber es waren vier angesehene Frauen aus der Stadt gefoltert worden, eine davon verbrannt von einem Richter, der aus Habgier, Wollust und Boshaftigkeit handelte. Der Schultheiß war es, der den ersten Stein auf das Rathaus geworfen hatte.

Aus den oberen Stockwerken klang Hämmern. Luzia hielt sich nicht auf und zog Lukas zur Treppe. Er holte einen Schlüssel hervor und öffnete die Kellertür. Luzia grinste. »Dafür hätte ich damals meine rechte Hand gegeben!«

Er nahm ihre rechte Hand und küsste die Fingerspitzen. »Zum Glück musste es dazu nicht kommen! Der Büttel fürchtet um seinen Posten und nimmt, was er kriegen kann, zu Ausverkaufspreisen. Mich kostete der Schlüssel einen Gulden.«

Luzia zögerte, den dunklen Korridor zu betreten. Zu sehr wurde sie an den Kerker unter der Kirche erinnert. Es kam nur etwas Licht aus dem Spalt der Tür zu einem Raum und kein Laut war zu hören. Sie holte tief Luft und ging dann festen Schrittes auf die Gangseite mit den Zellen. Unter einer Tür schien Licht hindurch, eindeutig sollten sie zu dieser Zelle. Lukas wies hinter sich. »Der Schlüssel liegt auf dem Tisch im Wachzimmer.«

»Nicht nötig«, meinte Luzia und brauchte nicht einmal eine Sekunde, um das Schloss mit ihrem Haken zu öffnen. Das war eigentlich unnötige Angabe vor Lukas, aber sie wollte unbedingt ihre Hände beschäftigen.

Es kam noch viel schlimmer, als sie es sich vorgestellt hatte. Als erstes überfiel sie ein Geruch nach Kampfer und Abtritt, davon überdeckt erreichten sie andere, unsägliche Nuancen, von denen sie gar nicht wissen wollte, woher sie stammten. Der Raum war völlig leer bis auf das besagte Gestell. Es handelte sich um einen roh aus Eisenstäben zusammengefügten Quader, in dessen Mitte sich Balthasar Noß befand. Hände und Füße hingen in Fesseln an den langen, oberen Streben des Quaders, der Rücken lag auf Stroh auf dem Boden. Unter ihm breitete sich eine Pfütze aus Urin und Kot aus. Außer Gesicht und Brust war wohl jedes Stück Haut mit blutigen, tiefen Striemen bedeckt. Der Mann sah entsetzlich aus. Luzia hatte sich fest vorgenommen, es sich nicht anzusehen, aber als ihr Blick einmal die Wundfläche zwischen seinen Beinen berührt hatte, konnte sie nicht mehr loslassen. Schwarz verbrannt und blutig verkrustet gab es dort kaum noch etwas. Tropfen Urin lösten sich aus dem Stumpf und fielen in die Pfütze im Stroh.

»Der Verschluss wird nach der Wundheilung wieder funktionieren«, sagte er. Luzia hatte nicht gemerkt, dass er wach war und sie beobachtete. Die Stimme kannte sie, oft genug hatte sie diese Stimme in ihren Alpträumen gehört, aber der Tonfall passte überhaupt nicht zu Zentgraf Balthasar Noß. Ihr Blick zuckte zu seinem Gesicht. Man hatte seinen Kopf geschoren, sogar die Augenbrauen abrasiert, aber die Augen sahen sie wach und lebendig an. »Zufrieden, Luz?«, fragte er. »Oder bist du hier, mir noch etwas Spezielles anzutun?«

»Nein«, sagte sie und hörte ihre Stimme, als ob sie von jemand ganz anderem käme. »Nein, Ihr braucht keine Angst vor mir zu haben.«

»Angst?« Er lachte. »Angst vor dir, Kindchen? Du weißt ja gar nicht, was Angst ist! Angst werde ich haben, wenn das Feuer meine Eingeweide röstet und der Tod an meinem Herzen nagt. Dann werde ich Angst haben vor dem, was Satan meiner Seele antut. Dieser Körper ist nur wie das Flugblatt, das die Marktfrau um toten Fisch wickelt. Zuerst schätzt ein feiner Herr es wert, gibt viel Geld dafür aus, verschlingt das Gedruckte. Dann hat das Papier wenigstens noch den Nutzen, den Einkaufskorb vor den üblen Ausdünstungen zu schützen. Sowie man daheim ist, legt man den Fisch in den Kochtopf und wirft die nasse, stinkende Druckschrift in den Abfall. Dung wird daraus gemacht, vermengt mit Gülle, wertvoll für den Garten, aber niemand würde auch nur einen Kreuzer dafür geben. Genauso gebe ich nicht mehr einen Kreuzer für diesen Körper. Ich warte darauf, dass auch noch der Rest davon zu Dung wird.«

»Ich könnte Alraune besorgen …«

»Die Schmerzen lindern? Kindchen! Mein Leben lang begrüßte ich den Schmerz, denn er betäubte das, was Satan in meinen Körper pflanzte. Darunter leide ich, nicht unter den Schmerzen. Jedes Mal, wenn ich helle Haare wie diese sehe, die du so schamlos zur Schau stellst, bohrt Satan seinen Stachel in meine Lenden und überwältigt meinen Geist. Selbst jetzt noch. Nachdem ich feststellte, dass es mir unmöglich war, diese Tortur abzustellen, begann ich, die Ursache zu vernichten. Luzia, du glaubst es mir nicht, aber ich bin ein gerechter, warmherziger Mann und beständig um das Gute im Menschen bemüht. Nur dieses unselige Verlangen brachte mich dazu, Unrecht zu tun. Ich wollte den Anlass beseitigen, meiner Pein ein Ende bereiten. Satan blendete meine Augen und ich sah den Grund in jedem Weib, das dieses Haar zu meiner Verderbnis trug. Dabei lag die Quelle in mir. Der Henker hat sie heute aus mir herausgerissen und ich bin dankbar dafür. Noch immer fühle ich Satans Zähne an mir nagen. Monate dauert es, sagt man mir, bis die Wollust nachlässt. Ich ersehne diesen Zustand. Bis dahin darf ich mich ablenken mit dem Schmerz, der die Strafe für mein Irren ist.«

Übelkeit hob ihren Magen, als das Stück, was der Henker ihm von seiner Männlichkeit gelassen hatten, anschwoll und sich ihr entgegen reckte. Die Kruste platzte auf und Blut lief in einem dünnen Rinnsal in die ekelerregende Pfütze. Sie riss ihren Blick fort und ihre Stimme war heiser. »Begehren zwischen Mann und Frau ist etwas ganz Natürliches. Wenn Ihr von Satan redet, dann hat er den Gedanken in wahnsinnige

Hirne gepflanzt, deren Besitzer uns weismachen, dass man es unterdrücken muss. Gott gab uns Liebe und Leidenschaft und richtete es so, dass Beiwohnung Spaß bereitet. Dafür, dass eine Geburt schmerzhaft ist, hat er gemacht, dass die Mutter den Schmerz gleich danach vergisst. Der Anblick des neuen Lebens bewirkt, dass jeder Gedanke an die Beschwernis von Schwangerschaft und Geburt gleich verschwindet. Das ist es, was Gott gemacht hat. Gott ist barmherzig. Ihr hättet all diesen verknöcherten Moralaposteln die lange Nase drehen und mit einer blonden Frau ein glückliches Leben führen sollen. Nicht Euer Körper trägt die Schuld an dem, was mit Euch passiert, sondern Euer Geist. Der Körper will nur das, wozu Gott ihn schuf!«

Sein Blick ruckte zu Lukas. »Sagt Magdalene, dass ich sie um Vergebung bitte. Nicht sie war es, die Satan in mein Leben rief, das war ich ganz allein. Sie wollte ich dafür bestrafen, weil ich mich selbst nicht genügend bestrafen konnte. Magdalene ist keine Hexe, nur eine launische, bösartige Zicke, aber keine Hexe. Meine Aufgabe war es, Hexen unschädlich zu machen. Magdalene geriet ungerechtfertigt unter Anklage. Aber die da,« - sein Kopf fuhr herum zu Luzia und sein lodernder Blick ließ sie nicht mehr los - »die ist vielleicht sogar Satan persönlich in einer Verkleidung, die mich ins Verderben reißen soll. Luz – Luzifer – warum kam mir dieser Vergleich nicht früher? Professor, verhärtet Eure Seele vor der Indoktrination dieses Dämons! Ihre Worte werden Euren gelehrten Geist mit ihrer Logik aufweichen und zerstören! Verschließt die Ohren vor diesen Einflüsterungen!«

Er verkrampfte seinen Körper in dem Bemühen, ihm näher zu kommen, so sehr, dass Peitschenstriemen aufsprangen und Blut heraustropfte. Ein Hustenanfall unterbrach seine Rede und bebte durch seinen Leib. Luzia schüttelte entsetzt den Kopf. »Mein Gott, das ist unbegreiflich! Noß, ich kam nur, um Euch zu sagen, dass Magdalene Euch verziehen hat. Eure Strafe ist viel zu hart, aber gewährleistet zumindest, dass Ihr nie wieder einer Frau das antun können, was Magdalene von Euch erdulden musste. Auch ich verzeihe Euch, weil Euer Verstand krank ist. Es tut mir leid, dass Eure Bestrafung noch nicht beendet wurde. Gäbe es einen anderen Weg, hätte ich

Euch niemals mit meiner Aussage so sehr belastet. Für diese Lüge und die gefälschten Beweise schäme ich mich. Das wollte ich Euch auch noch sagen.«

»Lüge? Ich las deine Aussage und die von Magdalene - eine Gnade, die mir erwiesen wurde. Es musste ja eines Tages herauskommen. Immer wieder bettelte ich Satan an, er möge nicht so offen zu mir kommen, wenn andere Augen ihn sehen. Er sagte, ich solle nur dafür sorgen, dass die Frauen hingerichtet werden, deren Augen er sich zeigt. Für ihn war es ein großartiger Scherz, mich durch seinen besonderen Liebling in die Falle zu locken. Mich verstieß er aus seiner Gunst und ich werde dafür büßen. Aber, Luz, dich wird er auch verstoßen. Sagte ich dir nicht, dass er jeden beim Feilschen um die Seele betrügt? Beschiss! Anderes kannst du von Satan nicht erwarten! Du hast noch Zeit! Kehre um! Bekenne!«

Lukas nahm Luzia am Ellenbogen und schob sie aus dem Raum. »Du musst dir das nicht mehr anhören. Ich bin froh, dass wir ihn gesehen haben. So sehr sie auch seinen Körper zerstören, sein Geist wird dadurch nicht verändert. Er bildet sich ein, der Teufel sei tatsächlich zu ihm gekommen. Wahnsinn. Jetzt verstehe ich, was du meinst. Wenn Folter und Bestrafung sowieso nichts nützen, müssen wir auch nicht so barbarisch sein und sie anwenden.«

Er schob sie den Korridor entlang und während sie die Treppe hinauf hasteten, hörten sie Balthasar Noß ihnen nachschreien. Beide waren froh, als die Kellertür hinter ihnen ins Schloss fiel. Am Eingang kam ihnen der Kerkermeister entgegen, in der einen Hand einen Krug Bier, in der anderen ein Stück Käse. Er nickte Lukas zu und ließ sich den Schlüssel geben. Sie gingen durch die Seitentür hinaus und mussten das Gebäude halb umrunden, um zur Straße zu gelangen. Totenstille herrschte und Luzia musste daran denken, wie die Schreie der Frauen aus dem Rathauskeller durch die Straßen geschallt hatten.

»Oder hat er wirklich einen Pakt mit dem Teufel geschlossen?«

»Lukas, es gibt keine Hexen. Aus Habgier und Wollust brachte er hunderte von Menschen um. Er weidete sich an ihren Qualen. Weil er das mit seinem Glauben nicht vereinbaren konnte, verwirrte sich sein

254

Geist und er sah seine schwarze Seele als Teufel neben sich stehen. Alles nur die Einbildung eines kranken Geistes. Heute ist Walpurgisnacht. Siehst du irgendwo Hexen ausfliegen?«

»Hexen gibt es nicht«, sagte er leise und hob seine Hand, um leicht ihre Wange zu streicheln. »Mit seinen Worten hat Noß mich davon überzeugt. Hexen sind etwas, das ein Irrer wie er sich ausgedacht hat. Gott gibt uns Gutes und Schlechtes. Wir wollen Gott gerne als etwas Gutes sehen und darum denken wir, etwas Schlechtes muss vom Teufel kommen. Dabei übersehen wir, dass aus Schlechtem oft Gutes folgt. Wenn Noß dich nicht eingesperrt hätte, wären wir uns nie begegnet. Aber aus etwas Gutem folgt auch oft etwas Schlechtes. Wir haben ihn besiegt und du verlässt mich. Damit brichst du mein Herz. Vor dir hatte ich noch nie eine Frau und ich weiß nicht, ob ich den Mut finde, nach dir eine andere zu suchen. Ich will dich. Nur dich. Wenn ich dich nicht haben kann, will ich keine andere.«

»Lukas, ich will dich auch nicht verlassen, aber ich muss. Männer wie Noß werden mich hier suchen und ich könnte nicht ertragen, noch einmal so jemandem zu begegnen. Ich will einfach fort.«

»Du weißt, dass ich dich beschützen kann. Wir werden zurück nach Marburg gehen. Die Universität will mich und meine Forschungen. Ich nehme dich mit. Dort bist du sicher, niemand wird wissen, wer du bist.«

Sie umarmte ihn und küsste ihn sanft auf die Lippen. Lukas ließ es nicht einfach mit sich geschehen, er riss sie an seine Brust und küsste sie wild und fordernd, während seine Hände über ihren Körper strichen und sich unter ihre Kleidung schoben. Einen Moment erwiderte Luzia seine Leidenschaft, ließ sich in seine Umarmung fallen, aber dann straffte sie sich und schob ihn mit beiden Händen von sich. »Bitte, Lukas, lass mich gehen. Ich muss.« Seine Arme fielen herunter und er beobachtete, wie Luzia sich umdrehte und auf die Mauer zuging. Hier hörte sie gelegentlich Geräusche von dem wilden Fest, das etliche Steinwürfe entfernt außerhalb der Stadtmauern stattfand. Man feierte den Sieg des Volkes über den grausamen Richter, und man feierte die Walpurgisnacht, die Nacht der Hexen.

Dicht vor der Stadtmauer suchte Luzia Ritzen und Vorsprünge für ihre Finger und Fußspitzen, warf Lukas noch einen Blick zu, legte die Hände auf die Steine und schwang sich hoch. In einem Moment war sie auf der Mauerkrone und sah herunter auf Lukas.

»Luzia«, rief er ihr zu. »Ich werde dich heiraten. Als meine Frau hast du nichts zu befürchten. Wir lassen uns in Mainz trauen und gehen als Mann und Frau nach Marburg. Niemand weiß dann mehr, was hier geschah. Niemand wird dich anklagen.«

Luzia zögerte. Was wollte sie eigentlich? Da wartete eine Kiepe voll Diebesgut auf sie. Ein paar hundert Gulden war das wert.

»Luzia, ich liebe dich.« Und da war er wieder, der Tonfall, bei dem ihr die Tränen in die Augen stiegen. Wenn er sie so ansprach, konnte sie nicht widerstehen. Wollte sie ihm weiter nachlaufen, immer in Acht, dass die Schwester sie nicht erwischte? Wenn sie ihr Leben weiterführte, wie sie es gewohnt war, würde sie genug Männer kennenlernen, die ihr jeden Wunsch erfüllten. Aber nicht so wie Lukas.

Energisch biss Luzia die Zähne zusammen. Sie würde sich Handelswaren besorgen und wieder irgendwo als unbescholtene Krämerin leben. Ein Taschendiebstahl bei Gelegenheit, damit konnte sie gut leben. Wenn die Ware zu Ende ging, begann sie mit den Einbrüchen. In Verstecken legte sie dann so viel zurück, dass sie irgendwann nicht mehr arbeiten musste. Und weiter? Kinder wären schön. Sich dafür aber einem Ehemann unterordnen, dessen Recht es war, sie jederzeit zu gebrauchen, und der sie vielleicht schlug, wenn sie nicht mochte? Die krankhafte Angst Magdalenes hatte sie nicht, aber ihren Standpunkt verstand sie schon. Lukas war nicht so. Lukas wollte kein Weib als Matratze, damit der Strohsack nicht piekte, sondern eine Frau, die sich für seine Studien interessierte und die ihn liebte. Das Bett bedeutete krönenden Höhepunkt, nicht tägliche Pflicht. Dabei war Lukas großartig. Sie hatte noch nie so viel Spaß mit einem Mann gehabt wie mit ihm. Sie musste nur daran denken und spürte schon, wie ihr Körper sich nach ihm sehnte. Er brauchte lediglich über ihre Wange streicheln und sie wollte ihn. Nicht nur das, sie sah in seine Augen und das Herz tat weh. Er konnte alles von ihr haben.

Luzia suchte Trittsteine für ihre Füße. Langsam, vorsichtig kletterte sie auf der Innenseite der Mauer wieder herunter. Unten angekommen drehte sie sich herum und sah Lukas an. Mit dem ersten Schritt zögerte sie, aber dann flog sie Lukas in die Arme. Er erwartete sie auf dem Pflaster der Gasse und zog sie an sich, küsste sie wieder und immer wieder. Schließlich riss Luzia ihre Lippen von seinen, um in diese unglaublich braunen Augen zu sehen. »Bin ich denn wahnsinnig!«, murmelte sie.

»Dass du zu mir zurückkehrst?«

»Dich verlassen zu wollen. Ich liebe dich. Das habe ich noch nie einem Mann gesagt, Lukas. Ich liebe dich. Ich will immer bei dir bleiben. Und wenn auch Gott und der Teufel sich dazwischen stellen.«

Zentgraf Balthasar Noß klagte von 1602 bis 1606, in den drei Jahren seiner Berufung, wohl siebenhundert Frauen im Hochstift Fulda der Hexerei an und folterte sie. Mindestens zweihundertfünfzig richtete er hin, größtenteils verbrannte er sie lebendig. Erst nach dem Tod seines Gönners, des Fürstabts von Dernbach, wurde er gefangen genommen. Dreizehn Jahre büßte er im Kerker, bis er enthauptet wurde.

Tatjana Stöckler
ERLEBE DIE ABENTEUER UM DIE DIEBIN LUZIA

BAND 1: DIE HEXE MUSS BRENNEN
Taschenbuch, 260 Seiten, 12,90 €
ISBN 978-3-943531-02-2

Die Diebin Luzia landet in den Fängen des brutalen Inquisitors Balthasar Noß, der in ihr eine Hexe sieht. Nur ein Wunder kann ihr jetzt noch helfen.

BAND 2: DIE HUREN DES APOTHEKERS
Taschenbuch, 258 Seiten, 12,90 €
ISBN 978-3-943531-09-1

Luzia führt ein ehrbares Leben, doch als auf dem Nachbargrundstück grausame Dinge geschehen, können nur ihre diebischen Fähigkeiten sie retten.

BAND 3: DIE MORDE DER HEBAMME
Taschenbuch, 296 Seiten, 12,90 €
ISBN 978-3-943531-15-2

Während in Marburg, wo Luzia nun lebt, mysteriöse Todesfälle geschehen, gerät der Gelehrte Lukas andernorts in Gefangenschaft. Was hat das mysteriöse Tagebuch der Hebamme, das Luzia zufällig in die Hände fällt, mit all dem zu tun?

BAND 4: DIE PEST GEHT UM
Taschenbuch, 266 Seiten, 12,90 €
ISBN 978-3-943531-33-6

Luzia reist mit ihrem Mann Lukas von Wegener nach Thüringen. Dort soll der Gelehrte ein Mittel gegen die Pest finden und bringt sich dabei selbst in Schwierigkeiten. Wieder sind Luzias diebische Fähigkeiten gefragt ...

Anna Eichenbach

WELLENSANG
EINE LIMFJORD-SAGA

Historischer Roman
Preis 13,90 €
Taschenbuch, 256 Seiten
Burgenwelt Verlag
ISBN 978-3-943531-84-8

Ende des 8. Jahrhunderts in Nordjütland: Als Zeichen der Freundschaft zwischen Dorsteinn und Limgard wird die Jarlstochter Turid in die alte Heimat ihrer Mutter gesandt. Nur widerwillig verzichtet sie dort auf ihre gewohnten Freiheiten. Im Dorf zu bleiben und zu weben, während die Männer auf Raubzug ziehen, widerspricht gänzlich dem Leben, das sie vom Hof ihres Vaters kennt. Dennoch zögert sie, als sich ihr die Gelegenheit zur Rückkehr nach Hause bietet: Längst hält sie mehr in Limgard, als sie sich eingestehen möchte.

Ausgerechnet die Limgarder Rorik und Svein, die einander näher stehen als Brüder, verlieben sich in Turid. Aus Gefährten werden Konkurrenten. Bis ihr gemeinsamer Freund Hakon sie zu einem anderen Abenteuer lockt. Angespornt durch Gerüchte über eine Insel voller Reichtümer, brechen die drei Männer an Bord der in die Jahre gekommenen Meereswolf zu einer Víking auf. Ihr Ziel: England – und ein Platz in den Liedern der Skalden. Doch die Unternehmung soll anders verlaufen als erhofft ...

Anna Eichenbachs historisches Romandebüt ist eine bildgewaltige Víking rund um Liebe, Verrat, Schicksalsschläge und ein heldenhaftes Abenteuer!

Auch als Ebook erhältlich!

Ute Zembsch

HENKERSWEIB
Historischer Roman

Preis 13,90 €
Taschenbuch, 266 Seiten
Burgenwelt Verlag
ISBN 978-3-943531-80-0

**»Eine Leibeigene ist rechtlos,
ein Henkersweib ehrlos.«**

Marburg im 13. Jahrhundert – Die
junge Magd Runhild träumt von
Freiheit und Liebe. Doch ihr Alltag
als Leibeigene auf dem Hof des Bauern Kunolf ist bestimmt von harter
Arbeit und Missbrauch. Verzweifelt angesichts ihres hoffnungslosen Daseins
und zudem mit einem düsteren Geheimnis auf dem Gewissen, gelingt ihr
schließlich die Flucht nach Marburg.

Statt Sicherheit und Heilung erwartet Runhild indes neues Übel in der Stadt
an der Lahn: Sie wird von einem unbekannten Widersacher verraten und wegen Ketzerei angeklagt. Nur die Heirat mit dem Henker kann sie jetzt noch
vor dem Tode bewahren …

**Ute Zembsch erzählt in ihrem historischen Roman »Henkersweib« die er-
greifende Geschichte einer jungen Magd, die trotz zahlreicher Schicksalsschläge den Mut und die Hoffnung auf ein glückliches Leben nie aufgibt.**

Auch als Ebook erhältlich!